中國新聞史研究輯刊

二 編

主編　方 漢 奇

副主編　王潤澤、程曼麗

第 2 冊

北洋政府時期的新聞業及其現代化（修訂版）（下）

王 潤 澤 著

花木蘭文化出版社

國家圖書館出版品預行編目資料

北洋政府時期的新聞業及其現代化（修訂版）（下）／王潤澤
著 -- 初版 -- 新北市：花木蘭文化出版社，2014〔民 103〕
目 6+222 面；19×26 公分
（中國新聞史研究輯刊 二編；第 2 冊）
ISBN 978-986-322-809-7（精裝）
1.中國報業史　2.北洋政府
890.9208　　　　　　　　　　　　　　　　103013281

ISBN-978-986-322-809-7

9 789863 228097

中國新聞史研究輯刊
二 編 第 二 冊　　　　　　　ISBN：978-986-322-809-7

北洋政府時期的新聞業及其現代化（修訂版）（下）

作　　　者　王潤澤
主　　　編　方漢奇
副 主 編　王潤澤、程曼麗
總 編 輯　杜潔祥
出　　　版　花木蘭文化出版社
發 行 所　花木蘭文化出版社
發 行 人　高小娟
聯絡地址　235 新北市中和區中安街七二號十三樓
　　　　　電話：02-2923-1455／傳眞：02-2923-1452
網　　　址　http://www.huamulan.tw 信箱 hml810518@gmail.com
印　　　刷　普羅文化出版廣告事業
初　　　版　2014 年 9 月
定　　　價　二編 11 冊（精裝）新台幣 22,000 元

北洋政府時期的新聞業及其現代化（修訂版）（下）

王潤澤　著

目

次

第八章　運營模式的現代化

第一節　報館的經營方式與組織結構

　　報館採用何種經營方式與組織結構是評判報館現代化水準的一個重要指標。作為一個行業，它必須有符合本行業特色並具有專業內涵的組織形式與結構。從歷史上看，報館經營方式走過了私人經營，合夥經營，無限公司到有限公司的過程，每一種組織形式的變革都是一種進步。到有限公司階段，報館的組織形式就比較成熟了。

　　報館組織結構，即報社內部機構設置和職能分配，是衡量專業性與否的標尺。清末報館機構設置只有主筆房和會計部門，機構相當簡單；帳房先生和會計為報館的經理，如《申報》剛開創的時候就是如此。到 20 世紀 10、20 年代，報館的機構開始普遍完善起來，建立了符合現代報館經營的營業、編輯與印刷三大主體結構；甚至一些大商業報館能根據自身發展需要，設計出符合報業發展需要的新部門，顯示了媒體在這方面的成熟。

一、股份制的確立

　　民國初期，報館組織大多採用公司制，部分報館已由無限責任公司轉變為有限責任公司，還出現了股份有限公司的組織形式。

　　無限責任公司、有限責任公司以及股份有限公司是三種不同形式的企業組織形式。無限責任公司又稱無限公司，它是指由兩個以上股東組成，股東對公司債務承擔連帶無限清償責任的公司；股東以自己的全部動產與不動產

對公司所欠債務負責，當公司資產不足以清償公司債務時，股東要以自己的個人財產來抵償。有限責任公司又稱有限公司，是指符合法律規定的股東出資組建，股東以其出資額爲限對公司承擔責任，公司以其全部資產對公司的債務承擔責任的企業法人。經濟學上以股份有限公司形式作爲現代企業制度的代表，這種公司組織比較適合大企業的出現和發展〔註1〕。

1、報館的股份制改革

20世紀前後，中國報業開始股份制改革。上海的《字林西報》和《北華捷報》在1881年由個人經營改組爲公司，1905年又改組爲有限公司；《文匯報》1900年由個人經營改組爲有限公司；《新聞報》1906年由無限公司改組爲有限公司。《時事新報》1927年由政治機關報改組爲商業報紙，同時改組爲公司〔註2〕。

《申報》1889年美查回國前夕，由個人經營改組爲公司，他將《申報》館、燧昌火柴廠、江蘇藥水廠等改組爲股份有限爲公司（《申報》是整個美查有限公司實業之一），並出售股票獲取現金後返回故國。1906年席裕福以75000銀元買下《申報》全部產業，1907年改組爲華股公司。該公司在辛亥革命前又完成了一次股份轉讓，1909年5月31日史量才與席子佩簽定了收購申報的合同〔註3〕。當時是共和黨的張謇出一萬兩、應季中和趙竹君各出三萬兩，熊希齡和程德全各出二萬兩、沈信卿（恩孚）出三千兩，將《申報》固定資產盤過來，史量才出流動資金，成立了新的申報公司，表面上繼續維持商業報紙的經營，實際上是共和黨幕後支持的準黨派報紙。

〔註1〕 無限責任公司和有限責任公司有一些相似之處，也有不同之處。
    （1）無限責任公司是屬於「人資兩合公司」其運作不僅是資本的結合，而且還是股東之間的信任關係，無限責任公司一般屬於人合公司。
    （2）有限責任公司的股東人數有限制，爲2人以上50人以下，而無限責任公司股東人數沒有上限。
    （3）有限責任公司的股東向股東以外的人轉讓出資有限制，需要經過全體股東過半數同意，無限責任公司轉讓股份時要求全體股東同意。
    （4）有限責任公司以出資額承擔有限責任，無限責任公司以個人財產承擔無限責任。

〔註2〕 《新聞事業》，《上海研究資料》，《民國叢書》第四編，第80卷，上海書店，380，381頁。

〔註3〕 這個日期的提出是當年《申報》館的伍特公，他在《申報五十季》中作文《墨衡實錄》，具體提到了該日期，而且寫到「此實本報之一大紀念。而余所引以爲榮者，其合同曾經余手審閱也」。

2、股份制的改進

以往的股份制經營一般單純以資金作為入股資源，技術和勞力排斥於股本之外，股本資源單一，不利於人才和技術的引進。1926 年天津新記《大公報》成立，採用更具現代因素的股份有限公司形式，即承認人才和勞力對報館的貢獻，並折合成相應股本，進行發送和饋贈。

新記《大公報》由吳鼎昌募集資金，用資金入股；另外主創二人，胡政之和張季鸞並不出錢，以勞力入股，每屆年終，由報館送給相當股額的股票，相當於我們現在說的智力股。這是私人投資與智力入股相結合的新型投資結構，有效調動創辦者的積極性。啟動金額五萬元完全由吳鼎昌籌措。這五萬元，是他商量於「四行儲蓄會」，從「經濟研究經費」中列支的。

雖然在《大公報》股東的名冊上分列有：吳鼎昌、鹽業銀行、中南銀行、大陸銀行、久大銀行、永利銀行、經濟研究會；屬個人名義的有范旭東、張伯苓、周作民，但這些人或機構對《大公報》的經營沒有任何影響。報紙報導和經營基本擺脫了政治與官僚資本的影響，公司行為更為純正。

除此之外，1928 年底報社又增設「榮譽股」，以獎勵為報社作出重要貢獻的員工。首次獲贈「榮譽股」的有曹谷冰、金誠夫、許萱伯、李子寬、王佩之。這項「榮譽股」先後贈送過三次，陸續獲得「榮譽股」的還有王芸生、楊歷樵、孔昭愷、費彝民、王文彬、王文耀、袁光中、趙恩源、王佩之、張琴南、李純青、蕭乾、許君遠、嚴仁穎、徐盈、曹世瑛、李清芳、葉德真、左芝藩、樊更生、周紹周、黃錢發、於潼等人。當時每一百股相當於一千美元，據持有一百五十股的李清芳說：「抗戰勝利後，我收到過唯一的一次股息，只值兩個燒餅的錢。」李子寬因生活條件較好，用一千元現金入股，他是在《大公報》同人中唯一以現金形式入股的人。因此雖然股份公司並沒有給這些工作人員帶來多少實際的利益，但分得一定股份體現公司和雇員之間更緊密的關係，讓雇員對報館可以更有認同感，無疑好過以往的公司組織。

二、報館的組織機構

報館雖有不同性質，但組織結構較為類似，只是根據資本規模，發行數量，收入豐盈程度不同，分別採用或完備或簡單的機構設置。一個健全報館一般有三個重要部門，編輯部、營業部和印刷部。「編輯部是掌理新聞的採訪製作，社論的撰述與整理，以及紙面上的職務，這是全報的靈魂；營業部是

職掌廣告發行和庶務的一部分，爲事物上的機關；印刷部是擔任報的排字印刷的一部分。完成一張報的形體。這三部分成了鼎足之勢。」〔註4〕有了這三個部門，一個報館的現代化組織框架基本搭成。

1、完備的組織結構

在 20 世紀 20 年代，經過發展，上海的申、新兩報可以算做中國最具規模的報社，從其機構設立看，也是中國報館組織中最爲完善的。戈公振在《中國報學史》中曾將《新聞報》的機構設置用圖表的形式詳細爲之介紹。

董事會爲報館最高機構，下設總理處，總理處分管三大重要部門（印刷、營業和編輯部）和若干後勤機構——總務科、文牘科、稽核科、會計科、收發科、庶務科。

編輯部下屬外埠科、本埠科、經濟科、教育科、翻譯科、採訪科、整理科、校對科、考覈科、藏書科，電訊科（下分收電股和譯電股）、文藝科（下設圖書股和雜著股）。

營業部下設收銀科、承印科、推廣科、廣告科（下分收稿股、編校股）、發行科（下設蒐報股、定報股、票簽股、售版股）。

印刷部下設製版科（分木工股、銅鋅股），機械科、澆鑄科（分鑄字科、澆版科）活版科（刻字股、廣告股、新聞股）、印刷科（承印股、印報股）。

一般大報都設立上述四部，只是四部的分支沒有這樣完備。例如製版，上海自設的鑄版房只有《申報》、《新聞報》、《時報》三家，教育新聞科也只有《申報》、《新聞報》、《時報》和《時事新報》四家設有專欄。《時報》比較有特色的是設有圖畫部，專門刊登圖片新聞，而《民國日報》因爲是國民黨的機關報，專門設有黨務新聞一欄。機構完善的報館，相應人員設立也比較到位，10 年代《新聞報》員工在 200 名左右，20 年代末，《申報》人員規模在三、四百人左右，這也是一般報館無法比擬的。

另外在一些細節處理上，我們可以更清晰的窺測出這些大報館組織的精密程度。如申報館曾針對記者稿件、廣告底稿設立過類似今天檔案管理的部門，還開展與全國其他報館交換報紙的業務，由專門的「編輯部館役」負責，具體職責爲「管理往來信件，皆須繕謄於簿，以免錯誤，更管理全國交換之報紙，及整理廣告新聞等底稿。此二種底稿是報館中最重要之事也，整理亦

〔註 4〕 天廬主人，《天廬談報》，上海光華書局，1930 年，第 15 頁。

需慎重，不能失去一紙，日後恐有錯誤，則無證矣。須藏至三年，始將焚毀」〔註5〕。這個館役讀過兩年義務教育，識點字，可以勝任該項工作。

但這樣精密完備的組織也是一點點發展、一步步變革完善的。在剛開始的時候，很多部門功能並不完善和獨立，如《新聞報》記者郭步陶回憶到，「廣告校對一項，余初來時，未見有特殊之分判、今則特設廣告編輯部以司其事，又商務財政等事項之新聞，初亦與尋常新聞同列」〔註6〕。1923 年他到《新聞報》已經五年，所謂剛來時可以推測到 1918 年左右，那時廣告和校對是兼職的，可以看出那時機構設置並不十分專業。到 1923 年廣告與校對分離，而且新聞部門也有負責商務財政與平常新聞的區別。

2、簡陋的組織結構

比較而言，北方報館組織結構相對簡陋。如 1926 年新記《大公報》的組織結構如下：

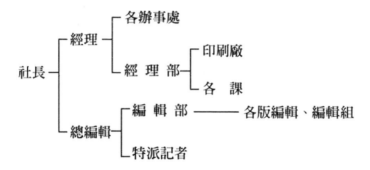

機構雖然簡單，但運做良好。特別是在富有報紙管理經驗的胡政之管理下，各部門與人員都能積極工作，發揮出很高的效率。《大公報》名爲股份有限公司，但從圖中已可看出，它並沒有建立健全的股東大會、董監事會等。在日常管理中，胡政之堅持「雙軌制」，把報館分爲編輯、經理兩部，各司其職，以編輯部爲主。胡政之常說辦好報紙首先是編好報紙，但光有好的版面、好的內容，而發行不力、廣告不力，營業也無法維持。《大公報》的經理、副經理都從擔任編輯、記者多年的職工中選用，如擔任過經理的許萱伯、曹谷冰、金誠夫、李子寬、王文彬、費彝民等都曾是編輯部骨幹。它的好處是能溝通編輯部與經理部，避免隔閡，使編輯部隨時瞭解經濟情況，能夠環繞編

〔註 5〕　立德，《一個館役之自述》，《最近之五十年》，上海申報館，1923 年。
〔註 6〕　郭步陶，《對於本報三十年紀念之感想與希望》，《新聞報三十年紀念》，新聞
　　　　報館 1923 年。

輯部開展業務經營，不致形成「兩張皮」，加強了報社內部的團結和凝聚力，同時也培養了一批既懂業務又懂經營管理的人才。

具體來講，經理部主要管理廣告、印刷、發行等業務，編輯部主要負責報紙稿件的撰寫、新聞的採集等工作；就其地位來說，經理部要高於編輯部，統籌規劃整個報社的大局。當時《大公報》內部各部門互相通氣，有問題隨時商量解決，工作效率很高。自總經理、經理直到各課、工廠，有職有權，有充分發揮獨立處理問題的能力和主動精神。

《大公報》後來設上海版、漢口版、重慶版、桂林版、香港版，都是按照這個組織結構獨立行使職能的。

內地報館組織機構比較健全，且存在時間較久的，湖南《大公報》〔註7〕可算一家。該報 1915 年 9 月 1 日問世，至 1947 年 12 月 31 日停刊，存世 30 多年。創辦之時就成立了董事會，全部由創辦人擔任，董事會設董事長一名，副董事長一名，董事若干。董事會的職責是 1、制定預算、審核決算；2、審查各部計劃及報告；3、社長任用及辭退人員時，須與之商量，徵得其同意；4、修訂章程及辦事細則。報社有社長、副社長、總編輯、副總編輯，總經理和副總經理各一人，主筆編輯譯員等各一人，其他如校對、會計庶務等均臨時聘用。因為報館資金匱乏，因此雖然名為社長、總經理等人，實際上也是報館的工作人員。該報有臺二手的二號平版印刷機，是報館最值錢的資產，創辦之初，為避免言論賈禍，特意另組了印刷公司，以防止在報館被查封時殃及機器設備被查封，斷絕後路。

因為資金匱乏，報館只能物盡其用，人盡其才，利用良好的企業文化和人脈來彌補報館規模的不足。從密蘇里新聞學院畢業回來的董顯光在北方從事新聞事業時，其機構設置亦極為簡單，他在英文報紙《北京日報》裏作編輯時，編輯部裏只有三個助手，機器設備很老式，因此，他除編輯工作外，還要作排字、印刷等工作。1925 年，他在天津用自己多年積攢的幾千塊錢創辦了《庸報》，在最忙碌的時候，一個人做發行人、主筆、編輯、廣告經理和外勤記者。

新記《大公報》初創時期，三位創始人，吳鼎昌、胡政之和張季鸞，吳鼎

〔註 7〕《報海舊聞》中提到長沙《大公報》的創辦人張平子，既是掌櫃的，也是該社唯一的職工，辦報就像唱獨角戲，一個人竟然支持一份報紙多年之久。此說法並不確切，實際上該報機構設置比較健全。

昌白天在鹽業銀行辦公，晚上到報社，和胡、張二人討論新聞，交換意見。胡政之經常是每日上午處理經理工作，下午參加編輯會議，評比各報內容，晚上則同張、吳商討社務，研究時事，通常要工做到深夜十一二點才能回家。他每個星期還會撰寫幾篇社評。張季鸞每晚都到編輯部當班，經常工做到次晨兩三點鐘，最初沒有編輯主任，他自己要編發要聞版，兼顧國際版，親自處理編輯業務。何心冷在新記剛剛創辦的 2、3 年時間內，「不但要辦《大公報》，還要照顧到《國聞周報》，不但管編輯部事，還要管理到發行印刷」〔註8〕。

　　其餘規模不大且應付出版的報館，則大多因陋就簡，只有編輯和經理兩個部門，印刷差不多都是託別家的印刷所代印，能夠自己有簡陋的排字房和一、二架平面的印報機已經算是完善的了。如雲南「各報社之組織內容與京滬各報相差極遠，無論營業報與機關報，其組織內容均異常簡陋，規模極小……全報社組織，蓋為二部，一為編輯部，一為發行部，而排印部則付闕如。……惟《民眾日報》有社長及編輯委員會耳。總計各報社，編輯一人至三人，校對一人，發行一人，報役一二人，訪員及通訊員，則多付闕如也。且有全報事務，由二三人即完全包辦者」。〔註9〕這些報館機構，表面上看，總經理和總編輯是平行的，但實際上，總經理掌管全館用人行政大權，可以指揮編輯部，等於後來的社長。兩個部門人員待遇差距甚大，特別是專門為津貼而辦的小報館，經理「多受某方或某有力者之津貼而來」，目的明確，因此拿到津貼後，便主要用於個人消費；雇傭編輯的花費也只有 30 到 40 元，很難雇到優秀人才，編出的報紙基本是剪刀加糨糊加紅墨水拼湊而成，即「手持大剪一把，將外埠報紙割裂無數，再斟酌前後而連屬之，勾之以紅筆，黏之以糨糊，不到一小時而兩大張報成矣」〔註10〕。在邊遠地區，尤為如此，雲南「各報所取新聞材料，得之於通訊社者，不及什一，得之於電訊專訪及通信員者蓋無有也。一切中外要聞，專電通信，類皆用滬報或港報剪裁排比編成。即本省新聞，亦皆官場消息，殊鮮自訪之社會新聞。……所謂編輯，實即剪報而已」〔註11〕。這在當時中國的新聞界不是一種極端，而是比較普遍的現象。

〔註 8〕胡政之，《十二年的轉變，悼何心冷先生》，天津《大公報 小公園》1933 年11 月 12 日。
〔註 9〕報迷，《中國報界兩極觀蠡》，《報學月刊》，第一卷第三期，1929 年，34 頁。
〔註 10〕《民國日報》，1919 年 1 月 9 日。
〔註 11〕報迷，《中國報界兩極觀蠡》，《報學月刊》，第一卷第三期，1929 年，34 頁。

3、新創意的部門

一些大報為改善報紙質量、擴大發行，增加利潤，開始獨創一些部門。如《新聞報》新設了三個部門：

一個是推廣科，與發行科平行，任務是研究郵政路線，推廣外埠發行。當時國內新闢的航空線、公路線、鐵路線以及火車、輪船等開行時刻的改變，都與報紙的發行密切相關，報館必須隨時掌握這些情況，並與郵局密切合作，主動提出發行路線，讓報紙按時到達各地。

二是考覈科，這是編輯部的監察機關，由年老退職的主編、駐京首席記者和老資格的編輯舊人組成，主要是評閱本報新聞、專電、通訊，兼顧評論、副刊、編輯等與外報的差別，不足處指出，優秀處褒獎；本來是很好的創意，但實踐起來卻是好話說的多，壞話說的少，因為中國的傳統就是大家要「一團和氣」。《大公報》一創刊，雖沒有設立專門的考覈科，但主編和社長對考察本報內容都很盡心，自覺擔當起這樣的責任。

第三個是廣告課外加設準備科。準備科的作用是平衡新聞和廣告的數量，節約成本，提高贏利。自 1921 年以來，由於白報紙提價，報社發行成本上昇，報紙銷量多不等於贏利多，甚至意味著虧本多。因此必須計算報紙版面與發行數量，以期獲得最大利潤。如果廣告過多，要增加版面，則請準備科商量廣告主壓縮廣告篇幅，或延期刊登，甚至不予收登；如果新聞多了，則要商請編輯抽掉一些新聞；如果有時必須要增加張數才能贏利（如廣告和新聞同時多了），則要用湊版廣告或新聞來補白。這個科直接關係每天報紙的成本和利潤，因此非常必要。《申報》如法炮製，設立廣告整理科，職責一樣。

當然這都是大報設立的組織，一般小報則沒有必要。在相同的時間坐標下，報館機構設置卻有非常大的區別，顯示了當時報館發展的不均衡。

第二節　人員安排設置

一、職業記者的出現

1、穩定員工的出現

民國期間，報館人員規模差別較大。《新聞報》在 1909 年遷到漢口路新

屋時，員工就從數十人增加到 200 多人。1926 年天津《大公報》創辦之初，報館總共 70 多人，編輯記者 20 多人；1934 年香港《華字日報》職工一共 94 人；1926 年《申報》館 360 人，可以看出不同級別報館的大概人數。

　　規模比較大、歷史比較悠久的報館經過多年發展，報館員工數量眾多，並開始出現了穩定爲企業服務的員工。一些零散的數據顯示這個階段申報在人員增加方面比較穩定。從 1925 年到 1931 年，《申報》人員每年都在遞增，1925 年報館人員 350 左右，1926 年 360 人，1927 年超過 370 人，而 1928 年增長最多，超過 400 人，1929 年超過了 430 人，1930 年超過 450 人，1931 年達到 480 多人，1932 年有所降低，在 450 人以下，到 1933 年又再次上昇到近 500 人，1934 年再次下降到 485 人左右，其中編輯和營業人員佔了近一半的比例〔註12〕。有數據顯示 1894 年《申報》雇傭了大約 100 人左右〔註13〕，也就是說，申報用了 20 年時間，將人員增加了兩倍，平均每年增加 10 人左右，接近 25 年到 27 年的增長情況。

　　1935 年在《申報》工作的人員中，工齡未滿三年的有 72 人，三年到五年的 36 人，5 年到 10 年的 220 人，10 年到 15 年的 99 人，15 年到 20 年的 35 人，20 年到 25 年的 15 人，25 年以上的 8 人。依此推測，在 1928 年，在申報工作 18 年以上的有 8 人，13 年到 17 年有 15 人，8 年到 12 年的 35 人，3 年到 7 人的 99 人，如果按照該報館 1928 的館員 400 人計算，有近 250 人則是工作不滿三年的，或處於流動狀態的。

　　1935 年在申報館供職超過 25 年的員工有伍特公、張蘊和、武廷琛、沈升奎、曹家祥、王錦綬、胡紀全、陳阿毛；服務超過 20 年的有孫潔人、王堯欽、許燦庭、王慶生、黃炎卿、邵景淮、戴雲卿、是銀根、吳家駿、戴莘耕、薛雙全、夏松寶、陳阿福、包順福、邢根林〔註14〕。也就是說，到 1928 年，在申報已經有一批服務超過 20 年的報人了。

　　穩定的員工同樣出現在其他歷史最悠久的中文報館裏，如香港《華字日報》（1864 年創刊）在慶祝其 71 週年時，刊登了服務該報老記者的名單和照片，他們是吳榮、陸灼文、何星儔、區照、陳止瀾、何瑞生、勞緯孟，其中

〔註12〕例如在 1922 年，申報的編輯和營業部各有人員「數十人」，伍特公，《墨衙實錄》，《最近之五十季》，上海申報館，1923 年。

〔註13〕Gutenberg in Shanghai, chinese print capitalism 1876～1937, Chirstopher A. Reed, UBS press 2004, P358N8。

〔註14〕《申報概況》，上海申報館，1935 年。

吳、區兩人服務報館超過 40 年。相信在《新聞報》等一些老報紙裏也存在一批這樣的老新聞工作者。這些人與我們熟知的報界精英不一樣，即沒有投資其他商業成為商界巨子，也沒有投機政治成為政客，而是在報館中兢兢業業，堅守崗位，成為新聞界中以此為職業的普通員工。他們靠著報館支持著家庭的開支，也許還熱愛著這個行業，也許僅僅是將其作為獲得收入的一種來源，並沒有多少工作熱情，混捱日子，以求溫飽，但這些普通職員卻是真正的職業報人。以上這些人中，有的是編輯，有的是營業員，有的負責印刷，也有負責發行的。大批職業報人的出現顯示出新聞行業的穩定、繁榮，是新聞現代化過程中的重要因素。

2、高素質專業記者的出現

如果說報紙剛剛誕生時，很多報人的心思還在科舉上，報館不過是得功名前的一個暫時棲身之處，獲取功名後，他們都離開這個沒有前途的社會地位低下的末行，那麼到了清末時期，特別是廢除科舉後，「紳士階層有許多人轉向編輯記者職業，一份 20 世紀初報刊編輯、記者、主筆出身顯示，48 名編輯、記者、主筆中，有 42 名具有傳統功名，占全部的 87.5%。」〔註 15〕

民國時期，報館編輯中受過高等教育或出國留學的人就更多了。其中日本因為離中國最近，兩國文化又有相似性，因此留學生最多，其中一些人還有過日本報館工作的經歷。林白水於 1904 年 10 月自費東渡日本，在早稻田大學法科學習，併兼學新聞，邵力子 1907 年到日本學習新聞學課程，被認為是中國學習新聞學最好的留學生〔註 16〕。我們對 20 年代較有名氣的報人稍一盤點，就會發現大批從日本留學回來的人員，吳鼎昌，張季鸞，胡政之、邵飄萍、狄楚青、陳景韓、雷繼興（《時報》另外一主筆）、李浩然等；一度涉足報業、後來成為政治要人的有：共產黨方面的陳獨秀、李大釗、陳望道、董必武、吳玉章、周恩來、彭湃，國民黨方面的張群、張繼、汪精衛、戴季陶、朱執信、于右任、邵力子等。

除日本外，從美國留學歸國的專業新聞人才也開始第一次服務於中國本土。密蘇里大學新聞學院成為民國期間為中國培養新聞專業人才最多的美國教育機構，董顯光〔註 17〕1911 年到那裡讀書，1912 年畢業，是密蘇里新聞

〔註 15〕李明偉，《清末民初中國城市社會階層分析》，社會科學文獻出版社，73 頁。
〔註 16〕李建新，《中國新聞教育史論》，新華出版社，2003 年 6 月，第 19 頁。
〔註 17〕1909 元月，董顯光辭別家人到美國讀書，在密蘇里巴克學院讀書，當大學

學院第一屆畢業生。到 1931 年，有如下人等畢業於該學校：黃憲昭、汪英賓、錢伯涵、陳欽仁、趙敏恒、張倩英（女）。黃與董是同學，黃畢業後，擔任燕京大學新聞系的第一位系主任。錢與汪同是《申報》的健將，趙敏恒過去為路透社及上海新聞報服務，後留大陸。1931 年馬星野到密大新聞學院上學，在他讀書的三年間，在該學院做研究的有前重慶中央日報社長劉覺民，中央通訊社紐約分社主任湯德臣，中央社駐華盛頓特派員盧祺新，前國際宣傳處舊金山辦事處主任高克毅（又名喬志高）。畢業於該學校的中外學生，還在 1926 年 6 月成立了「密梭里大學新聞學院同學會上海分會」，時有十人參加（包括在中國服務的外籍畢業生）。

從海外回來的新聞專業人士將日本、歐美等新聞發達地區的新聞理論、觀念和業務帶入中國，直接提升了中國新聞業的專業水平。

二、人員設置與職能

1、人員設置

報館中最高領導為總經理，負責協調整個報館編輯、營業、印刷三方面工作。其次為編輯部的總編輯或總主筆，「其職務在平日似甚簡單，惟有時定大計，決大疑，其無形之責任則滋重也」〔註18〕，常兼寫社評；然後是編輯長，也叫理事編輯，是編輯部最繁忙的職務，指揮館員，考覈訪員，「要在能估計一日所需之材料，而善為調節」。編輯長之下有要聞編輯，「取捨於全國或國際間之新聞」；地方編輯，「取捨於一省一縣或一地方之新聞」；特派員，「如上海報館有專員駐京，或專發專電，或專事通信」，駐國內或國外的特別通信員，以及駐外埠的專職或兼職訪員，還有翻譯，校對和譯電人。

三年級時，他聽說密蘇里大學將要籌辦美國第一所新聞學院 ，他就決心要轉到密蘇里大學。他在那裡專心攻讀新聞一年，1912 年獲得學士學位。為了更多地瞭解美國新聞學，當他聽說普力策在遺囑中決定用自己的錢在紐約哥倫比亞大學創立新聞學院的時候，便立即申請入學，竟獲批准。1913 年成為該學院畢業第一班的 15 名學生之一。但該年春天，由於他母親病重要求他回國，因此，不得不放棄可能獲得的碩士學位，回到祖國。在從日本到上海的船上，他偶遇了孫中山先生，因為當時他還兼任著美國紐約一家報館的通訊員，因此便請求孫中山接受訪問，獲得同意。這段經歷使他後來成為國民黨上層的重要人士，並一直追隨國民黨。

〔註18〕戈公振，《中國報學史》，三聯出版社，1955 年，244 頁。

（1）駐外訪員

這裡的「外」，是指外省市，非國外、海外。

中國近代報刊創立後就開始設立駐外訪員。《申報》創辦後三年，在北京、南京、蘇州、杭州、武昌、漢口、寧波、揚州等 20 多個地方，布置通訊員 40 多人，專司新聞採訪。根據地方重要程度不同，報館招請的通訊員條件也不一樣。北京的訪員是從上海招聘，然後派到北京，「欲延一在京師採訪之友，願承斯乏者，祁來館面議」〔註 19〕。至於原因則是因爲「惟京都一處雖屢次出託友人，而終廢不成。故現在由上海派專人前往焉」〔註 20〕。後來北京地區的分館設立於 1875 年正月，主持人爲沈竹君。漢口的則在當地招募，並指定與當地的《申報》代理人接洽，「覓請報事人，漢鎮在館覓請才學兼全之報事人，有意樂就者，祈至漢口信和洋行與王耕三先生洽談」〔註 21〕。天津訪員則希望先行試稿，再由報館決定〔註 22〕。蘇州訪員每月有固定的酬金〔註 23〕。但這些地方的訪員大都沒有固定的薪水，因此流動性大，能堅持下來的很少。

直到清末黃遠生受聘爲《申報》駐北京特別訪員，才開啓了駐外訪員深受重視的先河。因爲清末北京是中國的政治中心，新聞報導的核心地帶，再加上黃遠生採訪、寫作水平高超，撰寫的「北京特約通訊」成爲《申報》吸引讀者的重要內容，大大提升《申報》在上海報界的地位。此後，《申報》、《新聞報》、《時事新報》、《時報》等上海報紙不惜花費重金，加強北京地區的報導。據說，當時上海報館在「薪資」一項的支出中，「最巨者」就是駐北京的特別訪員，大概是「按月支給有在一二百元以上者，按件支給有每通信十元以上者」。這和黃遠生有很大關係，因爲「黃遠庸實此中翹楚，蓋通信體例及訪員資格，經黃之提倡者爲不少也」〔註 24〕。1915 年黃遠生在美國被國民黨誤當袁黨殺害，《申報》再請邵飄萍爲駐京特派記者，同時他還爲《時報》、《時事新報》寫稿。當時活躍在北京地區的訪員還有《新聞報》的張季鸞，以及

〔註 19〕1875 年 9 月 11 日《申報》，《招友採訪新聞》。

〔註 20〕1875 年 2 月 2 日，《申報》。

〔註 21〕1876 年 12 月 23 日《申報》。

〔註 22〕1876 年 2 月 2 日《申報》，《延請天津訪事人》。

〔註 23〕1876 年正月 28 日《申報》，《訪請報事人》。

〔註 24〕姚公鶴，《上海報紙小史》，《中國近代報刊發展概況》，新華出版社 1986 年版，第 272 頁。

同樣爲《申報》和《時報》服務的徐彬彬。

訪員制度的普遍設立，是在 1920 年以後。「由於經濟短絀，上海各大報尚未建立起遍佈全國的新聞網，僅在北京、天津、漢口、廣州四大埠聘有訪員或派專人擔任採訪。後來，隨著新聞事業進一步的發展，它們才陸續在各省省會和通商口岸招聘了一批訪員，至一九二○年左右，全國通訊網才粗具規模」〔註25〕。

中國報館設立通訊員或訪員是「根據地區的重要性和稿件質量的不同，將全國各地通訊員劃分爲若干等級：首都北京爲一等，駐京記者的地位幾與館內主編相埒，天津次之，廣州、漢口又次之。此外各地則均列爲三等或三等以下」〔註26〕。根據這一標準，相應的給與通信員各種通訊手段和待遇也就不同，如一二等地區可能就有傳遞昂貴的新聞專電之資格，而三等以下地區則只能靠郵寄信箋的方式向報館傳遞新聞。當然每個報社和新聞機構根據自己的財力和需要，劃分等級的標準並不相同，而且隨著政局的變化，等級也會作相應調整。如 1917 年孫中山的廣州軍政府成立，中國形成了南北兩政府的對峙格局，廣州地區的重要性就大大提高。長沙在 1918 年到 20 年代期間，是南北軍閥的主要戰場，並不斷有諸如「獨立」等人事發生，因此其重要性也大爲提高，1920 年下半年，當漢口《新聞報》通訊員陶菊隱收到上海本館方面寄來的在長沙拍發新聞電報的執照時，意味著漢口已由最開始的三等地區上昇爲二等地區了。國民政府定都南京後，「新聞業勢如朝陽，光焰萬丈，路透東方國聞諸社，特派專員，京滬漢粵各報選派才幹記者，探刺新聞，打發消息，一冷落之古都，又重見車水馬龍之觀。」〔註27〕另外通訊員的稿件質量也影響該地區的等級。陶菊隱任漢口通訊員半年，該地區就從三等上昇爲二等，也是他發稿頻繁、質量精良的結果。

各地通訊員的採訪範圍無明文規定，在習慣上，駐京記者除了寫中央政情外，還可兼寫全國各地的特殊動態；廣州的採訪範圍兼顧福建、廣西；武漢通訊員也兼及湖南和四川〔註28〕。在外埠招聘或設立訪員，按照慣例不是本館內的職工，不能享受本館的福利待遇。

〔註25〕陶菊隱《記者生活三十年》，中華書局，1984 年。第 27 頁。
〔註26〕陶菊隱，《記者生活三十年》，中華書局，1984 年，第 27 頁。
〔註27〕黃天鵬，《中國新聞界之鳥瞰》，《新聞學刊全集》，《民國叢書》第二編，第 48 卷，83 頁。
〔註28〕陶菊隱，《記者生活三十年》，中華書局，1984 年。第 27 頁。

（2）本埠編輯

又叫城市編輯，在編輯部中地位相當重要。他要熟悉本市情況，富有採訪經驗，對即將發生的可以預料的本市新聞，要事先「排日書之於冊，或揭示編輯部中」，和我們現在報社的新聞採訪計劃很相似。另外還要注意本市的瑣碎新聞，不要漏報，因為和當地讀者非常接近，也是有價值的。本埠編輯手下有特別訪員和體育訪員，前者是報館專聘的採訪記者，「平時外出交際，有事發生，即立刻出而訪問，以補普通訪員之所不及」〔註29〕；後者專門負責體育報導，運動新聞。

（3）普通訪員

值得一書的是普通訪員或訪事員，他們常常是兼職，並同時爲數家報館服務，報館利用他們常做一些專門報導。在上海，訪員採訪分工「論區域，有英界、法界、城內、閘北、浦東、吳淞之分；論事務，則有教育、商務、市政、軍事、司法之別；論交通，則有鐵路、輪船之殊。各事其事，不相侵犯」〔註30〕。

他們和外勤記者並不一樣。外勤記者受雇於一家報館或新聞社，盡力去採訪各種新聞，並沒有新聞發生地點和機構的限制，新聞內容和性質也是龐雜而沒有限制的；但訪事員是佔據了一個機關或地區，在這個機構和地區（如法院或閘北地區）內，一日所發生的新聞，全由該訪員自行記述，分抄若干份送給各報館，獲得稿費。他們有點類似通訊社，但沒有通訊社那樣的組織，而是個人行爲〔註31〕。此類訪員以上海最爲發達和典型，顯示了商業新聞發達城市採訪業務誕生的軌迹。

訪員的社會關係很複雜，連帶著主持本埠新聞版的編輯亦不能幸免，經常要和幫會中的「大亨」之流打交道。這類記者、編輯，十有八九是「拜過門」的，不是「黃門」（黃金榮——筆者注），就是「杜門」。即使《申》、《新》兩大報亦不例外。黃炎培曾指出《新聞報》之陳某、余某是「杜門」，《申報》之趙某是「杜門」，唐某更是「恒社」的核心人物，《時事新報》的項某則屬「黃門」。〔註32〕他沒有指出這些人的名字，但《申報》其實不止兩人，這趙

〔註29〕 戈公振，《中國報學史》，三聯出版社，1955年，245頁。
〔註30〕 戈公振，《中國報學史》，三聯出版社，1955年，245頁。
〔註31〕 張靜廬，《中國新聞記者與新聞紙》，現代書局，1932年，35頁。
〔註32〕 《杜月笙正傳》，徐鑄成，浙江人民出版社，1982年，80頁。

某，應該是本埠版編輯趙君豪、唐某爲夜班經理唐世昌，還有是採訪部主任康通一。這三人都是當時《申報》館裏著名的內外勤記者〔註33〕。

一些專門負責法院報導的訪員，在賓館中有房間，如果官司的當事人不想曝光，就要找到他們，出「封筆費」，作爲不被報導的代價。但這筆錢大部分要「孝敬老頭子」，餘下的，按資格深淺，出力大小，「公平」分配，當然也要分一份給對「門」，即跑同樣新聞的競爭對手，以便眞正貫徹新聞封鎖的目的。「老頭子」也不是完全坐享其成，他要對徒弟們盡保護的責任。還要對有關方面（如巡捕房、法院、或報館負責人）打個「招呼」〔註34〕。久在上海報界中的包天笑也有類似回憶，「這些訪員還有一個團體組織，承擔上海各家報館的本埠訪員送出的稿子都是一樣的，有時他們的聚會的地方（如茶館）被人知道，當事人不想登報，就到那裡去賄賂，於是他們就不送報館。後來各報館有自己的外勤記者了，這些舊的訪員就逐漸淘汰了」。〔註35〕

北方地區也有類似的訪員，一般被稱爲「賣新聞的」。有的賣社會新聞，來自警察廳、偵組隊等地；有賣商業新聞的，來自商會；還有來自法院的賣新聞的。比較特別的是賣政治新聞的，一般是政府的下級職員，活動比較秘密，直接來到報社編輯部，不與任何人打招呼，也沒有人招待他，坐下來，找筆拿紙，埋頭寫一陣，寫完走人。他的信息一般來自看到的往來公文，或從參與閣議的秘書那裡打聽到一些事情，就來報告，以備採用。報酬到月底的時候，視採用多少而定。但這種新聞來源一般都不長久，顯示了北方新聞業與南方新聞業的區別。

（4）報紙副刊編輯

報紙副刊和專刊的編輯，如教育、經濟、外交、婦女、小說、科學、圖畫、汽車等類，有的聘有專家來執掌。「九一八」事變後，《大公報》曾聘請著名軍事學家蔣百里主持其軍事副刊，請丙寅醫學社主編《醫學周刊》（周二出），請鄉村建設研究會主編《鄉村建設》（周四出的雙周刊），請南開大學經濟學院主編《經濟周刊》（周三出），以及請北平圖書館同人編輯《圖書周刊》等。當然也有些副刊是由本社編輯自己編撰的。社外專業人士的加入，可以

〔註33〕胡憨珠，《史量才與上海申報》，臺灣《傳記文學》第 69 卷第 3 期，126 頁。
據胡的記載，將記者介紹給杜月笙的就是黃炎培本人。
〔註34〕《杜月笙正傳》，徐鑄成，浙江人民出版社，1982 年，81、82 頁。
〔註35〕包天笑，《釧影樓回憶錄續編》，香港大華出版社，1973 年，317 頁。

增加內容的深度和廣度，提升報紙內容的專業性。文學副刊則由一些小說家、文學家長期負責，如包天笑主編《時報》的副刊《小時報》，周瘦鵑長期掌管《申報 自由談》，嚴獨鶴長期主編《新聞報 快活林》，張恨水主編過北京《世界晚報》的「夜光」，《世界日報》的「明珠」，上海《立報》的「花果山」，《南京人報》的「南華經」，重慶《新民報》的「戰鼓」，北平《新民報》的「北海」等。

五四時期前後，副刊的內容和風格發生重大變化，從以往刊登文學作品發展到宣傳新思想、新主義，並湧現出最為著名的四大副刊，《晨報副鐫》、《京報副刊》、上海《時事新報》的《學燈》、上海《民國日報》的《覺悟》，其中北京的兩個副刊都是由孫伏園主編的。孫伏園是民國時期著名的「副刊大王」，在其一生中，還先後主編了《中央副刊》（漢口）、《中央副刊》（重慶）、《新民報》副刊等很多報紙副刊。

孫伏園原名福源，字養泉，筆名伏廬、柏生、松年等，1911 年進入紹興初級師範學堂就讀並參加了南社的分支組織「越社」，1918 年到北京大學旁聽，第二年轉為正式生。他加入北大文學團體新潮社並任圖書館館長李大釗的秘書，1919 年他進入北京《國民公報》編輯副刊，開始其副刊編輯生涯，曾經編發魯迅先生的《一個青年的夢》等譯作和作品。該報因刊登反對段祺瑞執政府的文章而被查封，之後他轉入《晨報》當記者。1921 年孫伏園於北大畢業後正式進入《晨報》任副刊編輯。發表了魯迅的《阿 Q 正傳》、冰心的《寄小讀者》、周作人的《自己的園地》等許多優秀作品，也刊登大量介紹西方文化和科學的譯著。在他的主持下，《晨報副刊》兼收並蓄，內容豐富，成為五四時期宣傳新思想新文化的重要陣地。1924 年 10 月因為代理編輯劉勉已刪去了預備在副刊上發表的魯迅先生的打油詩《我的失戀》，孫伏園憤然辭職，離開《晨報》社。12 月初受邵飄萍之邀，主編《京報》副刊，繼續刊登文學作品和西方譯著，並發表很多支持學生的文章，1925 年 4 月 24 日《京報》被軍閥查封，孫伏園與其弟孫伏熙被迫一起南下廣州到中山大學任教。1926年冬，任廣州《國民日報》副刊編輯，兼任中山大學史學系主任。1927 年 3月他應邀到武漢主編漢口《中央日報》副刊，使之成為武漢最活躍、最具革命精神的副刊，此間刊發了毛澤東同志的《湖南農民運動考察報告》、郭沫若的《脫離蔣介石以後》等文章。「寧漢合流」後《中央日報》遷至上海出版，《中央副刊》停刊。同年多他到上海，主編《貢獻》旬刊。1928 年孫伏園創

辦並主編《當代》雜誌，1929 年與其弟孫伏熙一起去法國留學。1931 年回國後，孫伏園將精力投入到平民教育事業，並又主辦了很多刊物。

（5）駐國外記者

該類型記者在中國歷史悠久，若不算駐外使節或到國外遊歷後寫些通訊文章發表在報端的，報館直接派駐外國或請訪外人員專爲報館寫文章的，在清末就已經存在。如 1882 年 9 月 23 日，《申報》在報導朝鮮壬午兵變的時候曾說，「昨又接到本館派往高麗之友云……」〔註 36〕，由此可見，早在這之前，已經有派駐朝鮮的記者了。1886 年 7 月 17 日，又有報導說，「本館派駐長岐訪事人……已歷有年也」〔註 37〕。但我們已經不可能知道這些訪員的名字，以及他們是否是報館派出的專職人員。

中國的《西國近事彙編》是國人自辦的以報導國際問題著稱的刊物，其初期報導內容來源有三，「特派記者、駐使隨員、朋友及私人來信來電」。特派記者一般在臨近國家或地區發生重大事件的時候，如戰亂、戰爭等，派出的臨時報導人員；駐使隨員因爲身份特殊，也能經常提供一些信息，如曾紀澤、郭嵩燾、鳳儀、黎庶昌、陳蘭彬、李丹崖、副島種臣，安藤太郎、巴夏禮等〔註 38〕。

清末民初，隨著留學生的增多，他們也成爲報導外國信息的重要力量。如天津《大公報》、《益世報》等，都聘請過留學生作國際報導，周恩來就曾應聘爲《益世報》寫旅歐通訊。辛亥革命後，章士釗曾爲上海《民立報》作過一段時間的駐倫敦訪員。

北京政府時期，各報也如以往一樣聘請特約通訊員，如《晨報》特約通訊員有美國的羅家倫，英國的傅於，法國的張若名（女）；《時事新報》有英國的郭虞裳，法國的周太玄，德國的王若愚，格司德夫。特約通信員大部分是兼職性質，他們不是報館的專業人士，報社在接受信息中是被動的。

由報館直接派出管理的駐外專職記者，時稱爲特派員，在該時期始有據可考，顯示了新聞業務領域的一大進步。1919 年五四運動時期，天津《大公報》胡政之親臨巴黎和會，自 4 月 8 日開始共發回「巴黎專電」13 篇，「特約

〔註 36〕 《高麗近耗》，《申報》，1882 年 9 月 23 日。
〔註 37〕 《申報》，1886 年 7 月 17 日。
〔註 38〕 鄭翔貴，《中國最早的駐外記者》，葉再生主編，《出版史研究》第四輯，中國書籍出版社，1996 年 5 月，250 頁。

通訊」3 篇和「專件」1 篇，從中國人自己的角度報導了巴黎和會，打破外國通訊社的報導壟斷。1920 年 11 月，北京《晨報》和上海的《時事新報》聯合向外派出特派員。共有 8 名特派記者被派到歐美 5 國，他們分別是：美國陳築山，英國陳溥賢、劉秉麟，法國劉延陵，德國吳統續，俄國瞿秋白、俞頌華、李宗武（1921 年俞由莫斯科赴柏林，任駐德國特派員）。這一事件被稱爲中國「新聞界之一新紀元焉」〔註39〕。

2、人員招聘與培訓

報館開始重視對訪員的招聘與培訓。以採訪著稱的邵飄萍曾說，「改良新聞材料乃改良報紙之根本先決問題，新聞材料何自來，全賴外交記者之活動（日人所編輯之新聞學中稱外交記者或外勤員，即我國人稱爲訪事或訪員，英語之 REPORTER）。然則外交記者之養成尤爲改良報紙之根本。」〔註40〕在這樣認識下，很多報館從人員的招聘和培訓開始，延攬和培養人才。

報館業務水平不同，招聘人員的標準也不一樣。同在北方的天津《大公報》和北京《晨報》，其招聘人員的條件並不相同。天津《大公報》剛剛創辦時，因起點較低，招聘人員也簡單：

> 本報招考練習生：
>
> 1、中等學校畢業，文字通順。
>
> 2、錄取後每天工作時間由下午 2 點到晚 10 點。星期日不休息。
>
> 3、除供給伙食外，每月津貼五元。
>
> 4、北方人要懂南方話，南方人要懂北方話。
>
> 5、試用一個月，合則留，不合則去。〔註41〕

當時從事報館練習生的門檻很低，實際上只有兩點要求，一是中等學校畢業，文字通順；二是要通曉南方和北方的方言。因此雖然待遇微薄，工作艱苦，還是有很多人報名。考試也不難，據後來通過這次考試留用的曹世瑛回憶，主要問訊了姓名、籍貫、年齡、學歷、對報紙的興趣，家庭情況。然後拿來支筆，把上述問題的答案都寫下來，就是整個考試。那次被錄取的還有吳硯農、郝伯珍以及孔昭愷。

〔註39〕《共同啓事》，北京《晨報》、上海《時事新報》，1920 年 11 月 27 日。
〔註40〕邵飄萍，《實際應用新聞學》，京報館 1923 年，第 2 頁。
〔註41〕1928 年夏的招聘條件。

　　招聘來的練習生，工作從譯電碼開始。最初幾年，新記大公報的特色之一就是各地國聞通訊社發來的專電，每天幾十份，有時要占一整版。因爲量大，所以幾個月後，練習生不用電碼本就能背著翻譯電文。

　　採訪業務是從社會新聞練起，這樣可以幫助採訪人員由簡單而複雜的進入工作狀態。舊社會經常發生盜竊、扒偷、鬥毆、兇殺、自盡、拐騙、火災、車禍等事件，尤其天津南市「三不管」地區更爲嚴重。記者當時主要到警察局派出所登記簿上抄下「案由」，找有關的人去瞭解來龍去脈，再按新聞寫作要求組織起來。另一個來源是到地方法院刑庭去旁聽，審理的案件多是離婚、虐待、遺棄、私通、解除婚約等等。綜合檢查官起訴、原告訴說、被告供詞、律師辯護，記者從中找到矛盾根源，理出案情頭緒；有時也要找當事人談話，之後寫出報導，由主任邊講評邊修改，加上標題送交本市新聞編輯。練習生通過講評批改，提高了寫作能力，也學著怎樣當編輯。

　　同期以業務精湛著稱的北京《晨報》，在招聘人員方面要求則高多了，1925年招聘記者的條件爲，「1、剋實耐苦誓不沾染時下記者習氣者。2、高中以上學校卒業，或與有同等學歷者。3、至少須通達一種外國文。4、體格特別強健，善於講演者」〔註42〕。可以看出要在《晨報》當記者，道德品行、學歷、外語以及口才方面都有較高的要求。

　　在理論上，學界也對新聞記者提出全面素質要求，作爲招聘和培訓的理論標準：強健的體格——能耐辛勞；豐富的常識——熟知一切；和藹的性格——交際活潑；冷靜的頭腦——愼辦事理，即分析和處理事件的能力；高尚的德性——人格尊嚴〔註43〕。邵飄萍通過自身實踐指出作新聞記者的條件：首先「品性爲第一要素」，因爲記者經常與各種人物打交道，其中不乏重要人物，「最易得一般社會之信仰，亦最易流於墮落，不自知而不及防」；因此要有較高的人格操守，「俠義、勇敢、誠實、勤勉、忍耐」。其次是「必需之知識與經驗」，其中包括要知道新聞價值的所在，要有觀察、推理和聯想的能力，其實是指新聞的敏感，就是我們現在說的新聞眼，和新聞鼻的能力。還要有精細的注意力和記憶力，機警與敏捷的心思；最後要有健康的身體。

〔註42〕　方漢奇主編，《中國新聞編年史》（中），福建人民出版社，2000年，第1019頁。

〔註43〕　張靜盧，《中國的新聞記者和新聞紙》，現代書局1932年，第20～27頁。

三、報館人員設置特徵

1、編輯為主，採訪為輔的人員設置

中國報館從創辦之時起，就是以編輯為主，到這時依然如此。近代報紙誕生以來，就有編輯部門，但採訪部門的成立卻遲至 20 年代左右。《新聞報》自詡為上海第一個成立採訪部門的報紙，大約是 1920 年前後；張竹平在 1923 年主持《時事新報》，開始在該報和《申報》設立採訪科，但人員比例上，採訪部門遠少於編輯部門。如 1920 年《湖南新報》編輯科有人員 5 人，採訪科僅 1 人。1927 年，當顧執中到《新聞報》工作時，「編輯部的全部工作人員連同採訪科的六、七人在內，共約有四十餘人」〔註44〕。1927 年《申報》設立採訪部後，嚴格規定「記者儘管採訪，將新聞送達編輯部，至於編輯部是否刊登，權在編輯，採訪記者不得過問，亦不得查詢理由」〔註45〕；而《新聞報》的採訪科被故意安排在遠離編輯部的地方，編輯部在三樓，採訪科在二樓，人員彼此並不聯繫，這樣安排的目的似乎為防止編輯部中的新聞走漏出去。採訪部門在人員配比和地位上的低微，勢必影響獨家新聞的獲取。新記《大公報》是當時中國最具有新聞意識的報紙之一，1926 年創辦初期採訪人員也是編輯兼任的〔註46〕。但這家報館借助國聞通訊社的力量，建立起較廣泛的新聞採訪網絡，解決了這一問題，獲得更多本報獨家新聞。

這種狀況決定了報館的主要新聞內容不是自採，而是通過其他渠道得來的。這與現代報館的用人制度正好相左──採訪記者佔了絕大多數，而編輯是少數，報紙的獨家新聞和自採新聞要佔有相當比例。從各報館設立的人員安排可以看出，只有在本埠編輯下的特別訪員可以算的上是專業記者，記者與報館的這種關係決不是一個現代報業應該有的。

造成這種狀況的原因，一是因為記者地位相對低下。民國初年社會普遍對記者持鄙視態度，與清末無大區別，「稱之為『九流三教不入流之一流』，

〔註44〕顧執中，《戰鬥的新聞記者》，新華出版社，1985 年 9 月，第 20～27 頁。

〔註45〕趙君豪，《陳景韓先生與上海申報》，摘自《報學論集》，臺灣：中國文化學院新聞研究所、新聞學系、中華大典編印會合作出版，1965 年 11 月，第 54 頁。

〔註46〕那時的編輯部只有張季鸞、何心冷和杜協民三人，何心冷負責本市新聞、副刊兼采訪部主任，此人頭腦清晰、思維敏捷、文筆極佳，而且記憶力很好，採訪不用筆記，回去後一揮而就；杜協民畢業於南開，在報館裏負責經濟新聞與體育新聞。

特別是擔任採訪的記者，竟有人視之爲『包打聽』或造謠生事之徒」〔註47〕。
二、當時報紙的經濟狀況普遍脆弱。那些連印報的紙張都無法保障的小報不
必說了，號稱上海四大報紙的申、新、時報以及時事新報，經濟也很脆弱。《新
聞報》直到 1921 年底才還清最後一筆貸款 —— 通商銀行的貸款，之前長期
負債經營；《申報》自史量才接手後，本來經營尚可，每月有幾千的贏利，但
1914 年到 1918 年的一場官司，一下子輸掉 19 萬 5 千兩銀子，〔註48〕也是一
籌莫展。這兩報尚且如此，其他各報的情形亦可想像了。《民國日報》在上海
是很有影響的大報，隸屬國民黨，並有津貼，但也常常「斷炊」，沒有錢買紙
印報，向同行借錢〔註49〕。經濟狀況的脆弱使得報館無力聘用更多的記者。

2、專職記者的缺位

　　20 世紀 20 年代，中國專職記者正經歷著從嚴重缺失到逐步受到重視的
過程。徐寶璜在 1923 年爲中國最早的新聞業務類著作《實際應用新聞學》
寫序的時候，就感歎到，「報紙者，社會之耳目也。訪員者，又報紙之耳目
也。訪員得人，報紙方能盡供給正確迅速新聞之天職」〔註50〕，「吾國報社
因經濟關係多僅有編輯而無訪員」。這裡說的訪員是指報館的專職記者以及
兼職通訊員。因爲新聞教育的落後，「在 1930 年以前，畢業於新聞專業而進
入新聞單位，當新聞記者的，可以說絕無僅有；就是遠從美國大學的新聞系
畢業，返國搞新聞工作者，當時亦寥寥數人而已」。〔註51〕邵飄萍更深刻地
指出，「不認社外記者爲與彼（指主筆，編輯，筆者注）處於同等重要之地
位，此我國報紙內容腐敗之重大原因」〔註52〕。因此提高專職記者的地位和
素質，在當時報業極爲重要。

　　合格的訪員是報館消息可靠與否的關鍵，這對中國報業而言一直是個大
問題。1921 年美國密蘇里大學新聞學院院長威廉博士來上海，曾提出「在中
國辦報，除經濟外最困難之點何在」的問題，史量才答到，「編輯方面以消息

〔註47〕陶菊隱，《記者生活三十年》，中華書局，2005 年版，第 22 頁。
〔註48〕這一數字記載頗多不同，這裡引用的是記載最爲詳細的《史量才與申報》中
　　　　的數據，胡憨珠著，臺灣《傳記文學》連載，第 66 卷第 3 冊。
〔註49〕包天笑，《釧影樓回憶錄》，大華出版社，1973 年 9 月，第 441 頁。
〔註50〕徐寶璜，《實際應用新聞學序》，1923 年，京報館，19 頁。
〔註51〕顧執中，《戰鬥的新聞記者》，新華出版社，1985 年 9 月，第 42 頁。
〔註52〕邵飄萍，《實際應用新聞學》，1923 年，京報館，第 3 頁。

為最難選擇，蓋今日之新聞界尚少忠誠之通訊員也」〔註53〕。1921年，英國倫敦《泰晤士報》、《每日郵報》的主人北岩爵士到上海，訪問參觀《申報》時提出「報館採集各種眞確之新聞貢獻於世界，其價值與功能，實際過於外交」〔註54〕。1922年陳冷在《申報》50週年紀念的時候寫到，「余謂做報最簡單之規則，惟愼擇可靠之訪員。摘訪員之報告，再證以各種之參考，採為紀事。然後根據紀事，發為明白公平之評論，如是而已」〔註55〕。都證實了訪員對於報館的重要性。

因沒有專職記者，故報社的新聞來源非常簡單，「多仰給予通信社，而通信社復因同一關係，多係私人或黨系之宣傳機關，其通信遂常不免含有宣傳作用，黨派色彩」〔註56〕。而批評者亦指出「若各通訊社同日停止送稿，則各報雖不交白卷，至少必須縮成一版」〔註57〕。更為嚴重的是新聞眞實性無法保證。至於各報所登的「北京專電」，則用二號大字或三號中字登出，以示名貴。但寥寥的幾行電文，無法說明事件全貌，所以北京和全國其他重要省份的通訊在報紙中占重要地位。各地通訊員的出現為彌補報紙採訪性新聞的不足有一定作用。

國內新聞如此，國際新聞也一樣，主要由外國通訊社供給。

但並不是說記者在這時沒有多少作為，實際上這種體制雖然對報紙不利，卻能使一些善於採訪和寫作的記者脫穎而出。如邵飄萍、張季鸞、胡政之、陶菊隱等，甚至比同時期的主編社長們還有名氣。他們不受報館制度的限制，不必「仰面於人」，「可以憑一支筆打天下」，有一定的優勢，他們身處中國政治的中心地帶，北京、長沙、廣東等，為上海的報紙採寫重大事件，接受著足以維持溫飽的酬金。這些人始終沒有加入服務的報館，原因各異，邵自己創辦了通訊社和《京報》，張、胡於26年在天津復刊了《大公報》，只有陶菊隱一直為《新聞報》寫通訊，而因報館人事制度的限制始終未能進入《新聞報》。

〔註53〕謝介子，《世界報界名人來華者之叢輯及於予之感想》，《最近之五十年》第三篇第49頁。

〔註54〕謝介子，《世界報界名人來華者之叢輯及於予之感想》，《最近之五十年》第三篇第46頁。

〔註55〕陳冷，《二十年來記者生涯之回顧》，《最近之五十年》，第三篇，第35頁。

〔註56〕徐寶璜，《實際應用新聞學序》，1923年，京報館，19頁。

〔註57〕戈公振，《中國報學史》，生活・讀書・新知三聯出版社，1955年，212頁。

　　業界普遍認識到採訪記者的缺乏是報館發展的大問題，苦於沒有力量，很少作為。不過 1927 年中央通訊社成立，使這一問題暫時得以解決。該社所採國內新聞不論長短，均由專電傳送，分發各報館使用，這使得一批用郵件傳遞的國內新聞失掉競爭力，淘汰了很多地方通訊員。一方面這是新聞事業的大進步，另一方面也產生了新聞壟斷。但從歷史的角度看，這應該是中國新聞現代化過程中的好事。

3、高素質人才的匱乏

　　高素質人才在報館並不多見，報館的管理層常常為無法聘請到合適的人才而焦慮。《新聞報》董事長福開森曾說：

>　　本報自辦理以來，最大難處即為缺乏熟於新聞事業之人才，故於所延人員，輒為本館自為誘掖，以期養成專才，凡任職本報者，欲圖自進，本報輒力為謀方便焉。館員之中，蓋頗有常川服務，久而未替者，而逐年以來，亦時復延用新人，故於辦事人員，頗寓綿延進化兩旨，辦報遇有盈餘，館員皆分其利。使館中人員皆以報務之發達為心，同切己之事焉〔註58〕。

其總經理汪漢溪是專注於報業發展的管理人才，對此問題亦頗有心得，不僅指出報紙所需人才難以延攬，而且指出其原因首先在政府的迫害，其次在教育的不足，最後在複雜的人際關係。

>　　各省軍閥專權，每假戒嚴之名，檢查郵電，對於訪員，威脅利誘，甚至借案誣陷，無惡不作，故報館延聘訪員人材，難若登天。有品學地位具優，而見聞較廣者，咸不願擔任通訊，坐井觀天之輩，為糊口計，欲謀充訪員者，雖車載斗量，報館亦不願使若輩濫竽充數。……泰西報界、新聞記者，均具有專門學識，曰新聞學，曰廣告術。故報館各部，人才無患缺乏。乃中國報界缺乏專門人才，雖近年來各大學校，間有附設新聞學一課者，亦正在教學期間。此吾國報界所以有幼稚之歎。報館各部人才，既如此難得，慎重延聘，尚虞隕越，主其事者，既欲敷衍股東情面，而復欲收群策群力之益，豈不難哉。此辦報困難之又一原因也〔註59〕。

高素質人才的缺乏一方面因為中國新聞教育起步較晚、師資力量薄弱，另一

〔註58〕 福開森，《新聞報之回顧與前途》，《新聞報三十年紀念》，新聞報館。
〔註59〕 汪漢溪，《新聞業困難之原因》，《新聞報三十年》，新聞報館。

方面也因爲報業整體發展不高，缺乏吸引力。報業整體發展水平和高素質人才的吸引，彼此互爲因果。

報館人員職能設計安排已經初具規模，現代報館運行所需的各種重要崗位基本設立起來，編輯、採訪等重要業務方面人員均有安排，雖然採訪人員明顯弱了一點，但各報館在獲得和培養人才方面都有積極的嘗試。

第三節　人員工資與福利待遇

正規報館既然是商業企業，就有一定的用人機制和福利待遇。大報和小報在這點上很不一樣。大報如《申報》、《新聞報》、《大公報》等都能建立一整套相對比較完善的福利機制。

一、上海等商業發達地區的新聞從業者的收入與福利待遇

上海地區，20 年代各報館的工資比較固定，報館各部門和級別之間收入相差最多有十倍以上。報館最高主管總經理月薪在 300 元左右，編輯部的總管、總編輯或總主筆，月薪大約在 150 元到 300 元之間；其次編輯長或理事編輯，月薪在 150 元左右；再次爲要聞編輯、地方新聞編輯，月薪在 80 元左右；特派員每人月薪在百元左右，而且交際費除外。駐國內或者國外特約通信員，薪酬按篇計算，每篇文章大約 10 元左右。駐國內各地要埠，專任之人大約月薪 40 元，兼任者僅 10 餘元。翻譯的月薪約 50 到 80 元，校對和譯電員，月薪 20 元左右。本埠編輯薪水在 80 元，特別訪員月薪在 40 到 60 元。普通專業訪員，月薪在 30 元左右，普通兼職訪員，月薪在 10 到 30 元之間。

營業部的部長，月薪在百元左右，具體負責的人員月薪在 30 元左右。

印刷部中技術含量比較高的製銅版鋅版的師傅，月薪在 30～40 元。至於報館中的印刷工人，工資就低的可憐了。當時書局印刷工人工資在 15 元以下，但報館更差，「因爲各報館的印刷工人，各部分都有領袖（按即工頭）承包的，因此做工的人，比書局裏工人還要苦得多。推其原由，只因承包的領袖從中括剝，工人和資本家不能直接」〔註60〕。工人月薪最低的只有 10 左右，高的也不到 20 元。1916 年北京政府財政部印刷局工人舉行罷工，要求增加工資。

〔註60〕廖維民，《上海印刷工人的經濟生活》，1920 年，張靜盧輯注，《中國現代出版史料甲編》，中華書局，1954 年，437 頁。

1917 年 3 月上海商務印書館印刷工人罷工。事件發生前，該公司曾有自發的工人組織出現，中文排字部工人成立了集成同志社，裝訂部工人也成立同業工會。資本家下令解散兩個組織，並要解雇中文排字部工人領袖，於是引發了規模龐大的罷工浪潮。但罷工因沒有堅強領導而最終失敗。

　　1927 年《申報》第一次成立工會，工會成立後與《申報》老闆史量才商定工人的最低工資爲每月 29 元，春節前發一個月雙薪，還有一定獎金。雖然有所增加，但對比當時的總主筆陳景韓月薪 600 元，則眞的是天壤之別了。

　　從薪水制度上講，一般報館年終分紅，並有按服務年限漲工資的規定，如《新聞報》的職工有「館員」和「非館員」之分，他們仿照海關、郵局的通例，對館內職工論資排輩，逐年提高工資，年終分配紅利，退休有養老金。這種制度可使熟練人員把服務該報當作終身職業，人員不致外流。館員分紅提成的收入每年大約相當於增發 5 個月的工資。館員入館時的工資很低，月薪僅有 30、50 元的樣子，但服務時間越長，工資提升的越多。1922 年《新聞報》聘徐滄水主持「經濟新聞」版，月薪 180 元。當時的總編輯李浩然月薪爲 200 元，主任編輯記者月薪 100 元左右。老報人顧執中在他的回憶錄《報人生涯》中說，他在 1923 年進入上海《時報》當記者，月薪是 80 元，到 1935年他任採訪科主任時，月薪提高到一百六七十元，年終也有雙薪和分紅。

二、北方地區新聞從業者的收入與福利待遇

　　這還是上海的收入情況，其他地區則不能相比了。如當時湖南《大公報》主筆龍兼，筆名兼公，月薪只有 60 元〔註61〕。20 世紀 10 年代中期，陶菊隱爲上海《時報》寫些沒有多少新聞價值的「特別通訊」——用他自己的話說，就是「變相的雜文散記」，所得酬勞不過是幾張有正書局（與《時報》同屬一個老闆，狄楚青創辦）代價券，只能購買該書局的書而已；而且每千字一至二元，甚爲微薄。1920 年當他爲上海《新聞報》作長沙的通訊員時，工資是按月計酬的，每月 24 元。因爲他刻苦勤奮，出色完成任務，使《新聞報》當時的「長沙通訊」頗有特色，有時甚至超過「北京特約通訊」而列居頭版，因此半年之內，按月的稿酬竟增加到 100 元。說明報館在薪水分配上不是墨守成規，而是很有靈活性的。

〔註61〕張平子，《我所知道的湖南大公報》，《湖南文史資料》23 輯，湖南人民出版社，1986 年，179 頁。

　　天津《大公報》，除張季鸞和胡政之的月薪高達 300 元，與上海報館最高工資基本持平外，員工工資一般在 30 元左右，編輯在 100 元左右。天津《大公報》時期，工資收入比較穩定，每屆年終也可以得到 2 到 3 個月工資的獎金。有少數得力的編輯、經理、工廠人員，胡政之還私下發給紅包，以茲獎勵。據說，有的紅包有 4 個月工資之多。徐鑄成 1927 年進入《大公報》時，還是個學生，據回憶月薪 30 元，到 1938 年已經漲到 170 元。調級增加工資，都由編輯部、經理部、工廠的領導們研究決定，職工無權過問，一般說來，是論年資的。很多人每次調級漲了工資，都是在領工資時才知道的。

　　報館同時還對工作時間較久的編輯、經理和工廠骨幹贈送勞力股。1946 年制定年資薪制度，依據人員在報館工作年限長短核定年薪等級。服務年限越長，年資薪越高。這種辦法是胡政之等人從日本企業經濟管理中學來的。這樣可以使優秀人才留在企業，並鼓勵後輩安心工作。

　　而作發行或印刷等庶務性工作的工資就稍微低一些。《大公報》發行科李清芳到上海後的月薪僅 25 元，三頓飯由報館提供。後來改為每月發 10 元飯費，由報館雇廚師做飯，實際上每月伙食費只要交 2 元多，而且吃的很好。

　　該報的福利制度比較完備。其規定，凡是父母整壽或亡故，本人整壽、婚嫁及子女婚嫁，報館都要贈送相當於本人兩個月工資的贈金，免得彼此應酬造成負擔。員工平時生活困難，可以借錢，只要情況屬實，胡政之從不拒借。一些老報人回憶說，胡政之雖然精於籌算，但是很尊重人。1929 年徐鑄成回江蘇結婚，因經濟拮据向胡政之求助，胡政之立即為其匯去 100 元以解燃眉之急。

　　在醫療方面，聘有理療顧問免費為同人和家屬看病，但遇有自己在外尋醫治療的，不做報銷。1943 年成立同人福利委員會，通過會章 14 條，除年資加薪外，還有退職贍養金，子女教育補助費、婚喪補助費，醫藥補助費等。報館職員薪水福利分三種：月薪、津貼、酬勞金。具體如下：

　　年資加薪依照服務實足年數增加；

　　撫恤金：因公受傷或在職身故或衰老退職的，給予恤養金。其中退職贍養金：年過 55 歲，精力衰弱不宜服務的，任職在 10 年以上者給予贍養金；

　　子女教育費：職員服務在五年以上的，職員子女須達到初中以上始接受教育補助費；

　　醫藥補助費：服務 10 年以上的職員直系親屬患重病的給予補助費；

婚喪補助費，職員本人婚嫁時，給予兩個月薪額補助費。

除此之外，報館還成立員工消費合作社、體育會、國劇研究社等。同時，福利委員會進修部、學術座談會、俱樂部、福利部都制定了相應的簡則，這些政策解決了員工同人生活上的困難，充實了他們的業餘生活，對提高員工的思想、業務等的修養，對加強報館內部的凝聚力，都起到相當作用。

後期《大公報》還制定了《大公報社職員福利金支給暫行規則》、《大公報社工友請假規則》、《大公報社人事管理暫行辦法》等。有了各項規章制度，各項工作有法可依，有章可循，工作井然有序，報社上上下下和睦相處，就像一個大家庭，工作有成績的得到獎賞，出了差錯的受到處分，都可按章辦事。

三、新聞業薪金等與其他行業比較

報館人員收入的實際購買力如何呢？據陳明遠《文化人與錢》一書介紹，當時大學教授的薪水都在 200 元以上，胡適等名教授月薪在 400 元以上；中學老師的月薪大約是 45 元左右；30 年代上海灘的電影明星，周璿、趙丹等大明星的月薪爲 200 元（當時無片酬，和電影公司簽約後從公司裏領取固定薪水）；二流演員如藍萍，薪水是每月 60 元。而同一時期工人的平均工資僅十幾元，一個四口之家一個月的伙食費也不過十多元。1928 年，上海市社會局開始著手準備編製全市工人生活費指數〔註62〕，調查表明，自 1929 年 4 月起至 1930 年 3 月止的一年中，305 戶上海工人家庭平均每戶生活費支出爲 454.38 元。也就是說每個工作的工人，平均最低月收入應該是 18.4 元才能夠養活家人。20 年代，北京城內一座四合院的房租每月 20 元左右，包一輛「洋車」每月 10 元。這樣看來，報館人員的收入，特別是普通記者和編輯也就只能維持溫飽了。

低工資造成報館人員普遍兼職，以增加灰色收入，報館雖然知道，但也因經濟所限，沒有辦法。1905 年包天笑入《時報》報館，月薪 80 元，兼職《小說林》40 元，每月固定收入 120 元，有時在別處寫小說編雜誌甚至可兩倍於

〔註62〕從民國 18 年 1 月開始，在全市抽選 500 戶工人家庭逐日記帳進行家計調查，同時進行零售物價調查，爲編製上海市工人生活費指數積累資料。樣本的抽選，即調查戶家庭包括機器、建築、水電、煙草、化學、火柴、棉紡、繅絲、棉織、絲織、針織、食品、印刷、碼頭、黃包車夫、小販等 305 戶工人家庭，家庭平均人口爲 4.62 人，平均每戶有職業人口 2.06 人。

薪水,而全家費用每月至多不過 50、60 元,顯然盈餘頗豐。周瘦鵑在主編《申報 自由談》時是兼職,他還主持或自創了若干的鴛鴦蝴蝶派刊物,寫小說。陶菊隱曾將長沙通訊秘密寄給過《新聞報》的對手《申報》,賺取外快,補貼家用。董顯光任《密勒氏評論報》副編輯達 10 年之久時,主業是全國煤油礦事物總署督辦熊希齡的秘書。後來他創辦《庸報》,仍然跟著熊希齡轉到了水利委員會任職。徐凌霄 1924 年起在北洋政府農商部(後改實業部礦政司)任職,此期間還兼任平民大學新聞系、鹽務專科學校、北京國學補修社、北京國學書院講師、教授,1928 年起在中國大辭典編纂處任編纂員,直至 1955 年退休。甚至連外國人創辦的報紙也有此習俗,英文的《文匯報》老闆開樂凱因為報紙的利潤低微,因此也「很慷慨的允許他的職員找兼職」,這在同樣從英國過來的副主筆兼經理納許看來,「這個允許的範圍是過於寬大了」〔註63〕。

　　因此業內人士評價「新聞記者的薪給都是並不豐富的,比了在工廠中做工的勞工固然似乎稍優,比了其他從事工商業的一切職業,則相差也就很遠了」〔註64〕。而且夜以繼日,工作辛苦,沒有鐘點。

　　總體上說,運行模式是新聞業現代化中最複雜的部分,合理的組織形式和結構設計,符合新聞業發展要求的制度設計和人員安排,是媒體良性運行的基礎。這個時期媒體運行模式上主要處於制度構建階段。在組織形式上,雖然很多報社已經建立起股份制形式,但股份制的建構並不完善,普遍沒有監察會,股東和報館大多是金錢關係,對報館的報導還未產生負面影響。這和媒體整體發展水平相適應,因為僅從收入看,當時媒體業在整個國民經濟中所佔比例甚小,基本未在統計之列,如此纖細的產業不適合建立健全的股份公司。同時,在組織結構設計上,已經建立起編輯、營業和印刷三大部門,職責比較清晰,但在一些細節上,與現代新聞業的要求還有差距,如採訪部門與編輯部門並沒有完全分開,採訪部門尚未獨立,其力量要弱於編輯部門;編輯部門設計已經比較完善,顯示出重要業務部門在現代化過程中的進化步驟。一些報館的福利和薪金制度比較穩定和健全,顯示媒體現代化過程中制度建設比較成熟。

　　新聞從業人員是行業中最活躍的因素,從這一時期看,專業性和職業性

〔註63〕《納許自述》,《報業雜誌》,《上海研究資料》,《民國叢書》第 4 編,第 81 卷,上海書店,333、334 頁。
〔註64〕張靜廬,《中國的新聞記者與新聞紙》,現代書局,1932 年,16 頁。

特徵比較明顯，採編人員的分工開始明確；部分報館注意人才的引進和培訓，並能吸引和留住國內著名學府的高材生以及海外學成歸來的專業人士，顯示了行業發展的整體實力與水平。不過，從整體上看新聞從業人員收入普遍比較低，而且差距較大。

第九章　媒體經營的現代化

　　一般來說，報館的主要經營收入來源為廣告和發行。但在民國時期，由於中國處於半封建半殖民地時期，資本主義並不成熟，商業報紙也不發達，因此在經營上，並不能完全依靠廣告和發行，報紙在資金來源上有很大的外界依賴性。

第一節　資金來源

　　1928 年前中國報紙的商業化程度比較低，報紙在資金上（包括創辦資金和運作資金）面臨各種困難。當時報紙資金來源主要有以下幾個方面，政治資本，民間資本和報紙本身的收入。

一、政治津貼為報館資金的重要來源

　　從各種迹象看，政治津貼在報紙的創辦或發展過程中占重要位置，來源包括政黨、政府部門、甚至是政客個人。

1、來自政客個人的資金

　　政客投資報紙，自清末民初即有先例。在位的官員和在野的政客，有的直接出面辦報，有的投資報館，還有用捐贈報人等的方式支持報業。清末時期，當以開風氣為己任的新式報紙出版時，那些和維新派宣傳政治改革有關的報紙，基本得到過洋務派的支持，如《中外紀聞》得到過袁世凱的資金支持，《時務報》得到過黃遵憲、張之洞等人的支持等；上海《新聞報》在福開森接手前也有張之洞和盛宣懷的股份。

　　一些落魄官員辦報以明志，借助報紙抒發自己的政治主張或對社會某些現象的不滿，如清末江西鉛山知縣陳範因辦理教案被清廷革職，於是「憤官場之腐敗，思以清議救天下」〔註1〕，在上海接辦《蘇報》；又如四川人朱彥達作候補知縣時無正式官職在身，在漢口接辦了因失火而一度停業的《漢報》等。

　　民國以後，這種風氣越來越濃〔註2〕。政界、軍界名流用各種方式津貼報館。同盟會張耀曾（後為國民黨中政學系要人）多年為其黨派報紙《中華新報》補貼，數額巨大，在其離職後，一度生活困窘，1928年他日記中寫到，「屢年收入不少，似應稍有節蓄，乃一寒至此，余嘗自驚。自推其故，大約建築現住之房屋耗去大半；從前貼補《中華新報》及為該報償債付利，為數亦巨；又補助舊政學會同人公用及親友借貸，亦頗不少」〔註3〕。從日記中，我們可以看出，他補貼報紙的資金主要是個人的，是和其自建房屋，親友借貸等列在一起的。

　　軍界人物也如此。1920年代，湖南在趙恒惕主持下，以鉅資津貼報館。據當時參加其招待新聞界宴會的湖南《大公報》主筆張平子回憶，補貼金額竟然高達「大報每月2000至3000元，小報每月1000至1500元，通訊社及雜誌等每月200至500元不等」，而湖南《大公報》因為名氣大，因此私下裏得到8000元的支票，但被張拒絕〔註4〕。蔡鍔也曾對新創辦的湖南《大公報》補貼500元。該報創辦時，曾下定決心，「自行出資辦報，不依靠任何方面，以免受牽制不能自由發表言論」〔註5〕，但由於創辦人出身僅為小康，只募集到500元，不足開張，這時蔡鍔從北京寄來500元及祝詞，報紙欣然接受，並推蔡鍔為董事長，蔡回電說，「軍人不能以借報紙議論國政」而堅辭；報紙同時也接受了湘紳劉人熙等的捐贈三千元。該報甚至在報紙上刊登他的捐贈

〔註1〕　丁淦林：《中國新聞事業史》，武漢大學出版社，1990年版，100頁。

〔註2〕　《申報》1913年7月10日第二張第六版第三欄中曾記載過譚延闓上臺後津貼長沙、上海、北京、漢口等地的33家新聞單位的詳細明細。轉引自方漢奇《中國近代報刊史》，山西教育出版社1991年11月版，第738、739頁。

〔註3〕　楊琥編，《求不得齋日記》，《憲政救國之夢——張耀曾先生文存》，法律出版社出版，2004年11月。222頁。

〔註4〕　張平子，《我所知道的湖南大公報》，《湖南文史資料》23輯，湖南人民出版社，1986年，177頁。

〔註5〕　張平子《我所知道的湖南大公報》，《湖南文史資料》23輯，湖南人民出版社，1986年，176頁。

祝詞，當然其深層原因也有爲讓報紙能在當時袁黨控制的湖南生存下來的意思〔註6〕。這些錢是政客軍閥等以個人名義捐贈的。從報館欣然接受這些津貼的態度上，可以推測這種情況在民國、特別是民初的報界不是個別現象。

2、政黨、政府投資報紙

由於成立黨派是各政治人物進行政治活動的重要途徑，因此創辦或支持報紙宣傳自己成爲風氣。有資金來源的大黨派可以爲報紙不斷輸送給養，使宣傳成爲日常的開支。如國民黨中央和地方黨部都有一定的預算用於宣傳，一份報紙的津貼一般從一百元到兩千元不等。1928 年國民黨掌握的報刊 330 種，其中日報有 273 種，多數都得到各級黨部的資金支持，其中南京《中央日報》月津貼額度高達到 8000 元；中央通訊社更是向中央提出月均補貼 5 萬元的請求。

進步黨利用《時事新報》進行反袁宣傳和本黨主義，也曾貼以鉅資，但還是資金匱乏，不得已而求助與之有共同目標的雲南軍政府：

> 此間《時事新報》爲吾黨唯一之言論機關，所關甚巨，前此支持本報本已極難，自籌安會發生後，本報首登密電，揭其陰謀，爲政府禁銷內地，每月更需賠墊二千元以上，今爲鼓吹主義起見，凡外郵可通之處，皆分途寄贈各機關，不收報資，所費逾（愈）浩。……坐是此間乃無涓滴可資活動，意欲請莫督命富滇行長張木欣就近撥一二萬，交溯初使用，其大部分則用以支持《時事新報》，小部分則供同人奔走資斧。……希密商莫公速予處分，不勝大願。〔註7〕

除了本黨報紙名正言順的接受津貼外，政府部門也對社會上的名記者，報紙進行津貼。李思浩先後任段祺瑞內閣的財政次長、總長，曾回憶說，在他任財長期間「要結交幾個新聞界的朋友，也要應付一般新聞界的需索，給他們一點津貼。在朋友中，胡政之和段芝泉、徐樹錚關係很深，和我們都很熟，自非一般可比，可以說是我們團體中的一員。除《大公報》（由王郅隆出面主辦），以及胡後來辦的《新社會報》要給相當數目的資助外，對胡本人，我記

〔註 6〕　當時湖南湯薌銘控制，屬袁黨；其兄在上海，反袁；爲了給弟弟留一後路，
　　　　　積極結交湘紳劉人熙等人，因此報紙刊登劉的賀詞，目的在宣佈報紙和湯兄
　　　　　亦有關係。
〔註 7〕　梁啓超，《致亮儕我兄書》，轉引自丁文江等編：《梁啓超年譜長編》，第 753、
　　　　　754 頁，上海人民出版社，1983 年。

得在我當財部總、次長的幾年間，每月送他三四百元，從未間斷過」〔註8〕。

1919 年還有一些地方政府開始決定不再對本地的報紙進行津貼。3 月 27 日，揚州取消報館津貼，原因是「現各警區以公費無多而繼起辦報者不少，殊難津貼，……決議除看報酌給報資外，所有報館津貼一概取消，以資節約」〔註9〕。

3、津貼風氣泛濫

除了政黨報紙，一般以商業報紙為名的民營報紙，也普遍接受津貼，津貼一時泛濫成風。

1925 年北京人口僅有 100 多萬，竟然有 300 多家報社和通訊社，便是政治津貼的畸形作用。這 300 多家新聞單位中 200 多家多為見不到報紙的報社和不發稿的通訊社；或者與別的報紙合版，換下報頭和部分社論，就是另一份報紙，有的僅印刷 20 餘份，到各機關交差，市面上並不見銷售，它們都是拿了各大小政黨或個人津貼而糊弄出資人的。其餘 100 多家則因有點規模，有資格接受北洋政府六大機關贈送「宣傳費」。提供津貼的六機關是參政院、國憲起草委員會、軍事善後委員會、財政善後委員會、國民會議籌備會、國政商榷會。據 1925 年 11 月 19 日《晨報》報導，接受津貼的報館分四級：1、超等的六家，每家 300 元，有參政院支持的《順天時報》、《益世報》、《京報》，財政支持的《東方時報》，國政支持的《黃報》和國憲支持的《社會日報》；2、最要者 39 家，每家 200 元；主要包括《世界日報》、《北京日報》、《京津時報》、《交通日報》、天津《益世報》、天津《大公報》、天津《泰晤士報》、國聞通訊社、新聞編譯社等；3、次要者 38 家，每家 100 元；包括《北京時報》、《群強報》、《中央日報》等；4、普通者 42 家，每家 50 元，包括《民國公報》、《實事白話報》、《正義報》和中俄通訊社等。總計 14，500 元，125 家媒體，其中日報 47 家，晚報 17 家，通訊社 61 家。〔註10〕當津貼名單被一些報紙透露後，48 家居於次要地位的報紙或不滿意排名的報館聚眾要求政府公佈名單。當然也有《世界日報》相反，於 29 日發表聲明，否認接受過這筆津貼的，一時間輿論界沸沸揚揚。

〔註 8〕 徐鑄成，《李思浩生前談北洋財政和金佛郎案》，杜春和等編：《北洋軍閥史料選輯》（下），233 頁。

〔註 9〕 《申報》1919 年 3 月 27 日。

〔註10〕 《晨報》1925 年 11 月 19 日。世界日報史料編寫小組，《世界日報初創階段》，《新聞研究資料》第 2 輯，中國社會科學出版社，1980 年，152 頁。

　　同時期日本的秘密調查也證實津貼現象普遍存在。據 1926 年（日本大正 15 年）9 月 5 日南滿株式會社發行的秘密文件《支那新聞一覽表》和 1927 年 11 月（即昭和 2 年）日本外務省情報局作的秘密調查《支那新聞及通訊機構調查》顯示，在中國稍有影響的報紙都能得到也樂意接受各種津貼。在被調查的北京 40 家比較有影響的報館中，明確指出是「XX 機關報」或接受津貼、補助的有 31 家，只有 9 家未表明接受補助，但並不代表他們沒有背景或補助，因為日本情報機關對材料的收集是有甄別的〔註 11〕。從支持者的名單中我們可以看出出資辦報的機構和個人身份各異。有現政府的、外交部的、交通系、研究系、國民軍系、山東軍系、四川政府、安福系、甚至國民軍第一軍、第四軍，也有個人出資等，金額也從數千元到幾百元不等。熟悉華北報業內幕的張季鸞曾斷言，「蓋華北報紙，除小報尚能經濟獨立外，鮮有不靠津貼過活者」〔註 12〕。

　　一般認為上海是中國商業報紙發達地區，津貼現象較少，但調查顯示，上海報紙只是接受津貼更為秘密一些，因為畢竟有的商業報紙歷史悠久，認為接受津貼不太光彩。當時比較有勢力的報紙有 11 種：《申報》、《新聞報》、《時報》、《神州日報》、《新申報》、《商報》、《中國晚報》、《中華日報》、《時事新報》、《民國日報》、《中南晚報》，這些報紙多依託租界外國勢力，用國外公司的名義進行登記。日本間諜調查顯示除前三家外，其餘都是政黨機關報或接受補助，如《新申報》在 1925 年左右接受的是李思浩或張學良的津貼，同時與孫傳芳關係密切，每月有 2500 元的補助；而陳布雷所在的《商報》接受的是湯節之、虞洽卿的出資，與奉系軍閥關係相當緊密等等。雖然日本間諜沒有調查出《申報》等的背景，其實它在 1912 年歸史量才所有的時候，卻是不折不扣的政黨報紙。從計劃到收購，背後有共和黨的支持，11 萬兩的收購費用，均由共和黨人認購，雖然對外號稱獨立媒體，實際上為共和黨掌控。但時間不長，1915 年席子佩與史量才因本金償還問題訴諸法庭，史量才敗訴，才巧妙的將張謇等人的股份註銷，正式成為史量才的私人財產〔註 13〕。而在其經營的過程中史氏更先後接受齊燮元每月捐款 2000 元，以

〔註11〕從材料中可以看出，其重要報紙的背景介紹非常清楚，而這 9 家報紙如《中國報》、《北京報》、《穆聲日報》、《平民報》、《小小報》、《群強報》、《民立晚報》等發行量比較少，而《北京白話報》和《事實白話報》雖然發行量大，但只在下層市民中有重要影響。

〔註12〕張一葦，《華北新聞界》，《報學月刊》第一卷第一期，1929 年。

〔註13〕對該問題，現在還有分歧，大陸學者的研究成果多認為是史量才在報館贏利

及一塊地皮和一棟住房。當然齊變元資助的報刊很多，不止一家。

4、津貼報館對報館的惡果

　　非正常的資金來源，使報業風氣惡濁，一味追逐金錢，甚至在政局動盪的時候，敲一筆意外之財，完全忘記媒體對社會和國家的責任。如 1925 年的金佛郎案發生後，有的報社竟得到 2 萬元到幾千元的津貼，幾百元的就更多了。到了年節，各機構送禮給報館成為常例。某通訊社曾因為受到北洋政府國務院送的年禮「只有毛詩（詩 300 首，筆者注）兩倍之數」，登報宣佈璧還，大概是嫌 600 元太少；上文提到了 1925 年 11 月份在《晨報》公佈了津貼名錄後，竟有報社、通訊社因為沒有領到「津貼」，登報質問，使六機關非常尷尬；此外報社為了津貼的事互相攻訐也是屢見不鮮〔註 14〕。

　　一些著名報人也接受津貼，拿人錢財，替人說話，受人物議。如邵飄萍創辦《京報》，生活闊綽，有當時極少見的自用汽車，他的香煙也是特製的，上面印有「邵振青吸用」字樣，為了維持這種生活，向各方謀求津貼也是常見的。《京報》曾在一天當中印行不同社論的兩版，這在當時的報界是周知的〔註 15〕。至於他拒絕張作霖 30 萬大洋的賄賂，也有資料聲稱，當時他並不知情，知道後為失掉這筆鉅資而懊惱。在其被槍殺後，更有共產黨刊物《政治生活》，也批評其在職業操守上的瑕疵，「根據北京各報所載，邵君向無定見，以金錢為轉移，致遭各方毒恨，最近以宣傳赤化嫌疑被奉軍槍斃。如此記來，似邵君素行乏檢，最近又犯軍閥，真是罪有應得，死得活該」。〔註 16〕林白水也是生活闊綽，在他的宅子中，傭人最多時有十幾個，孩子的家庭教師就有 5 個，此外他還酷愛收藏金石和硯臺，藏品聞名於世。其賣文、收授津貼和賄賂在報界也並不是秘密。最終因撰文罵張宗昌的親信潘復，把二者關係比作睪丸與腎囊，惹殺身之禍。

　　　　後，主動還清了張謇等人的股本（以宋軍的《申報的興衰》為代表，上海社
　　　　會科學院出版社，1996 年版，第 91 頁），但臺灣方面的研究認為是史量才借
　　　　與席子佩官司敗訴，要賠付 25.5 萬兩銀錢之際，說服眾股東主動退股，以免
　　　　負有連帶責任的（以胡憨珠《史量才與申報》為代表，連載於《傳記文學》
　　　　第 65 卷第 4 期至第 69 卷第 3 期）。

〔註 14〕世界日報史料編寫小組，《世界日報初創階段》，《新聞研究資料》第 2 輯，中
　　　　國社會科學出版社，1980 年，152 頁。

〔註 15〕徐鑄成，《〈國聞通訊社〉和舊〈大公報〉》，《新聞研究資料》第 1 輯，中國社
　　　　會科學出版社，1979 年，62 頁。

〔註 16〕《邵飄萍之死》，《政治生活》第 76 期《紅色五月特刊》。

也許永遠無法計算中國報紙接受政治資本的具體數額，但這種捐贈無疑是經常或長期的。成爲中國新聞業發展過程中的雙刃劍，它一方面提供給報業最需要的發展資金，一方面又無情的收買了報紙最珍貴的言論自由。連當時的報人自己也說，「今敢下一斷語曰，報紙直接或間接接受黨派經濟上的補助者，絕不能有光明磊落之氣象」〔註17〕。

二、民間資本的匱乏

除了政治投資外，還有一些來自民間的資本投入報業。但這些資金一般都很微弱，一兩萬就算多的了。董顯光創辦的第一份報紙天津《庸報》，是用他辛苦積攢下的幾千元開始的；後來擁有《世界日報》、《世界晚報》和《世界畫報》的成舍我，1924 年創辦《世界晚報》時，起家資本只有他最後一個月的工資，200 塊大洋〔註18〕。當時他用如此少的資金涉足報業，也只有辦晚報了，因爲「晚報成本低，只需用四開大的紙就夠了」〔註19〕，同時在人手方面，也是極爲精簡。他一人要身兼數職——採訪、編輯和經理，還請兩個好友大力幫助，一個是編副刊的張恨水，一個是爲他跑東交民巷外國新聞的龔德柏。由於缺乏資金，因此《世界晚報》以勤儉和用人苛刻著稱，據說從《世界晚報》或《世界日報》出來的人，再到別的報紙應聘都很容易，因爲大家都知道在那些報紙中工作過的人都很能吃苦。

民間資本籌集不易，且容易枯竭。《新聞報》老闆汪漢溪在世時，爲了報社的發展，負責融資，想盡辦法，爲了得到良好的資金方面的信譽，有時不得不拆東牆補西牆，借錢還債，歷盡艱辛，直到 1921 年才還清欠款，並給股東發放股息。1923 年該報 30 週年紀念時，他曾痛心的記錄下中國民營報紙在資金方面的艱難：

> 經濟自立，言之非艱，行之維艱，中國報紙各埠姑不論，即上
> 海一埠自通商互市以來，旋起旋僕，不下三四百家，惟其至敗之由，
> 半由於黨派關係，立言偏私，不能示人以公，半由創辦之始，股本
> 不足，招集股本一二萬，勉強開辦，其招足十萬八萬爲基金者，殊

〔註17〕謝福生，《世界新聞事業》，《最近之五十年》，申報館 1923 年。
〔註18〕成氏接受當時北洋政府財政總長賀德霖的 3000 元，製辦機器設備，是在 1925 年創辦世界日報的時候。但在 1926 年「三一八」慘案發生後，成氏就撇清了與賀以及北洋政府的關係，極力宣稱自己的民營獨立性質。
〔註19〕徐詠平著，《革命報人別記》下，正中書局印行，民國 62 年 3 月。

　　未多見。股未齊而先後從事於賃屋、購機、置備器具，延聘編輯、
　　訪員，雇傭工役，以滬市物用昂貴，開支浩大，恐在籌備期內，基
　　金業已耗盡。及至出版，銷數自難通暢。廣告收入甚微，報館人才，
　　徵求延聘，尚難入選，而各股東所薦之人，大都不適於用，人浮於
　　事，辦事無人、出版未久，主其事者，支持乏策，乃不得不一再商
　　之股東。加添股本。股東每因所薦之人未能滿意。多願拋棄原有權
　　利，以免屢加股本之憂，股本即難添招，收入亦無把握，進退維谷
　　之時，不得不仰給於外界。受人豢養、立言必多袒庇，甚至顛倒黑
　　白，淆亂聽聞，聞者必致相率鄙棄，銷數必自日少。廣告刊費更無
　　收入〔註20〕。

雖然大家都明白言論獨立對報業的重大意義，但前提是經濟獨立，如果沒有
經濟的獨立，如何談言論的獨立。我們從汪漢溪的肺腑之言中體察到民營報
紙想通過正常途徑融資的艱難。

　　無論如何，《新聞報》在經濟獨立上得到了社會的認可，當時上海《中華
新報》的主編張季鸞曾讚揚它是發揮「在商言商」主義，「不求津貼，不賣言
論，不與任何特殊勢力締結關係，惟憑其營業能力，步步經營，以成今日海
內第一之大報」。還稱讚汪漢溪是「不問政治，不兼他業，惟專心一志經營報
業，其謹慎精細，久而不懈，全國殆無第二人」〔註21〕。

　　同樣值得部分肯定的是，一些報館一方面拿著政府或團體，個人的津貼，
一方面奮力爭取報紙的經濟獨立。如成舍我的《世界晚報》和《世界日報》
即是如此，初創事業時，他從當時財政總長賀得霖處得到3000元資助，用於
購買機器等重要設備，在報紙發展的最初困難階段，也幾次從賀處得到三、
五百元的接濟。因此在《世界日報》創辦後3個月，五卅慘案發生時，他「對
於段祺瑞政府，用各種辦法，大為幫忙」〔註22〕。但1年後，三一八慘案發
生，《世界日報》不再為段政府幫忙，並對其有所責難，報紙的聲望和銷量隨
之增加。但賀卻很惱火，以索還資金為要挾，成並不懼怕，認為已經為段政
府幫了不少忙，可以說兩清了，如果再逼款，就揭穿賀資助報紙的內幕，賀

〔註20〕 汪漢溪，《新聞業困難之原因》，《新聞報三十年紀念》，新聞報館。
〔註21〕 張季鸞，《新聞報三十年紀念祝詞》，《季鸞文存》第二冊附錄，1946年7月第
　　　　 三版，大公報出版社，第3頁。
〔註22〕 《世界日報初創階段》，《新聞研究資料》第2輯，1980年，中國社會科學出
　　　　 版社，154頁。

自知理虧，也無可奈何。從此，成更不認這筆帳，而極力宣揚自己的民營報紙身份。成舍我與《世界日報》的發展過程，是典型的早期利用津貼，但經過自身發展而成爲獨立民營報紙的例子。

　　總之，報紙的經營在這一時期正是處於現代化的起步時期，經濟獨立成爲很多報館奮鬥的目標，而這需要比較長的時間。當時很多報館都在經歷這樣的過程，只是所處階段不一樣而已。如很多報館一直接受津貼，並沒有獨立；個別報館已經不再接受津貼，完全用商業或民間資金進行發展；大部分一邊靠自身經營，一邊靠津貼補充資金維持出版，顯示出報館現代化過程中的多樣性。

第二節　報紙的發行

一、報紙的定價與發行

　　報紙中能依靠發行收入維持的大部分是篇幅少，紙張小，印刷成本比較低的小報、晚報，以及日出張數比較少的北方報紙。1926 年 9 月 1 日天津《大公報》創辦，定價爲銅元 8 枚，1927 年 5 月 1 日開始漲價，每份售大洋 3 分6 釐，或銅元 12 枚。那時這些報紙每日出 2 大張，8 版，直到 1928 年元旦增出半張，報價不變，從印刷成本上看，可以基本維持或有贏餘。但南方大報，如《新聞報》、《申報》，日出數大張的，基本上不能靠發行來增加收入。那時報紙一大張的成本約 1 分錢，《新聞報》和《申報》版面最多時每天有 8 到 10張，再加上油墨、製版、人工等成本，每份報紙的成本要超過大洋 1 角多，而每份報紙的價格只有 3 分 6 釐，批給報販按六五折實收，不過兩分多，不但不夠成本，甚至出現發行的越多越賠本的狀況，《新聞報》汪仲韋曾坦言，「超過五大張，售報收入就要不夠紙張成本」〔註23〕。1926 年 9 月 1 日，經過十多年穩定的價格，《申報》將報價由大洋 3 分漲到了 4 分〔註24〕，成爲上

〔註23〕汪仲韋，《我與新聞報的關係》，《新聞研究資料》總弟 12 輯，展望出版社，1982 年 6 月，第 134 頁。
〔註24〕《申報》的價格在歷史的變化，在 1918 年 10 月 10 日《申報》的報導中有記載，原文如下，「開辦時薑批每份六文，零售八文，光緒四年正月起，零售每份十文。光緒二十五年正月起，零售每份十二文。光緒三十二年正月起，零售每份一分四釐。宣統元年八月起，零售每份二分。宣統三年八月起，零售每份三分。至外埠批發報資。光緒三十四年定價。中國境內全年逐日寄，售

海價格最貴的報紙〔註 25〕，但依然低於報紙的成本。據說當時申、新兩報的收入中「70%以上來源於廣告」〔註 26〕，發行收入非常少。

20 年代後，上海主要報紙的定價和出版張數變化不大，我們以 1935 年的一份數據可以推測出 20 年代各報的出版張數和定價的比例。

表 9-1　1935 年上海主要報紙定價表〔註 27〕

報　　名	紙張開數	每日發行張數	每份價格
申報	對開紙	5 張半～10 張	4.5 分
新聞報	同上	5 張半～10 張	4.5 分
時報	同上	2～3 張	3.4 分
時事新報	同上	3～4 張	4.2 分
中華日報	同上	2～3 張	3.5 分
民報	同上	3 張	3.4 分
上海商報	同上	1 張半	2.7 分
立報	四開紙	1 張	銅元 4 枚
大晚報	對開紙	1 張半～2 張	2.8 分
大美晚報	同上	1 張	銅元 5 枚
新聞夜報	同上	2～3 張	2 分
社會晚報	同上	1 張	2 分
立報晚刊	八開紙	1 張	銅元 3 枚
上海日報（日）	對開紙	連夕刊 3 張	7 仙
上海日日新聞（日）	同上	連夕刊 2 張半～3 張	7 仙

洋七元二角，日本八元四角，外國十二元，半年一律減半。宣統元年八月起，中國境內全年逐日寄改爲九元六角，外國十四元四角，半年減半。宣統三年八月起，中國境內改爲十二元，與日本同。民國五年起，歐美各國全年又改爲廿五元半，半年十二元六角，（以上價格之遞增，要以紙張之多寡，及紙價今昔不同之關係。昔不得爲廉，今不得爲昂也。）」

〔註 25〕　如果按照沒有漲價前，報紙在國內的年定價 12 元計算，這樣的價格對普通百姓來說，是非常高的。1928 年上海地區統計，工人家庭人均月消費 8.2 元，所以如果訂一份報紙，就相當於一個低收入家庭單個人一個月多的生活費用。上海報紙當時的價格相對與當時的日本來說，價格比是 10：1，即 10 倍於日本。

〔註 26〕　徐鑄成，《舊聞雜憶》，生活・讀書・新知三聯書店，1980 年香港，224 頁。

〔註 27〕　《上海新聞事業史料輯要》，臺灣天一出版社，T64 頁。

上海每日新聞（日）	同上	連夕刊 3 張	7 仙
字林西報（英）	同上	4 張半～8 張	10 分
上海泰晤士報（英）	同上	4 張半～6 張	10 分
大陸報（英）	同上	4～6 張	10 分

由此可見，英文報紙因為讀者多為收入較高的外籍人士和有一定外語基礎的社會上層，售價較高，而中文報紙則普遍定價較低，特別是版數眾多的申、新兩報，甚至每版理論上只能收回 0.45 分，連成本的一半都不到。因此出於成本和收益的考慮，當《新聞報》和《申報》發行到了一定數量，利潤最大化時，就不再追求發行量了。

二、發行機構

報紙發行有以下幾種情況，一是直接訂戶，即直接到報館訂購報紙的用戶，這些人本埠的由館中派人專門送到，外埠的由郵局寄送〔註 28〕。二是間接訂閱的，本埠一般靠報販批購，外埠的則由分館或代派處代發。因此除了報館自己的發行部門外，報販、分館和郵局成為報館發行中非常重要的環節。報紙發行受到各種條件限制，並不是報館單方面努力就可以解決。

〔註28〕 包天笑在《釧影樓回憶錄》裏記載，他八九歲的時候（他是 1876 年生），「我們家裏，已經定了一份上海的《申報》，《申報》在蘇州，也沒有什麼分館、代派處之類，可是我們怎樣看到申報呢？乃是向信局裏定的，那個時候，中國還沒有開辦郵政，要寄信只有向信局裏寄。信局也不是全國都有的，只有幾個大都市可以通信。江浙兩省、蘇滬間，交通頻繁。……信資大約五十文。在蘇州無論何人，要看《申報》，就非向信局信差訂閱不可。而且蘇州看到上海的《申報》，並不遲慢，昨天上午所出的報，今天下午三四點鐘，蘇州已可看到了，當時蘇滬之間，還沒有通行小火輪，火車更不必說了，如果是民船，就要三天工夫，怎麼能隔一天就可以寄到呢？原來這些信局裏，有特別快的法子，就是他們每天用一種『腳划船』飛送，十餘個小時，就可以送到。這種船，只能容一人，至多也只能容兩人，在一個人的時候，不但手能划船，腳也能划船。所以既輕且小，划槳又多，在內河中往來如飛。當時蘇州風氣未開，全城看上海《申報》的，恐怕還不到一百家。到了十四五歲時，《新聞報》也出版了，那時都是單面印刷，可以裝訂成冊的。」在郵政系統之前，《新聞報》也曾「於午夜用小船將報紙運往蘇州，然後轉發滬寧間各城鎮，每比其他上海報紙早些到達」。(《中國報業小史》袁昶超 香港新聞天地出版社 民國 46 年 7 月，82 頁。而 1948 年《報學雜誌》上刊登的胡道靜寫的《新聞報 40 年史》也做了類似的記述。）

1、報館的發行部門

一般報館的發行部門，人員工資低，多是沒有文化的藍領階層，素質低、服務態度差。當時學者甚至認為報紙銷售的增加不是報館自身努力的結果，而是社會發展的大趨勢所致。報館發行部門「疏懶成性，偶有詢問報紙因何不到，亦置不復；若有投報紙不滿意之函，亦未嘗研究如何可以改良，對於分館推銷，亦任其自然，不為之計劃而指導之。故吾國報紙之行銷日多，乃社會進步促成之，非報館之努力也」〔註29〕。

不過也有報館在發行上搞過一些創意，比如天津《益世報》在創辦初期的時候，曾經靠發行彩票的辦法吸引讀者，宣稱凡是訂報一年的讀者，都有機會獲得 1000 元的獎勵〔註30〕。天津《大公報》在剛創辦的時候也刊登《本報啟事》：凡依次訂閱本報 6 個月以上者，在期內每星期贈送《國聞周報》一份，以二千份為限〔註31〕。《申報》經理張竹平上任後，也想了很多辦法，設立報紙推廣科，與《新聞報》爭奪上海市內和外埠的讀者。當時《新聞報》的讀者主要集中在上海本埠，為爭取本埠發行的增加，他曾請好友王梓康出面成立報紙遞送公司、雇人踏車每日清晨準時送報，以此借機向其他報紙的訂戶兜售《申報》，聲稱一定趕在其他報紙之前送到〔註32〕，但最終在本埠發行上未能超過以「櫃檯報」著稱的《新聞報》，不過外埠發行的成功彌補了這點遺憾。

2、報　販

在本埠發行中，報販的作用實在巨大，在這方面北方報紙和南方報紙有些許不同。

北方報紙的發行，以北京為典型。自清《京報》開始，即有山東人經營的六家報房壟斷，到清末新式報紙出現後，依然借助這六家報房的派送資源進行送報。當時報價大報每月八弔文，小報三弔文，送報人按三成提帳，報房還不滿足，經常拖欠報社的報費，而且付帳時用面值低下的砂片錢，各報館非常痛苦，但又不敢得罪他們，生怕產生矛盾後，報房不再送報，報館等

〔註29〕 戈公振，《中國報學史》，商務印書館，1928 年，第 237～238 頁。
〔註30〕 熊少豪，《五十來年北方報紙之事略》，《最近之五十季》，上海申報館，民國 12 年。
〔註31〕 天津《大公報》，1926 年 11 月 6 日，第一版。
〔註32〕 汪仲韋，《又竟爭又聯合的「新」「申」兩報》，《新聞研究資料》，總第 15 輯，中國展望出版社，1982 年 8 月第 1 版。

於停刊。這種狀況在《京話日報》和《公益報》手中打破，他們聯合起來聘請北京人，專送兩報，風氣一開，各報的自辦發行由此開始。到民國初年，《新民報》社長文實權在南柳巷永興寺內創立報市，各報集中一處發行，徹底打倒報房的壟斷。於是北京城內的報販，遍佈市內沿街叫賣〔註33〕。由於北方報紙張數不多，因此，售賣的價格還大約可抵成本，尚不至於累賠。但北方的報販卻有不好的傳統，「多為流氓報販，常為騙局。黑龍江有人向上海批發報紙，而當廢紙發售，道遠竟不費一文；或掛代售報紙之名，而為他種不正當營業，如販賣鴉片等，迭出不窮，不勝列舉」〔註34〕。北洋政府時期，北方的報販一直沒有建立起正當的行業操守，沒有走上正規〔註35〕。

南方報館以上海為典型。其在本埠的發行，訂戶部分除報館自備送報人外，報紙主要由派報社代送，報館給予傭金。1926 年時，上海共有 30 多家派報社，比較重要的有位於老靶子路來安里的陳如記，位於西門附近的仲根記，和楊樹路公餘里的鄭三記，它們彼此之間有地盤的劃定，互不侵犯。其傭金高達為報紙零售價格的一半或 1/3。〔註36〕

零售報紙則直接由大報販從報館批來，再零批給小的報販，當時上海報販有大、小、更小的等級分別，層層盤剝；這個職業是傳代的，父傳子，母傳女等。該行業成立應該是在民國成立後，「共和告成以來，報販漸成專業，

〔註33〕 管翼賢，《北京報紙小史》，《新聞學集成》，第六輯，中華新聞學院，民國 32 年版。

〔註34〕 胡政之，《中國新聞事業》，《新聞學刊全集》，《上海叢書》第二編，第 48 卷，上海書店，1990 年，243 頁。

〔註35〕 北方報販組織過「報夫工會」的派報公會，類似上海的「捷音公所」，但不知道該會的成立日期，目前所見最早資料是 1928 年 9 月 7 日，在國民黨北平市黨部召開的九七紀念會上，該會發表拒絕郵遞《順天時報》的宣言，內容包括：反對發行日本浪人創辦的《順天時報》，要求市民不要在《順天時報》刊登廣告，也不要購買《順天時報》。北平郵政職工支持北平「報夫工會」拒售為日本侵略者張目的《順天時報》的正義行動，並將運來郵局準備郵寄的一批《順天時報》當場燒毀。報社不得不實行直接郵遞的方法，但也遭到「報夫工會」的抵制。北平各界濟案後援會發表聲明，認定《順天時報》是在進行文化侵略，使該報發行量驟減到 3000 份，遭遇幾乎關閉的危機。1930 年日本濱口內閣上臺，調整日本的內政外交，對外實行著名的「幣原外交」，對內實行緊縮財政政策，斷絕在華日報的財政支持，《順天時報》於該年停刊。

〔註36〕 南滿洲鐵道株式會社庶務部調查課，佐田弘治郎，《上海的新聞雜誌及通信機關》，大正 15 年 7 月，27 頁。

派報所林立」〔註 37〕。上海大報販王春山、陸開庭、張阿毛、蔣仁清，曾有「望平街四金剛」之稱。他們控制眾多小報販，並有行業組織「捷音公所，團結甚堅」〔註 38〕，勢力囂張，對報紙零售大有影響。但他們並不是發行真正的「金剛」，報紙發行真正的「金剛」是被俗稱為「掏報人」，他們擁有大量的固定訂戶，這是報館的命脈所在。每個報館都有自己的「掏報人」，他們還要負責調停報館發行部和報販間的大小糾紛。這個角色一般是資深報販，在眾報販中有很高威望。如《申報》的「掏報人」名叫徐志欽，俗名「徐阿七」，清朝時是民間郵局民信局跑街送信的，當時市場上尚無職業報販，所有《申報》訂戶，都歸一家民信局代送，而他就是當時承包遞送《申報》的民信局的侄少爺。當時《申報》還在美查手中。他不僅替民信局送信件、送《申報》，也接受申報的訂戶；後來清廷辦理郵政，取消民信局，席子眉主辦《申報》期間，他就被邀請做了《申報》的「掏報人」。因此雖然報館幾經滄桑，歷任變更，他的職位則始終沒變。他擁有不少的固定訂戶，在 1921 年時，手下的報販多達百餘人，有各報固定訂戶 2 萬數千份，人稱報販大王。

歷任老闆無不對他表示好感，甚至寵信有加，經常招他到總理室中談話，不僅問問報紙發行數量的問題，而且也問問讀者對《申報》有何意見和建議等。因此大報販對當時報館的影響絕不僅限於發行方面，甚至會影響到報紙的內容改革。1932 年《申報》自由談改版，由黎烈文代替周瘦鵑，主編這一舊中國最具影響的副刊。但不久後，《申報》又出現了一個繼承老《自由談》風格的副刊《春秋》，仍由周瘦鵑主持。為什麼呢？一般認為是史量才顧念周瘦鵑在《申報》的時間長久（從 1920 年 4 月 1 日起在《申報》主辦自由談，直到 1932 年 12 月 1 日黎烈文接手），不忍將他辭退，因此才辦起《春秋》，依舊讓他主管。但這一說法明顯站不住腳，因為，如果是這樣，在改版前就該安排好周瘦鵑的位置，而不必等到 1933 年元旦另闢《春秋》，中間空缺了一個月的時間。實際情況如何呢，老《申報》記者胡憨珠回憶說，「據我的朋友『報販大王』徐阿七告訴我的情形，」在史量才問詢一般讀者對改版的反映時，徐在肯定改版的確增加了零售份額的同時，也說，「不過

<hr>

〔註37〕 戈公振，《中國報紙進化之概觀》，《國聞週報》，第四卷第五號；轉引自張之華張之華主編，《中國新聞事業史文選》，中國人民大學出版社，1999 年，192 頁。

〔註38〕 戈公振，《中國報學史》，商務印書館，1928 年，237 頁。

這種現買的主顧，十有八九都是一般讀書的學生，他們在路上碰見賣報的就買，碰不見就不買。甚至碰見了別的賣報人手上購買，並無固定的主見。但求買得算數。這一來卻大大的害苦了我手下的一班送報夥計。他們少備了現賣紙頭的申報，湊巧碰著現買的人多，往往不夠應付賣主。多備幾份而又不湊巧時，便一份也賣不出。這還不要緊，最痛心不過的是有一班看了十幾年，或二三十年申報的老訂戶，都要停止不看了。他們說是看慣了從前的自由談，看不慣現在的自由談，這同吃慣了陳米飯的改吃洋秈米飯一樣，就是不合胃口」〔註39〕。史量才聽後，才意識到辦了 20 多年的《自由談》在讀者中影響之大，斷然去掉，會失掉一批老讀者。於是另闢與老《自由談》一樣風格，並依舊由周瘦鵑主編的《春秋》版。由於這段細節是當事者對胡親口講的，因此可信度還是比較高的。從這段談話中可以看出，報販雖然不屬於報館體制之內，但由於其特殊的身份，對報館的影響還是很大的。

報販對報紙的影響還在於他們從發行上獲得的巨大利益。熟悉上海報業狀況並在北方辦報的胡政之，對此也有切身體會：「新聞記者終日勞苦之所獲，半爲報販所得，十成之紅利，報販得六七，報館僅得三四，最多亦不過剖而過半」〔註40〕。報館的收入，竟然其中的一半以上被報販剝奪。南方報紙因爲版面比北方多，有時要出報六七張，因此發行方面賠蝕很多，但「報販之以致小康者比比也」〔註41〕。甚至有人戲稱，報紙是爲報販謀利益的，但自身卻靠外國資本家以維持（指廣告），眞是可笑而可憐啊。

報販常說「望平街是我們的」，這不是吹牛。連《新聞報》等大報也受之鉗制，一次因沒有滿足他們的要求，竟被扯碎了數千份報紙。《新聞報》只能和他們談判，請客完事。1936 年天津《大公報》到上海發展，出報前三天，讀者根本見不到報，原來報販將報紙全部收去，給《大公報》一個下馬威，直到胡政之請杜月笙出馬宴請了上海的幾位大報販，才在上海立了足；同樣成舍我到上海辦《立報》時，也遭遇同樣狀況，但他不與報販和解。據說當年該報定下兩條規矩：「第一，是絕對不登廣告」，「第二，不遷就報販」，報

〔註39〕 胡憨珠，《史量才與上海申報》，臺灣《傳記文學》，第 69 卷第一期，120 頁。
〔註40〕 胡政之，《中國新聞事業》，《新聞學刊全集》，《上海叢書》第二編，第 48 卷，上海書店，1990 年，243 頁。
〔註41〕 胡政之，《中國新聞事業》，《新聞學刊全集》，《上海叢書》第二編，第 48 卷，上海書店。1990 年，243 頁。

館購買自行車，配備發行人員，為的就是與地位低下，但勢力龐大的報販抗衡，也闖出了新路。

大報館對報販們的態度尚且如此，望平街上的小報館們，更要受他們轄制。小報館出報時間必須在申、新兩報之前，不然，報販在拿到兩報後會毫不猶豫的離開，不會耐心等待，一旦如此，小報紙當天的發行就成了大問題。因此在發行方面，報館很難看到現代化的影子。有記載說《申報》曾自備汽車用於發行，而且在《新聞報》的三十年紀念冊上，也看到該報送報的汽車照片。這可能是報館在發行上比較具有現代化的一種體現吧。

雖然報販是社會的低層，但他們通過類似「幫會」的形式，在報刊業也自有一片天地。只是我們看這種組織，常常在報業現代化的道路上設置障礙，阻撓進步。但似乎報社老闆對這種現象也無計可施，不想或不能改變它。

3、外地分館或代派處

為了擴大報館在外地的影響和發行，獲得更多的新聞信息，報館創辦後，都想方設法在外地開辦分館或代銷處。《新聞報》創辦 30 年（1923 年）時在蘇州、南京、北京、漢口、天津、濟南、杭州、寧波、安慶、鎮江、嘉興、湖州、常州、紹興、無錫、揚州、松江、峽石、當塗等 19 個地區設有分館。天津《大公報》剛創辦後，1926 年 12 月 8 日也在報紙徵求各縣經理代銷該報。《申報》的分銷處更多，數據顯示 1934 年有 36% 的報紙在上海本地銷售，其餘 64% 的報紙銷往外地，顯示了分銷處的巨大作用。如表所示，

1934 年《申報》發行地區和數量表 〔註 42〕：

地區	數量
上海	56,050
江蘇	34,950
浙江	14,300
安徽	12,400
江西	8,650
河南	6,800
山東	6,250
湖北	6,050
福建	3,050

〔註 42〕《申報概況 1935》，申報館，1935 年。

廣東……………………………………………………2,100

河北……………………………………………………1,550

湖南……………………………………………………1,450

廣西……………………………………………………400

山西……………………………………………………300

四川……………………………………………………260

陝西……………………………………………………220

雲南……………………………………………………200

甘肅……………………………………………………160

貴州……………………………………………………100

察哈爾…………………………………………………80

綏遠……………………………………………………75

西康……………………………………………………65

寧夏……………………………………………………42

新疆……………………………………………………38

青海……………………………………………………24

西藏……………………………………………………16

蒙古……………………………………………………10

國外……………………………………………………310

總計……………………………………………………155,900

　　分銷館的設立是有要求的，一般在當地的發行量要達到一定數額才有資格，並和報館之間有有限連帶責任。如《申報分館章程》規定，日認銷數必須達到 500 份以上；分銷處自負盈虧；並要在上海當地有保證人，如果發生欠款，由保證人承擔；每月款項需在下月 10 日前結清。當然分館也可得到優惠，如，報價格外低廉，介紹廣告的可以有折扣，在法律上遇到麻煩的可以得到總館的支持。

　　由於分銷處不僅肩負推銷報紙的責任，也與報館間有金錢的往來，因此人員素質上要求較高。《新聞報》汪漢溪曾總結道，

　　「各埠分銷人員，須具有兩項資格，方為合格；1、須具有勤儉幹練之能力，能使報紙銷路推廣，日增月盛，方為合格；2、須銀錢可靠。然兩項資格具備之人才，甚不易得。蓋凡有廣交之才者，其人用途必大，以報紙蠅頭微

利，月得幾何，不數月輒苦虧負。如謹慎拘執之人，銀錢雖可靠，而辦事鈍滯，欲使其推廣銷路，必難收效。股欲求推廣報紙人才，殊非易事，余對於此項人才，加意選擇，故各分館暨各分銷處骨幹，均具有完全資格，方有今日之良好成績」〔註43〕。

為了擴大報紙的銷路和影響，很多分銷處想了很多辦法。比如上海報紙在外埠的售賣曾分為「走報」和「定閱戶」之分。「走報」是指讀者看完報紙後，於當天下午或第二天早晨退還，報販自己來取，收費減辦；「定閱戶」則要遲一天才能看到報紙，上海報每份可以分送給三家閱戶。比如在長沙，1910年代後期，《時報》的銷量最多（後來被《新聞報》超過），為 500 份，而實際上相當於銷售了 1500 份的報紙。

分館或代銷處的設立可以幫助報館擴大發行和影響，但實際上，由於各分銷處都是自負盈虧，有的地方很難收回報資。特別是一些小的報紙，根本沒有力量到外地去催收報費，有的報紙就這樣被拖欠報費，直到資金耗盡、關門了事。

4、郵局遞送

郵政系統在報紙的外埠銷售中占重要地位。不僅報紙的直接訂戶是通過郵局遞送，而且大宗的報紙運送，也是通過郵局。

郵局在清末以前是由民間經營，稱民信局。中國古代邸報的外埠銷售就是從民間信局開始的，近代帝國主義控制了中國海關後，由海關遞送；1896年 2 月，中國開始自辦郵政。「宣統 3 年（1911 年），郵政與海關劃分，歸郵傳部直轄，報紙每張收費一分」，但報紙還是願意讓信局來遞送。民國成立後，上海日報公會向南京政府請求，報紙郵費減少一半，1916 年 7 月，郵局重新制訂規則，「寄費論量不論份，汽機已通之處，每百格蘭姆一釐，未通之處一分」〔註44〕。

郵局系統的發達直接影響著報紙的外埠銷售。中國郵差郵路和郵局數量在1923 年到 1926 年間增長平穩，考慮到期間的軍閥戰爭，這種增長已屬不易。

1926 年，受戰爭影響，中國郵政業經歷了「實為開辦數十年來最為艱困之秋」〔註45〕，不僅郵路被破壞嚴重，郵差被殺，失蹤的狀況也是歷年來最

〔註43〕 汪漢溪，《新聞業困難之原因》，《新聞報三十年》，新聞報館。
〔註44〕 戈公振，《中國報學史》，商務印書館，1928 年，第 320 頁。
〔註45〕 《中華民國 15 年郵政事物總論》，中華民國交通部郵政總局，1927 年，第 1

嚴重的年份。北京地區損失最重，「是年京師附近各地方烽火連綿，歷五月之久，以至商業凋零，郵務停滯，而在當時情況之下，運輸郵件異常困難，故不得不將寄往及經過各戰區地方之匯兌及包裹事物以及重班郵件暫爲停止。三四兩月京津火車停駛，多日是時凡寄往天津及天津以外各地方之郵件均以郵局汽車運寄，……京綏鐵路南口至北京一段之交通亦經阻斷，所有寄往南口以上各地方之郵件均改由京漢鐵路運往山西太原，再行取道大同運往前途。……押送郵件人役均驅驢騾穿越山嶺，時在槍林彈雨之中極盡奔波跋涉之勞。是年大部分時間，京漢鐵路時常發生事故，且因兵車往還絡繹不絕，以致該路運輸之郵件遲滯異常」〔註46〕，甚至還經常發生兵匪搶郵車的事件。河南「是年歲首數月，沿隴海鐵路東段及京漢鐵路，各地方均有劇烈戰事」，各種郵遞業務均大受影響，其中「印刷物增加 8 萬 6 千件，……新聞紙減少15 萬 5 千 3 百件」〔註47〕。陝西地區的新聞紙由 24 萬件跌至 5 萬 7 千 6 百件，減少 76%。湖北的收寄印刷物之數目，1925 年爲 242 萬 8 千 8 百件，減爲 91萬 1 千 6 百件；江蘇地區，掛號新聞紙之數目仍爲 291 種；雲南因「盜匪攔截，……全年搶失郵件之案計共 113 起，郵差被害者 6 人，溺斃者 1 人，受傷者 15 人，尚有 7 人不知去向」。戰爭導致的郵路不暢，對報紙的發行打擊甚大。

　　但也有例外，如上海，印刷物及新聞紙增加 1200 萬件。安徽，「因上海寄來之新聞紙徒見增多，遂於安慶至桐城以及老竹嶺至屯溪兩段添設郵差郵班」。浙江：「是年下半年雖軍事蔓延，但本郵區全年營業之結果頗稱滿意。……在郵局掛號之新聞紙計 34 家，停版者計 56 家，截止是年年底，新聞紙照常出版者共計 68 家，較之上年增加 12 家。又因寄往安徽南部之新聞紙日見增多，業在臨安至老竹嶺一段添設郵差郵班」〔註48〕。主要因爲滬、浙、徽一帶沒有受到戰爭的影響，在上海報業的帶動下，迅速繁榮起來。而上海一地的繁榮甚至帶動了整個中國報紙發行數字的上升。

頁。
〔註46〕《中華民國 15 年郵政事物總論》，中華民國交通部郵政總局，1927 年，第 21頁。
〔註47〕《中華民國 15 年郵政事物總論》，中華民國交通部郵政總局，1927 年，第 25頁。
〔註48〕以上數據和引用，均來自《中華民國 15 年郵政事物總論》，中華民國交通部郵政總局，1927 年，第 21～31 頁。

　　郵局和報紙發行關係緊密，郵局成為報館爭取擴大發行的又一途徑。但郵局和報館在發行上還是存在矛盾，各有苦衷。

　　首先收費過高，標準過於籠統。1916 年 7 月，中國郵政部分修訂了印刷品郵遞章程，自該月起，郵寄印刷品一律按重量收費，不再按份數記費。這個規定當然於郵局方面更具公正性，但因過於籠統，使報紙郵遞出現困難。對此，汪漢溪感歎道：

> 東西歐美各國，政府對於報紙莫不力予扶助。日本國内輪機已通處、薰報輸送，不取郵費。即零卷報，取價亦廉，各國對於報紙郵費，及新聞記者來往車票，亦莫不優待。電報收費既廉，且格外從速拍發，如路透社電消息，較尋常商電為速。中國則反，郵政局對於新聞紙，分薰報零卷，又分輪機已通未通（輪機是指通火車或輪船：筆者注）已通處所，薰報每份每一百格蘭姆取洋一釐。每份如逾一百格蘭姆，即作二百格蘭姆加倍收費。不能如零報統鎊計算。如新聞報四張分量。尚只一百格蘭姆，如四張半，即二百格蘭姆，加倍收費矣。其未通處所，每份如一百格蘭姆，郵資一分，按八折八釐實收，如逾一百格蘭姆，照分量磅算，不點份數。小卷子報（即單份定報）郵局不分輪機已通未通，外埠每卷分量重一百格蘭姆，收郵費一分，按八折實收八釐。本埠減半，統磅計算不點份數，邊遠各省，郵遞定報，私拆遺漏遲到並送之弊，在所不免。郵局對於已通處，收費尚在情理之中，而對於未通處所，貴至十倍[註49]。

民國後的國家郵政收費標準是統一的，並不是像清朝民信局那樣按照遠近和距離來收費，而只分為「輪機已通和未通」兩種，費用差距就在 10 倍以上。那些沒有通輪機的地方正是需要報紙開啓民智的地方，但報紙因為郵資問題、累賠太多，因此不願意向這些地方發售報紙，阻礙了報紙發行，同時也延緩了當地民智的開通。

　　其次，不按規定，強行多收費用。汪漢溪氣憤的說，「最可笑者，如清江一埠，小輪行使已十餘年，而郵局強照未通處收費。屢次交涉，則謂該局尚未與該輪局妥訂合同，只好仍作未通處收費。諸如此類，不止清江一處」[註50]。而且郵局自身的手續煩瑣，很多近路的報紙郵件卻要繞遠，耽擱行

〔註49〕　汪漢溪，《新聞業困難之原因》，《新聞報三十年》，新聞報館，1923 年。
〔註50〕　汪漢溪，《新聞業困難之原因》，《新聞報三十年》，新聞報館，1923 年。

程,「徽屬報件,若由郵局直寄,則稽延時日,若由上海寄杭州,轉運餘杭,分寄徽屬,則極敏捷,但前後共須繳付三次郵運之費……於郵寄上極感不便」〔註51〕。

第三,郵局在邊遠地區取消了人力郵差,改交民船運送,使那裡的報紙投遞緩慢,大量積壓,影響報紙發行。

第四,報紙的海外發行,收費更加高昂。「外洋報紙,除日本照國內收費外,其餘各國零卷一份,一百格蘭姆,取郵費六分,如逾一百格蘭姆,遞加收費。香港零卷一份,每一百格蘭姆,郵費四分,多則遞加,試問每份報國內所收報資,統扯不過大洋二分,而郵局所收輸送費,未通處所在一分以上。中國郵政局,對於報紙收費昂貴之大概情形如此」〔註52〕。

如此收費,直接增加了報紙的發行成本,對報業發展殊為不利。「本報報面所刊每份收大洋三分六釐,實則本埠批與賣報人每份小洋二分二釐。照現在市價,合大洋不足一分八釐。外埠批價,均以大洋計算。每份統扯,亦不過二分。照現在紙價市面,平常不為昂貴,每份假定五張。紙本需三分餘,而郵局取輸送費未通處,假定五張,約收一分以上,統計銷報一份,需虧本洋二分餘。照目前風氣漸開,輪軌四通八達,報紙日銷數十萬,亦屬常事,第不知最困難者,多銷一份,即多賠累洋二分。是以不得不增加廣告刊費,以資挹注。廣告刊費多收二分餘,即可多推銷報紙一份,故報紙銷數愈多,廣告效力愈大」〔註53〕。

報館和郵局的矛盾越來越嚴重,因此1928年上海日報公會向政府提出包括解決郵費在內的一攬子計劃,其中關於這個部分提出四點建議,一,統一郵費,全部按照輪機已通的標準收費;二,改訂郵線,以方便快捷為最主要目的;三,恢復郵差;四,增加郵班,服務內地;四,嘉惠僑胞,減少遞送到海外的報紙的郵費;五,在報業發達的上海,設立專門的郵局辦理報紙業務。

所有這些意見,最後政府的答覆為,「汽機未通地點之運報郵費,常一郵局一時力有未逮,暫先自每百公分八釐減至六釐」〔註54〕。

〔註51〕 《報界使用郵電案之陳請書》,《民國叢書》第2編,第48卷,469頁。
〔註52〕 汪漢溪,《新聞業困難之原因》,《新聞報三十年》,新聞報館,1923年。
〔註53〕 汪漢溪,《新聞業困難之原因》,《新聞報三十年》,新聞報館,1923年。
〔註54〕 《使用郵電案已獲相當之結果》,《新聞學刊全集》,1930年光新書局,第499頁。

在如此艱難的發行條件限制下，中國很難出現真正意義上的全國報紙。報館盡可能向外拓展，我們從《申報》1934 年在全國各地的發行數字分析，上海本地發行占全部發行量的 36%，其周邊地區的江蘇，浙江安徽三地總發行數字達到 61，650 份，占到了總發行數字的 39.5%，其他地區占 24.5%。我們沒有系統的統計資料精確顯示報紙在每個地區的年均增長情況，但有一個數據可以表明報館的進步：1920 年前，湖南長沙地區發行最多的上海報紙為《時報》，數字為 500，但到了 1934 年這一數字增長到 1450 份。至少作為報業中心的上海，在外埠發行上已經取得了很大的進步。

總之，報館的發行受各方面制約比較大，在本埠易受報販勢力轄制，在外地易受代銷處蒙蔽，在政府部門受郵局發展速度和範圍的局限等等，報館難以控制和作為。而報館自身的發行部門，作用十分有限。因此從發行上看，中國報紙中以日本報為榜樣的篇幅少，報價高的北方報紙還能從中獲得部分利潤，而以美國報紙為榜樣的篇幅多，報價低的南方報紙〔註 55〕就很難從發行中獲得更多利潤。

第三節　廣告的經營

廣告是報紙收入的重要來源。1862 年的《上海新報》是華文報紙廣告的濫觴，之後《申報》、《新聞報》等以商業為目的的報紙誕生，即以廣告作為報紙生存的一大基礎，其經營受到重視。到民國初期，有報紙就有廣告，基本成為定律；且一般報館組織中，必有營業一部，主管的就是廣告和發行工作。

一些報紙的收入不再單純依靠發行，而是以廣告為重；甚至某些大報在發行上已有虧損，需要廣告進行補充。「在昔經營新聞事業，以發行報紙 —— 銷售報紙 —— 為其主要之財源；近則以廣告為主要之財源，而銷售報紙反有為新聞社之損失者矣。」特別是在上海等商業報紙競爭激烈的地方，報館必須降低報價，吸引讀者，「博得多數之讀者，以增加其廣告之為得策」〔註 56〕。

〔註55〕 所謂北方和南方報紙只是一個大概的文化地域概念，並不是絕對的地域概念，南方報紙中也有篇幅少，報價高的報紙。這是時人對其的一個籠統的說法。

〔註56〕 吳定九，《新聞事業經營法概要》，報學月刊，第一卷第二期，23 頁。1929 年上海光華書局發行。

　　報紙廣告的來源一般有兩種，一是報社的廣告部，二是由廣告掮客或廣告社介紹。而報館的廣告部接洽的廣告又分兩種，一是廣告主直接找上門的，一是廣告部派人去招攬的。

一、報館的廣告部

　　報館的廣告部是直接招攬廣告的部門。但該部門在民國前並不受重視，功能混亂，如以廣告著稱的《新聞報》在 1918 年前廣告編輯和校對還互相兼任，其他報館更可想而知了。但民國後，整體上該部門越來越受重視，職能也越來越健全。

　　這個時期還出現了廣告經營方面頗有心得的高手，如《申報》的張竹平，《新聞報》的汪漢溪和汪仲韋父子等。汪漢溪對廣告經營頗有心得，他認為廣告的多少表面上是由顧客決定的，實際上是靠發行操縱的。銷數上漲，廣告就會上昇，反之就下降。他甚至牛身和牛鼻子來做比喻，「銷數好比是牛鼻子，廣告是牛身，只要牢牢牽住牛鼻，整個牛身自會乖乖地跟著走，不必更費多大力氣」〔註57〕。因此在廣告和發行之間，發行是主要因素，而廣告是從屬於發行的。所以他反對用降低廣告價格，給予折扣等手段進行招攬廣告，認為如果招攬廣告，「就說明你的銷路一定不佳，折扣再多，達不到他登廣告的目的也是徒然。所以兜攬一法，適足以暴露自己的弱點，效果適得其反」〔註58〕。雖然他的觀點與現代媒體廣告經營有相悖之處，但在當時作為發行量最大的商業報紙，有此想法也是合乎邏輯的。因此《新聞報》的繼任者秉承這一原則，遵循此辦報方針行之不變。

　　《申報》自張竹平上任經理後（1913 年冬），設立廣告推廣科，將招攬廣告作為該科的主要業務，加強廣告工作。科內分廣告外勤組和廣告設計組。外勤組派人四處活動，一改以前報館坐等客戶上門的習慣，專請能說會道的廣告外勤人員主動到上海工商企業中宣傳廣告的作用，並介紹《申報》讀者面廣、發行量大，刊登廣告具有特殊效力。招攬到廣告後，報館不論廣告地位大小和刊登日期的長短，一律通知廣告設計人員按照廣告的性質和分

〔註57〕 汪仲韋，《我與新聞報的關係》，《新聞研究資料》總弟 12 輯，展望出版社，
　　　　 1982 年 6 月，第 132 頁。
〔註58〕 汪仲韋，《我與新聞報的關係》，《新聞研究資料》總弟 12 輯，展望出版社，
　　　　 1982 年 6 月，第 132 頁。

類，對廣告進行文字和圖片的設計，徵求廣告主意見，並進行及時修改。到
1915 年 4 月，《申報》的廣告面積已經超過新聞面積，成爲名副其實的商業
報紙。

張竹平還特別訓練廣告科外勤人員，希望他們能勝任起游說廣告主，讓
「已登的人家肯增加廣告費，未登的人家肯來登」〔註 59〕，積極主動的拓展
市場。鄒韜奮 1921 年曾到《申報》館幫助處理一些英文信件，「依我所記得，
那些信們的內容大概都是廣告方面說服外國兜生意的」〔註 60〕。1927 年，張
竹平接辦《時事新報》後，鄒韜奮又去任職一年，「他（指張竹平）似乎有意
要把我造成一個英文廣告員。這英文廣告員的本領是要能往各洋行游說、接
洽；已登的人家肯增加廣告費，未登的人家肯來登。我因爲不願就辜負他的
一番厚望，也曾經努力過幾次，其中也有幾家成功過」〔註 61〕。

同時張竹平也積極擴大報紙刊登廣告的空間和領域，設立了分類廣告。
當時小廣告主在《新聞報》上刊登廣告，因爲價格便宜，總被壓在版底，因
此小廣告主很不滿意，但《新聞報》廣告部並不重視他們的不滿。張竹平知
道後，表示願意將他們的廣告集中在一起，但條件是他們必須只在《申報》
上刊登，1924 年《申報》版面上有了分類廣告〔註 62〕。

20 世紀 20 年代，各報館爲增加收入，紛紛出版「增刊」或「副刊」，增
加廣告版面。《申報》本埠增刊於 1924 年春創刊，專門刊登上海地區的商店、
戲院等的廣告；《新聞報》從 1926 年起，仿傚《申報》，也特闢本埠附刊，刊
登分類廣告（詳見下文）。後來，《新聞報》的廣告客戶指定要登正張上封面
地位的與日俱增，於是將副刊改用報頭體，報頭下刊登廣告，其左爲「上封
面」廣告地位，由聯合廣告公司承包。《新聞報》廣告版面較多，至 1923 年
廣告費收入已近百萬元。

〔註 59〕王英，《張竹平廣告理念初探》，《新聞大學》，2000 年春。
〔註 60〕鄒韜奮，《經歷》，《韜奮》，生活·讀書·新知三聯書店，2004 年 6 月，151
頁。
〔註 61〕鄒韜奮：《經歷》，生活·讀書·新知三聯書店，2004 年 6 月，185 頁。
〔註 62〕很多材料說，這是中國首次創立分類廣告，但實際上並非如此，1921 年 3 月
23 日，北京《晨報》在第 8 版設《分類廣告》專欄，分召租、拍賣、收買、
聲明、通信、雜件六類。刊費低廉，如召租一類，一則 1 角錢。該欄廣告分
甲乙兩種：甲種面積 2 方寸（5 號字，96 字），廣告費每日 2 角；乙種 1 方寸
（5 號字，48 字），廣告費每日 1 角。無論登載若干日，概不打折。凡面積超
過 2 方寸以上，每方寸加費 1 角，不足 1 方寸者，以 1 方寸計算。

二、社會上的廣告社

　　報紙廣告的另一個來源是社會上的廣告代理商，規模大一點的稱為廣告公司，小點的為廣告社，由早年的廣告「捐客」進化而來。早期報紙廣告「捐客」，為報社拉廣告，每年按端午、中秋、年終分三次把經手的廣告費付給報館，而他們自己可以在廣告登出後即向業主收取廣告費，因有這樣的便利，常產生挪用廣告費現象。原《新聞報》特約訪員王祐之，曾將廣告客戶所付廣告費花用殆盡，報館只得向保人小東門江蘇儲蓄銀行經理趙芹波索償。1912 年，報人史量才盤進《申報》時，廣告代理人鄭端甫將應付廣告費如數付清，史為了獎勵鄭的誠實，特聘他兼任跑街，招徠廣告戶，每月付給車馬費 10 元。

　　大的捐客中除鄭端甫外，林之華、嚴錫圭也比較著名。鄭耀南是廣告捐客中發展的比較成功的一位。他原來是上海電力公司公共租界的抄表員，因為所抄電錶地區是市中心的商業繁華街，有很多商戶成了他的廣告客戶，其中還有類似上海交涉使公署這樣的政府機關，因此生意越做越大，最後開了耀南廣告公司。《申報》與他的業務聯繫比較多，經理張竹平特意在《申報》經理室設立了一張辦公桌供他使用。

　　外國人在上海開設廣告公司，較早的是法商法興印書館開設的廣告部，經營路牌廣告，還曾用廣告船行駛於內河。1915 年，意大利人貝美創設廣告社，經營戶外廣告。1918 年前後，新聞記者出身的美國人克勞創辦克勞廣告公司，經營路牌和報紙廣告。1921 年前後，英商美靈登廣告公司成立，也主要經營路牌和報紙廣告，還承包上海電話公司的電話號簿廣告和電車、公共汽車廣告。

　　國人創辦的較大的廣告公司有 1926 年林振彬的華商廣告公司。該公司初建時只有 2 家客戶，10 年後發展到近百家。1930 年，耀南、商業、一大、大華 4 家廣告社合辦聯合廣告公司，《申報》經理張竹平擔任董事長。自此，克勞廣告公司、美靈登廣告公司、華商廣告公司和聯合廣告公司成為 20、30 年代上海廣告業的四大支柱。

　　他們和報紙廣告的關係一般為承包報紙廣告版面，享有折扣和優惠。按常規辦法，報紙給廣告公司的傭金為 20%，但如果承包版面，則享受較多優惠。聯合廣告公司和申、新兩報關係密切，是比較大的為報紙廣告提供服務的公司。他們擁有基本客戶，如聯合廣告公司有主持人 4 位，他們承包了申、

新兩報對本市發行的廣告本埠增刊、本埠副刊的封面以及《申報》圖畫周刊的廣告地位。其他廣告公司如果需要在這裡刊登廣告時，就要找他們商量安排。

三、廣告的分類與定價

廣告如果按照內容類別可以分為（戈公振在《中國報學史》中的分類）：

1、商業廣告，包括商事、商品、金融、物價、器械、醫藥、奢侈品；

2、社會廣告，包括集會、聲辯、法律、招尋、慈善、遊戲、賭博；

3、文化廣告，包括教育、書籍；

4、交通廣告，指航班車班郵電等；

5、其他雜類等。

廣告的收費標準是按照刊登的位置和刊登期限長短進行分類的。廣告的位置一般分為評前廣告（又名論前廣告）和評後廣告（也叫論後廣告），刊登方式有長行和短行之分。論前廣告誕生於 1905 年 2 月 7 日，與當時《申報》整個改革和整頓報務有關。這次改革涉及更新宗旨、擴充篇幅、改良形式、紙張、轉發電報、擴充廣告等各個領域。廣告方面，由四頁增加到八頁以上，並刊登《招登論前告白》的啓事：「本館向章，告白皆登於新聞後幅，從未有刊列論前者。茲特改訂新章，各紳商欲登本報論前告白，快人先睹，當以百字為率，多則以五十字遞加，按每日每字暫取洋銀一分，並備出號大字專刊題目，且可代鑲花邊，務求易於動目，特此廣告。」〔註63〕價格為當時其他廣告的兩倍，「論前取費倍於其他。民國初年，又加二成」〔註64〕。論前廣告的開辦非常成功，因為處於一版，地位重要，因此成為社會團體或政界要人發表聲明和啓示的重要位置。評後廣告是在評論之後刊登的所有廣告，根據版面的不同收費亦不相同。

20 年代前後，《申報》曾將報紙的天頭和地角（即報紙上下邊緣）部分開辟為廣告，並刊登過造紙廠的廣告。但後來沒有開辦下去，估計因為影響了報紙的美觀。從中可以看出，報紙在開闢新的廣告版面和類型上是很用心的。

到 1920 年代，廣告地位評估有了新的變化，按照收費高低分為以下幾個等級：

〔註63〕《申報》1905 年 2 月 7 日。

〔註64〕戈公振，《中國報學史》，生活·讀書·新知三聯出版社，1955 年，213 頁。

一等，刊登於新聞當中的，高 3 英寸多，每日每行 4 角 5 分。這種廣告的出現，是廣告本位的體現，新聞成了分割廣告的工具。胡道靜認爲這是廣告破壞報紙編輯、破壞新聞版面的表現。但也有人認爲是新聞事業發展的新途徑〔註 65〕。林語堂曾在《中國輿論與報紙史》中用圖表的形式說明這種廣告對報紙新聞版面的破壞，「幾年前，《申報》採用了一項革新舉措，把重要新聞排在頭版，只把兩邊兩行豎欄留給廣告。然而，隨著頭版這兩個廣告位的價格穩步攀升，頭版新聞的地盤也被廣告逐漸蠶食。庸醫假藥的大幅廣告時常見諸報端，充斥著報紙的每一個方位，版面上方、下方、右邊、左邊、正中，頂端水平像字母『T』狀的廣告位居中央，斜著劃過整個版面，諸如此類，不勝枚舉」〔註 66〕。這種在新聞中間穿插廣告的，價格最貴，因爲新聞一般是讀者關注的要點，可以收到最大的廣告效益。

二等，刊登在封面、專電或評論前的評前廣告，高 10 英寸，每日每行 1 元 4 角。這種廣告一般在大報紙上佔據了頭版和二版的大半位置，甚至在第一大張，即頭四版上全部爲廣告，爲報紙帶來豐厚的利潤。在這裡刊登廣告的除了一些固定的大客戶外，如《申報》上的商務印書館等刊登書訊的廣告，還有很多社會團體、個人的聲明和啓示：有慈善機構的感謝，有商業機構的重要聲明，重要人物的個人啓事等。但這樣的廣告一般只刊登一次或幾次，設計上也不美觀，狹長的一條，如同墓碑，頗受業界微辭。

三等，刊登分類欄，以 60 字起計算，如超過此數，以 15 字遞加，每日每字 1 分 2 釐，登於文藝欄下部。

四等，登於普通地位，高 10 英寸；每日每行 8 角；短行每日每字 1 分。

另外，以方寸計算者，每方寸 7 角；但以普通地位爲限〔註 67〕。

廣告的價格根據報紙的發行量和發行地點有所不同。商業發達地區的廣告價格自然要比商業不發達的地區要高。發行量是自己公佈的，並不確實，有很大水分。因此廣告的定價雖有章可循，但並不一定嚴格執行，有各種明

〔註65〕顧紅葉，《新聞發展之新途徑》，《新聞學刊全集》，《民國叢書》第二編，48 卷，上海書店，196 頁。

〔註66〕林語堂著，王海、何洪亮主譯，《中國新聞輿論史》，中國人民大學出版社，2008 年 6 月，第 111 頁。

〔註67〕以上分類根據戈公振《中國報學史》，生活‧讀書‧新知三聯出版社，1955 年，213 頁。

暗折扣，有的 9 折，有的只有 1、2 折。作爲廣告介紹人，也有 1、2 折的介紹費。

1924 年 2 月 8 日《申報》開闢的《本埠增刊》應該是報紙廣告成功的新案例。鑒於當時《申報》在外埠的銷售已經達到一定規模，即兩倍於本埠銷售，因此如果所有的廣告都按照一定價格收取，那麼對當時交通並不便利的周邊或邊遠地區來說，一些爲本地服務的廣告對那些地方的宣傳是沒有意義的。爲解決這個問題，《申報》策劃出版了專門替本埠服務，並不遞送外埠的廣告專版。一方面節約了廣告主的刊登經費，另一方面節約了外埠讀者的郵資，一舉多得。張竹平曾說，「本報首創發行本埠增刊，其目的爲便利本埠商業各界之委登廣告。所以僅限本埠原因，一因內容限於本埠，外埠縱有所取，無如鞭長莫及（例如各種戲目或當日賽會等等，外埠人士，惟紙上領略而已）；一因本埠廣告價值較輕，外埠銷售且兩倍於本埠，我即利用少納郵稅與少耗紙張之兩點，直接給予本埠廣告登戶以實質之利益。〔註68〕」

本埠增刊主要刊登上海各種社會事業活動的月報和記錄，以及戲院商店的廣告（從 1925 年 9 月起，每天特闢「藝術界」一欄）。此創意一出，報界立刻競相模仿，《新聞報》在 1926 年春起添闢《本埠附刊》，《時事新報》在 1932 年 7 月 14 日添闢《本報增刊》，1933 年 3 月 15 日改名爲《本埠附刊新上海版》。

廣告費越來越成爲報紙的重要進項。《新聞報》在這方面是領頭羊。「廣告一項，己亥（即 1899 年，筆者注）收費歲僅萬元，自本報銷行日廣，各商業知廣告效力至偉，紛紛送稿刊登，近來廣告幾占報幅十之六七。本報則自三張起，漸增至五六張，或多至六七張，歲入刊費幾占百萬元。此項收入除本館一切開支，和股東紅利外，所有盈餘館員皆得分潤」〔註69〕。到 1926 年左右，《新聞報》每月收入大約在 11～12 萬元，《申報》的廣告收入也有 10 萬元左右，都成爲以廣告爲本位的報紙。

四、廣告創意的加強

報紙廣告創意在民初以後得到很大的加強，除了早期以「陳述」爲主的廣告訴求外，以「說服」爲創意出發點的廣告訴求成爲主流。當時比較新穎

〔註68〕 胡道靜，《新聞史上新時代》，天一出版社印行，第 94 頁。
〔註69〕 《新聞報三十年之事實》，《新聞報三十年紀念》，新聞報館，1923 年。

的廣告策劃主要表現為以下幾個特點：

1、圖文並茂，注重美觀的設計越來越多。廣告設計與民國前的一個明顯不同在於用圖片作為廣告訴求的主要元素。雖然 1872 年 9 月 20 日的成衣機廣告（即縫紉機）中刊登了一幅機器的圖片，被認為是中國報紙圖片廣告的始祖，但廣告基本以文字為主，文字對商品的介紹詳細而全面，且多為文言文，沒有標點；但 1914 年以後，圖片在廣告中所佔比例越來越多，地位越來越突出，以圖片為主，文字為輔的廣告表達手段顯示出廣告已經開始進入現代創意階段，且文字已經開始使用白話文，並有空格進行分隔，方便讀者閱讀，節約目力。

2、系列策劃，系列廣告的增多。一些廣告主常年在報紙上刊登廣告，需要更多的創意設計，來刺激人們的感觀，如當時的補血品「自來血」，南洋兄弟煙草公司的香煙，龍虎牌人丹，夏士蓮香皂等等，我們在廣告中經常發現他們完全不同的設計。1918 年博利安燈泡在報紙上的系列廣告，利用簡潔畫面，訴求了該燈泡在人們日常生活中的使用方便、安全、愛護眼睛和節約電費等優點。在 1921 年 3 月 17 日、18 日、19 日的《申報》上刊登的雙嬰孩牌香煙的系列廣告，在第一天的該廣告版面上空出了很大的一塊空白，只有一個小「香」字，並下面的小字注明，「請注意明天此處廣告」，到了第二天，則變成了三個「香」字，繼續請讀者「注意明天此處廣告」，到了第三天，謎底終於揭曉，原來是「雙嬰孩牌香煙獨步，煙絲細嫩香味清甜，實為市上香煙之冠」。類似的系列廣告在當時的大報上經常可以看見。

3、運用心理，有目的訴求與推銷顯示了廣告策劃的深入發展。以商品名稱和特點為訴求對象的廣告設計，以及更加貼近中國人文化心理特點的創意，經常出現。一些細節展現出創意的靈感，如尋人啟示中的「人」一般倒著寫，取人找「到」了的吉利意思。甚至國產「人丹」直接用「中國人的心理」為題來提倡人們用國貨，不要迷信外國貨。文案比較長，但將人們應該用國貨的理由分析的入情入理，透徹清晰，很能夠打動人心。

4、運用名人進行宣傳的事例越來越多。如利用蔣介石在北伐戰爭中的地位宣傳白金龍香煙，一個是「北伐中第一偉人」，一個是「國貨中第一明星」；梅蘭芳與長城香煙；以及後來的馬占山將軍香煙，胡蝶為各種化妝品做的廣告等，顯示出名人廣告在當時的風行。

5、緊貼時代，利用社會事件的新式廣告出現。1916 年到 1928 年中國

社會發生了很多重大事件，這些事件被敏銳的廣告人抓住，並運用到廣告的設計中，起到了特殊的作用。如 1919 年五四運動後，上海 7 家華文報紙《申報》、《新聞報》、《時報》、《神州日報》、《時事新報》、《中華新報》、《民國日報》拒登日貨廣告，中國興起一股國貨熱，很多商家都打出國貨招牌，號召人民購買國貨，除「人丹」外，南洋兄弟煙草公司的愛國牌香煙系列廣告也比較有特色，1920 年 4 月 15 刊登的「愛國歌篇」、5 月 1 日的「權字篇」，5 月 14 日的「覺悟篇」，6 月 1 日的「愛國徵文揭曉篇」，6 月 29 日的「請看救國良方篇」，7 月 28 日的「解放的真諦篇」，1921 年 1 月 18 日的「壯士斷腕篇」，3 月 5 日的「多難日篇」等等，都是圍繞提倡國貨而精心設計的廣告。1925 年五卅慘案發生後，《申報》刊登上海公共租界工部局的「誠言」，造成很大的負面影響，一時間，「誠言」成為當時的熱門詞彙，很多人以此為題駁斥工部局的謊言，沒想到的是，上海友華煙草公司，用樣以「誠言」為題，宣佈自己的煙草質量好，價格公道。這樣緊貼時事、利用社會事件設計廣告的做法後來到是不多見了；但這種創意的敏感是值得肯定的。

當然當時廣告設計出現的新動向還有很多，顯示出當時廣告設計創意的多元化傾向。

五、廣告的問題

首先廣告和新聞的關係協調問題。商業報紙以廣告為命脈，因此就有新聞必須為廣告讓路的情況。比如前文提到的《新聞報》廣告準備科，就要平衡新聞和廣告的數量，節約成本，提高贏利。《申報》如法炮製，設立廣告整理科，職責一樣，其目的以降低成本和獲得利潤為第一要務。

其次，虛假廣告和低級廣告問題。不僅發行量少、地位比較低的報紙有此問題，甚至如新、申等大報也一樣。《新聞報》曾對此有過長篇解釋，從中我們可以看出這些廣告難以禁絕的原因。

> 也有人指責我們刊登一些內容不正當的廣告，其實我們對此非常謹慎，如女子按摩、裸體跳舞等廣告都在禁登之列。書籍廣告需將原書送來審閱後，方予接受刊登，所以書店及作家常與報館發生爭執。還有一種人事廣告，如報喪、離婚、退保聲明等，也常常發生糾紛。假定甲與乙嫌隙，甲便在報上登出乙的報喪廣告，乙的親戚不明真相，見廣告後紛紛帶著香燭錫箔到乙家吊喪，其實乙仍健

在，弄得對方啼笑皆非。也有人在某單位供職，自己犯了貪污和盜用公款罪責，行將受到法律制裁，便搶先在報上冒用保人名義登出聲名退保廣告，以期減除保人賠償責任。其實這完全是徒勞的，法律上並不因爲一登廣告就能卸脫經濟責任。更有人爲了報復私怨，擅自登出某人與某人的離婚聲名。由於這種惡作劇，而引起各種離奇悲慘結果的比比皆是。根據多方面的教訓，特制訂除使用保單的規定：凡刊登類似上項廣告者，須履行請鋪保和對保兩重手續。如有差錯，保人負完全責任。但這樣做，只能在防止流弊上設下一重藩籬，而對正式來登這類廣告的人，又覺得這種手續太麻煩，當面指責報館染上官僚化習氣，雖經廣告科人員耐心仔細的解釋，有些人還是悻悻然很不滿意。〔註70〕

當時很多學者對這些問題表達深切的憂慮。徐寶璜說，「我人對於現在新聞紙上之廣告，多不信任，以各報皆以賣地位爲目的，故凡來登廣告者，並不計其眞僞，悉與登載。於是人皆輕視廣告，而廣告之效力亦減矣。」〔註71〕

爲了解決該問題，全國報界聯合會通過了勸告禁載有惡影響於社會之廣告案，其中提出，「犧牲廣告費之事小，而影響於社會大也」。主張禁止如「足以傷風敗俗、惑亂青年」的「春藥及誨淫之書」的廣告，但同時提出要禁止「獎券」的廣告，因爲它是變相的彩票，類似賭博，可「引起社會投機之危險思想」〔註72〕，就顯得多慮了。

虛假藥品的廣告在當時很流行，比如一種被認爲是補血良藥的「自來血」，與其說是藥效好，不如說是噱頭好。同樣這家公司的起家產品「艾羅補腦汁」就假冒是美國博士發明，進行推銷，獲得成功。翻閱當時的報紙，治療不孕不育的，治療痔瘡的，治療肺癆的等等神奇藥物不一而足，對比今天的某些小廣告，眞的有異曲同工之妙。一些疑難雜症在今天所謂現代醫術還難以醫治，更何況當初的 10、20 年代的中國。但這些虛假的醫藥廣告之多、之泛濫實在是當時報界廣告的一大頑疾！

低級廣告在一些小報上就更多了。關於春藥的，妓院的，不一而足，不

〔註70〕汪仲韋，《我與新聞報的關係》，《新聞研究資料》總弟 12 輯，展望出版社，1982 年 6 月，第 134～135 頁。

〔註71〕徐寶璜，《新聞學概論》，《新聞學刊全集》，《民國叢書》第二編，48 卷，上海書店，7 頁。

〔註72〕戈公振，《中國報學史》，生活・讀書・新知三聯出版社，1955 年，221 頁。

再贅言。

第三，廣告的編排，整體上還有待提高。比如論前廣告雖然給報紙帶來豐厚的利潤，但長期以來沒有多少設計，都是長長的條狀，有人譏諷爲「墓碑式」廣告。戈公振也曾批評說當時的報紙「廣告編輯，雜亂無章，不若外報將同性質者從列一處，使讀者易於尋見」〔註73〕。

最後，北方因爲商業不發達，民眾的廣告意識差，商家「常把廣告貼在城門洞內，或是通衢的牆壁上，好使往來的人注意廣告上的事，不知廣告應登在報紙上，雖有登的，亦是『寥若星辰』，這也可以見北京社會的幼稚」〔註74〕。因此多刊登「官營業廣告，如鐵路廣告銀行廣告等，實爲津貼之變相，足以養成報館貪惰之風」〔註75〕。的確在天津《大公報》上，我們看到最多的是銀行廣告，可能與其出資人吳鼎昌的四行儲蓄會會長身份有關，但這不能不讓人聯想到這是一種變相資助。

總體上看，報紙經營在該時期現代化並不明顯，少數報紙可以實現自己自足，經濟獨立，但大部分報紙都接受津貼，甚至以津貼度日。報紙經營的兩大重要部分，發行和廣告，模式比較固定，發行上有國家的郵局系統和本地的報販系統作主力，報紙發行自主性比較缺乏，發行收入能落入報館的不到一半，這樣的發行辦法，「一方面盤剝報販、報童等零售人員；一方面要挾、勒索報刊社，提出種種無理要求；還經常冒充報社工作人員，到處招搖撞騙，使報紙的政治聲譽遭到破壞」〔註76〕；廣告視報紙所在地的經濟和商業情況的不同，境遇大不相同，在商業比較發達的上海、天津、廣州等地，報刊廣告比較繁榮，但滋生的問題也比較多，在商業不發達的地區，廣告量稀少，政治廣告和津貼廣告比較普遍。

〔註73〕 戈公振，《中國報學史》，生活·讀書·新知三聯出版社，1955年，212頁。
〔註74〕 邵飄萍 ，《中國新聞學不發達之原因及其事業之要點》，見黃天鵬編，《新聞學名論集》，上海聯合書店1930年，49頁。
〔註75〕 戈公振，《中國報學史》，生活·讀書·新知三聯出版社，1955年，122頁。
〔註76〕 蘇兆山編，《報刊發行》，人民郵電出版社，1991年3月，第2頁。

第十章　新聞業務的現代化

　　新聞業務一般包括新聞的採訪、寫作、編輯；評論的選題與寫作；報紙版面編輯等方面。民國初年新聞在業務領域有相當進步，新聞採訪開始受到重視，訪員制度普遍設立，調查性新聞等具有深度的新聞開始在業界發起；版面編排開始講究科學；評論擺脫了冗長的政論風格，轉而向新聞評論、即時評的方向迅速發展。

　　業務領域的現代化是新聞業現代化最直接的證據和結果，與新聞業物質技術與組織結構現代化有密切關係。

第一節　新聞的採集與寫作

一、新聞的種類

　　這裡的新聞是廣義上的，包括除了論說、廣告、副刊等外的一切材料，涵蓋了今天的消息、通訊、電訊、特寫等等。報紙的新聞在當時新聞學者看來（如徐寶璜和戈公振等），可按內容分為以下幾種：政治新聞（含內訌、內閣、議會、外交、生計、和議等）、經濟新聞（含公債、實業、勞動、物價、交通、稅務、金融、財政等）、文化新聞（含教育、演講、戲劇等）、社會新聞（含因窮困而自殺、或餓死的、遊藝、土匪、集會、訴訟、慈善等）、罪惡新聞（含殺傷、偷騙、搶奪、煙賭等）和其他雜項﹝註1﹞，這種分類和今天比較類似。

﹝註 1﹞ 戈公振，《中國報學史》，香港太平書局 1964 年 3 月，203～204 頁。

但當時報紙並不按照這種分類進行編輯與排版。從報紙版面看，新聞部分大約按以下標準進行分類：電報（含專電，要電，路透社電；要電一般來自國聞通信社和東方通信社等）、國內要聞、本埠新聞、經濟市況、教育欄、體育欄、藝術劇場娛樂、地方通信等，同時顯示出各種新聞的重要程度。

這些新聞在不同報紙上有不同的編排，有的以 1、國內要電與要聞，2、特約路透電與國外要聞，3、本埠新聞為報導的次序和主體；有的以 1、要聞，即北京新聞，2、外埠新聞，3、本埠新聞為報導的次序和主體。基本上大同小異。

其中電報和專電，是指通過電報手段傳送過來的新聞材料，沒有內容上的區分，完全以獲得新聞的手段為標準，可以視為技術進步對新聞分類上的影響。

要聞，即北京地區的新聞，通訊社沒有發達的時候，京外地區的報館獲得該類消息，主要靠各有實力報館派駐到北京的特約通訊員發回的專電或通訊。

外埠新聞，指除了京及報館所在地以外的全國各地新聞。但所謂「全國各地」，也只有東南幾個省城、通商口岸、長沙、武漢等局部軍事或政治熱點地區，那裡一般都派駐訪員（或叫訪事），或設有分館、分銷處，他們間或作些訪問、採訪，寫些當地的新聞，但很難訪到重要新聞，與報館往來多是通信。臨近上海的各地，如蘇州、杭州、南京以及江浙兩省繁盛的府縣市鎮，設有分銷處的地方，新聞就多些。但是某個地方，如果發生了特別重要的事件，也有發專電、寫通訊的可能，如 20 年代的武漢，因為是南北政局鬥爭的敏感地區，陶菊隱採訪寫作非常辛勤，因此常常發些重要通訊或專電給上海的《新聞報》、《申報》。

本埠新聞，即報館所在地的新聞。我們隨機抽取 1921 年 8 月 26 日《申報》的本埠新聞，有《省教育會今日開常年大會》、《總商會明日開會》、《和平公約擴大之進行》、《國會辦事處之決議案》、《本館記者裴國雄君作古》等關於政治、文化、社會活動等方面的新聞，8 月 29 日的本埠新聞有《今日放洋赴美之留學生》、《昨晨淞滬火車脫軌》、以及其他關於縣議員補選、銀行公會告白、眾議院開會等社會教育、交通、政治、經濟等各個方面的新聞。上海報館開在租界裏，本埠新聞還刊登很多租界裏的事情，如公堂訪案、登人家吃官司的事情等。

二、新聞的來源

　　新聞來源是新聞業發展中比較隱秘的部分，是顯示出新聞業成熟程度的標尺。新聞來源是否豐富、途徑是否暢通、源頭是否公正客觀，直接關係到新聞業本身的質量和信譽，影響社會讀者的判斷依據。現代新聞機構以自採新聞的比例和獨家報導的多寡作爲衡量其實力的重要指數。當時業界雖然也知道自採新聞和獨家報導的重要，但因沒有實力，不能常常以此誇口。那時「本埠的新聞，採用新聞社和訪員的，外埠的新聞，剪裁外埠的報紙，這幾乎是各報館所一成不變的新聞編輯法」〔註2〕。「近年來，上海的各報館，如申報、新聞報，和時事新報等，都添設新聞採訪部，聘用外勤記者數字，專司採訪本地新聞之職，有必要時，也常派往外埠去採訪特種新聞，但這也只是幾家有錢的報館能如是而已」〔註3〕。顯示了新聞業在新聞採集方面的不成熟，新聞業務在現代化的過程中還有很長的路要走。

1、新聞的幾種來源

　　新聞部分當時被認爲是報紙最難收集的部分，也是顯示報紙實力的部分。因爲廣告是事先得到的，有的長期刊登；副刊的文字可以依靠文學作品、小說連載等；只有新聞的來源龐雜，且要和事實相符，因此在報紙發佈內容中最難獲取。

　　新聞來源在當時一般不外乎以下5種：「（一）爲本館訪員之記錄，如電報及特約通訊是也。北京與上海爲政治與商務之中心，故常有專員駐其間，所得新聞，爲一報所獨有，餘則多就地招聘，其新聞常兼見二三報以上。（二）爲通訊社所送，大率電報多出自外人通信社，而本國通信社亦間有之，新聞則多出自本國通信社。（三）爲譯報，以翻譯該報所在地之英文日文報紙爲多。（四）爲剪報，係轉載他報之新聞。（五）爲投稿，即公共機關及個人所公佈之稿件」〔註4〕。具體如下：

　　第一、本報記者的報導，大報在重要城市設立通信員，爲報紙發回當地的重要新聞，如上海報紙一般在北京、上海、廣州等地派駐記者。北京的黃遠生、劉少少、徐彬彬、徐凌霄、徐一士、邵飄萍、張季鸞等爲上海的《時報》、《申報》、《新聞報》、《時事新報》、《新中華報》等做過特約通訊員，陶

〔註2〕張靜廬，《中國的新聞記者與新聞紙》，現代書局，1932年，32頁。
〔註3〕張靜廬，《中國的新聞記者與新聞紙》，現代書局，1932年，33頁。
〔註4〕戈公振，《中國報學史》，香港太平書局1964年3月，201～202頁。

菊隱爲《新聞報》作過長沙的特約通信員。這樣的本報特約通訊，常常是報紙最具競爭力和吸引讀者的內容。這種特約通訊一般是一家報紙獨享，不能一稿多投，如 20 年代作爲上海《新聞報》通訊員陶菊隱化名「李萍」偷偷給上海《申報》寫長沙特約通信，後來被《新聞報》大買辦汪伯奇懷疑時竟「面紅耳赤像做了虧心事一樣」〔註5〕。但本埠通訊就不一樣了，一稿多投是訪員們約定俗成的慣例。主要因爲外埠通訊多是關於政界軍界之要聞，重要地區的稿費很高，最高的可達 10 元一篇，或者以月薪爲計，待遇也比館內普通訪員要高很多；本埠訪員一般是兼任的，主要訪些社會新聞，在當時人們看來價值不大，薪水一直很低，一般月薪才 10 元左右，因此必須多兼職幾家報館，才能謀生。

　　然而外地的通信或電文除受限於當地通信員或訪員的溝通和採寫能力外，常常因時局變動，政治複雜而遭當局扣發，阻撓新聞發佈，讓新聞界蒙受很大損失。汪漢溪曾說，

> 電信扣發，不僅軍閥，民國以來，交通當局有國民黨、新交系、安福系、舊交系、北洋系，人物既夥，事實亦多，然有關涉彼等事，雖或偶有扣留，尚不至一律扣發。如許世英之公園被捕，曹氏之趙家樓宅焚毀，曾葉之下令通緝等等，均傳至上海披露報端。獨洛陽系之高恩洪，有一關涉，無論何事，均扣不發，不知事實昭著，千人皆見。決不能以一手掩天下之耳目，此眞歷來未有之怪事也〔註6〕。

這一說法也得到時任《新聞報》北京通信張繼齋的印證。

> 余之尤感困苦者，則爲電信扣發一事，電信屬於交通部分，六年之中交通當局，有國民黨之許世英，有新交系之曹汝霖，有安福系之曾毓雋，有舊交系之葉恭綽，有北洋系之張志潭，人物甚多。然有關涉彼等之事，雖或偶有扣留，尚不至一律扣發。如許氏之中央公園被捕，曹氏之趙家樓宅焚毀，曾葉之下令通緝等等，均能傳至上海，供人快睹。獨至現今洛陽系之高恩洪，一有關涉，無論何事，均扣不發。數月前，八校教職呈請懲罷交高，迭次扣發，最近眾議院之查辦交高案，議事日程扣發。開會通過扣發，最奇者，眾

〔註 5〕陶菊隱，《記者生活三十年》，中華書局 1984 年，125 頁。
〔註 6〕汪漢溪，《新聞業困難之原因》，《新聞報三十年紀念》，新聞報館，1923 年。

議院咨請查辦公文，則留一財羅而去一交高，在檢察員承高旨，隨
便塗抹，不知事實昭著。千人皆見。決不能以一手掩勁天下之耳目。
小人之無忌憚，一至於此。此眞歷來未有之怪事也。若以北京之府
院各部當局，盡如高氏之胡爲，則處處障礙，無電可報〔註7〕。

在新聞報導上，僅次於電信的是通信，但通信也有通信的問題：

次於電報者爲通信，所述較祥，斟酌去取，稍易於電報，然如
檢查刪扣等弊，依然不免，且郵寄較電報遲緩，又生他種困難，如
歐洲各國通信，到滬之時，距發信之時，往往相隔月餘，甚至兩閱
月。刊著報紙，與當時情勢迥異，如日諾瓦會議，在發信時，會議
方開，通信員苦心探訪，詳述無遺，而發刊時會議早已失敗。若屛
而弗錄，則以前電文簡略，不能知其曲折，且欲知各國外交大勢，
更不可不考其經過之迹。惟登載既遲，在不甚注意國際問題者，或
不免識爲陳舊，此一難也。中央政聞，郵寄兩日可到，似無歐美通
信遲緩之弊。故以事變過速，亦不免前後參差。即如組閣之事，往
往第一日形勢極可樂觀，第二日則發生絕大障礙，幾若萬無可成之
理，至第三日，則障礙忽去，驟然告成，準此計之。第一日報告形
勢樂觀之信，與第二日發生障礙之電同時到滬，第二日報告發生障
礙之信，又與第三日驟然告成之電同時到滬。若謂通信爲誣，則確
有其事，然而證之電報，又顯然矛盾，此二難也。至於兩軍決戰之
時，兩黨相持之際，吾人據事直書，於兩方勝負，原無所容心，而
當事者乃諱敗喜勝，偶感不利，輒起責言，此則力求誠信，反致衍
（下有心底）尤。滋可歎矣。〔註8〕

報館最重視的新聞受此影響，難以保證其眞實性和迅速性，實爲新聞業發展
中的一大障礙。

不論如何，專電和特約通信是報紙的獨門武器，因此各報極爲重視，甚
至有的報紙沒有實力聘請人寫特約通信和發專電，就自造專電。有人調侃地
說，專電就是幾個編輯主筆腦海中造出來的。專電報導如此珍貴，一般被放
在第一張新聞部分的首位，特別是南方報紙上所登的「北京專電」，在民初的
幾年還曾用二號大字或三號中字登出，以示名貴。

〔註7〕 張繼齋，《三十年中之十二年》，《新聞報三十年紀念》，新聞報館，1923年。
〔註8〕 李浩然，《十年編輯之經歷》，《新聞報三十年紀念》，新聞報館，1923年。

　　第二是通訊社的稿子。通訊社對當時報紙意義重大，通訊社的電文，一般按照收到時間順序排列，並不按重要性或事件、地點等相關類別進行編輯。偶爾有報紙將路透社的消息集中在一起發刊，日本人的東方通信社和中國人的國聞通信社供稿也比較多。總體上講，外國通訊社的稿子要多一些，因爲他們是每個小時送一次新聞給報館，但中國通訊社一般只在晚上送一次〔註9〕，從質量上講，外國通訊社的要好一些。《新聞報》汪仲韋回憶到，「我報在未設採訪科之前，報上所用新聞稿件，不外三個來源：一是外國通訊社的；二是中國通訊社的；三是訪員送來的。其中以外國通訊社稿較有價值。因爲他們在中國各重要地區都有特派或特約記者，通訊設備又比較先進，所以傳遞各項消息既迅速、又準確。」〔註10〕

　　各通信社的消息占報紙很大版面，「若各通訊社同日停止送稿，則各報雖不交白卷，至少必須縮成一版」〔註11〕。因此各報新聞，十分七八類同，編輯也類似，看過一張報紙，其他報紙就不必再看。1921 年 12 月威廉訪問北京，發言批評北京報紙消息雷同的現象，「究其原因，當因資本不足共同採用通信社材料所致」。〔註12〕報館中人也知道這個弊病，「尤有進者，本埠新聞依賴通訊社甚多，夫本埠新聞近在咫尺，何不由本館自訪，拾人唾餘，殊形減色」〔註13〕。

　　同樣，因爲報社內容多仰仗通訊社，造成中國外來新聞多，而自採新聞少，政治新聞多，而社會新聞少。政治新聞又因爲「通信社……多係私人或黨系之宣傳機關，其通信遂常不免含有宣傳作用，黨派色彩」〔註14〕；因此導致新聞眞實性無法保證。

　　另外外國通訊社幾乎壟斷了中國的國際新聞報導。清末中國的國際報導一般並不注意其時效性，往往是「海客談瀛洲」之類的內容。其來源不過是從本地的西文報或原版的西文雜誌上翻譯一下，並不是直接採訪或從通訊社買來的。從民國成立後，特別是路透社開始向中文報紙供稿後，該社基本壟斷了中

〔註 9〕　邵飄萍，《中國新聞學不發達之原因及其事業之要點》，見黃天鵬編，《新聞學名論集》，上海聯合書店，1930 年，59 頁。
〔註10〕　汪仲韋，《新聞報發展過程拾零》，《新聞與傳播研究》，1984 年第一期，195頁。
〔註11〕　戈公振，《中國報學史》，生活・讀書・新知三聯出版社，1955 年，212 頁；香港太平書局 1964 年 3 月，122 頁。
〔註12〕　北京《晨報》，1921 年 12 月 9 日。
〔註13〕　謝福生，《世界新聞事業》，《申報五十年》，1923 年，申報館。
〔註14〕　徐寶璜，《實際應用新聞學序》，1923 年，19 頁。

國的國際新聞，除了偶爾的一些日本消息來自東方社或電通社。那時路透社每個月的收費是 100 元，費用不菲，但因向中文報紙發稿的組織事宜十分完備，各大報紛紛訂購。1914 年一戰爆發，路透社的稿價增加了一倍，由於中國牽扯其中，國民對此間的國際經濟非常關注，稿件依然大受歡迎〔註15〕。

通信社的稿件成為報紙的主體還在於當時人們對報紙和通訊社功能的認識。「通訊社的特色，重在消息的收集和傳遞。報紙的特色，重在編輯和發行」〔註16〕。如此認識，使報館在採用通訊社稿件上更加理直氣壯，這既是報紙自採新聞缺乏的原因，也是結果。

電報在編輯上很久沒有創新，一般報館是按照地區來進行分類，並不按內容或重要性進行編輯，如上海的報紙「只是刻板般地將北京來的電報列為第一，廣州或天津來的電報列在第二第三，從別處較不重要的地方或外國來的電報列在最末」〔註17〕。這種編輯方式自《商報》開始被打破，他們「不但辨別電報的性質，分別輕重，排別先後，而且歸納若干相同的電報在一處，另外一行足以引人注意的標題及摘要，讀者稱便」〔註18〕。以後國內的報紙競相模仿，都開始進行分類編輯，並加標題和摘要。

報紙新聞的第三大來源是譯報，一般來自京津滬地區的外報。我們經常可以看見《申報》、《新聞報》等長篇轉載上海《字林西報》、《文匯報》、《密勒氏新聞報》等英文報紙的文章，如 1919 年開始的上海租界《取締印刷品附律》事件中，《申報》發表很多文章進行反對，其中 1922 年發表的 11 篇報導和評論中，除一篇署名「無用」的評論《取締印刷品平議》外，其他均轉載西文報紙的文章，其中既有西方媒體對該法令的批判，如《密勒報反對印刷品附律》（約 1500 字）、《大陸報反對印刷品附律》（2000 字左右）、連載《遠東評論周報之印刷附律論》（連載，共約 3000 字左右）等；也有摘錄《字林西報》代表工部局為該法令的辯解之報導，如《字林報解釋印刷品附律提案之社評》、《字林報在辯取締印刷品附律》等。這些譯報不僅報導風格與中文報紙不同，而且寫作角度、材料選擇和結構安排都更符合新聞規律，完全不

〔註15〕 《上海新聞紙的變遷》，《上海研究資料》，《民國叢書》第 4 編，第 80 卷，391 頁。

〔註16〕 戈公振，《一個代表通訊社》，黃天鵬主編《新聞學名論集》，上海聯合書店，1930 年，第 70 頁。

〔註17〕 張靜廬，《中國的新聞記者與新聞紙》，現代書局，1932 年，57 頁。

〔註18〕 張靜廬，《中國的新聞記者與新聞紙》，現代書局，1932 年，58 頁。

同於國人的流水帳或起居錄一樣的文體。借助轉載西方媒體的報導，可以將中文報紙不敢講或不方便講的觀點意見表達出來，也是中文報紙表達意見的一種方法。譯報內容對中文報紙來說非常重要，因此一些有實力的大報紛紛重金聘請翻譯人員從事這項工作。《新聞報》即如此，「當時上海出版的英文報紙有《字林西報》和《大陸報》，我報除採用外國通訊社稿件外，還把『字林』、『大陸』兩報重要消息譯載過來，因此譯員一職十分重要。我父特出重金，將商務印書館的一位有名望的老譯員甘作霖請來，兼任我報譯員。甘譯筆熟練流暢，深受讀者讚譽。他為表示負責，在每篇譯文後面都注明『譯者作霖』字樣」。〔註19〕

第四大新聞來源是剪報，即轉載其他中文報紙刊登的消息。這是北方報紙和內陸報紙最常見的一種編輯手法。沒有採訪實力的報紙，常常只有幾名編輯，要湊滿整個報紙的版面，只能用這種剪刀糊糊加紅墨水的方法。甚至1925年還有類似的極端事件發生，8月27日下午4時，一個名叫白濟川的賣報人，在北京東珠市口一帶叫賣報紙，大喊「打仗的新聞，開火的號外」等。警察以擾亂治安將其揪詢，他賣的報紙叫《輿論》，內容盡屬故甚其詞之謠言。原來這份報紙完全是白濟川每日搜集各報之稿，自用石印印刷而成，以圖賣錢〔註20〕。這個彷彿笑話一樣的事情其實正是當時報紙編輯的一種極端寫照。

第五種來源是各方的投稿。社會投稿仍然是報紙獲取新聞的重要途徑，各報經常在報端刊登徵稿的啟示。如以新聞精編著稱的北京《晨報》在1923年4月間連續刊登這類啟事，4月17日刊文「本報現擬多登各種社會新聞，如願投稿者請於每日夜間九時以前送發本社，一經登載，酬金從優」〔註21〕；4月24日，該報繼續刊登兩則徵稿啟事，一為《歡迎本京社會新聞投稿》，並提出五點注意要點：1、新聞務須確實詳細（如發生地點、門牌、姓名、月日時等），2、報告務須迅速（如某事件發生，最好能即日報告，如不得通即函電話報告亦可），3、凡抄襲他報，或任意杜撰者，一經查出，即行取消酬金，

〔註19〕 汪仲韋，《新聞報發展過程拾零》，《新聞與傳播研究》，1984年第一期，195頁。後來甘得了精神病，不能工作，商務印書館停了他的職，但《新聞報》仍然按月照發薪水給他。

〔註20〕 方漢奇主編，《中國新聞事業編年史》（中），福建人民出版社，2000年，1038頁。

〔註21〕 北京《晨報》，1923年4月17日。

以後不收來稿，4、來稿字迹務須明瞭，最好能照本報樣式，自加圈點，5、凡投稿本報者，不得再投他報。以上五點可以說是中國報界業務領域的一個宣言，宣佈報紙開始不再接受一稿多投，維護報紙的精編特色。當天該報還刊登了收集財政經濟新聞的啓事，稱「如有能將各財政機關，各銀行公司，以及金融界確實消息，儘先報告者，願以極重酬金相報。至初次投稿姓名，本報一律嚴守秘密，不必顧慮（惟投稿者，於初次投稿時，須將眞實姓名及住址，通知本報）。又如有能將各處經濟狀況，以及各種貨價寄本報者，酬金亦當從優奉贈。〔註22〕」這樣的徵稿信息常現報上。1926 年 12 月 8 日天津《大公報》一版《本報啓事》中登載：「爲使順直各縣消息靈通起見，擬特闢『地方新聞』一欄，舉凡各縣重要消息、行政設施以及民生疾苦災情報告，凡有記錄者均可發刊」。

2、新聞來源的困難

　　新聞來源困難很多，除渠道少，還有因各方的阻力而造成新聞眞實性的缺失。北洋政府時期，政治局勢撲朔迷離，瞬息變化，魯迅先生曾用「城頭變幻大王旗」的詩句指出那時政局的複雜，使新聞採集殊多困難。1917 年開始爲《新聞報》作駐京電信記者的張繼齋曾感歎到，

> 北京古所稱易生風塵之地，事情瞬息萬變，如沙眯目。往往得一新聞，今日所認爲眞確者，翌日即已變化，余雖誓不捏造，而事或出於訛傳一也。北京政界多迷，訪晤要人，大都不肯說出眞話。即使肯說眞話，而爲新聞家之德義起見，發表自有其限度。已不得盡量宣泄二也。政界文件之重要機密，本非尋常僚屬所得。聞起稍欲聞者，亦不敢輕易泄露。故雖有所聞，而可以布之於外者，只占幾分之幾三也。又有本無事實，故造空氣，利用新聞家之宣傳者，更有確繫事實，偏說並無其事，向報界聲明更正者，似眞似假，似假似眞，苟不辨別其來源，每易供人之傀儡似也。〔註23〕

　　記者不僅因此苦惱，編輯也甚感爲難。《新聞報》主編李浩然曾總結到電文扣押導致的新聞時效性差，政令迭出和政局突變導致的新聞過期，以及各派政治人物故意釋放假新聞而使報紙蒙羞等，是各報遇到的難以克服的困難。

> 先就紀事言之，消息敏速，自以電報爲最，然新聞電在電局中

〔註22〕北京《晨報》，1923 年 4 月 24 日。
〔註23〕張繼齋，《三十年中之十二年》，《新聞報三十年紀念》，新聞報館 1923 年。

等次最低，一經積壓，往往隔日始至。效力遂減，若事局變更，則效用全失。又國事變動之時，軍閥盤踞之地，派員檢查，任意刪節，爲害尤甚，至於發電之先後，困難更多，今日之政局，變幻過速，往往一電甫傳，形勢驟變，甚至任命官吏，發表命令，已經印鑄局刊印，而重事更張，迨發電者察知，爲時已晚，迅速更正，已恐不及。初次得知消息，遂不能不宣播於報紙，而考之事實，則竟不符。說者每謂報紙好作訛言。不知內幕中經過情形。卻有此者。眞所謂不白之冤也。此等情勢，已令從事編輯者深感困難，而今之各派各黨，互相嫉忌，又好作謠言，淆惑聽聞，吾人超然於各黨派之外，固不願供彼等利用，然於報告事實，援有聞必錄之例，有時竟不免受其惑。〔註24〕

如 1922 年直奉戰爭期間，奉派宣傳吳佩孚陣亡，國內外報紙，多有受騙，《新聞報》也幾乎爲其所惑。正好駐京津記者都有急電，說外傳吳的死亡，是不確實的，於是將已經付刊的重新收回。此次虛假報導的幸免是幸虧有及時證僞的例子。但也有例外，1922 年冬初，開封有電說汴垣某說張作霖病故了，初得電報，本來懷疑其眞僞，正好津電也來說張實病危，彼此參證，正好符合。又因爲當時好久沒有戰爭，不太可能用假消息來做宣傳，因此就刊登出來，後來證實眞是無稽之談，報館於是又在散佈假新聞方面添了一個罪證，這樣的事情眞是「防不勝防」。特別是電信到來的時候，都是半夜，如果沒有反證，根本沒有時間去查實。如果放到一邊，又沒有了及時性。因此李說，「或謂電信消息，既有疑義，宜先審查確否，然後刊佈。其說雖是，惟電文到時，每值深夜，苟無反證，安有餘暇從事審查。若謂擱置翌日，從容稽考，則新聞又以敏速爲貴，苟所傳不誣，而稽留不發，必成明日黃花，有何價值乎」〔註 25〕。這段文字生動的展示了當時主編們因技術、政治等各種原因，無法探聽到眞實新聞的苦楚。

1922 年 10 月 1 日，北京《晨報》專刊《一星期之餘力》發表署名「悶悶」的《新聞記者的一種苦處》，更是對記者採編新聞時無奈的心態作了總結，「今日中國的新聞記者眞可不做了，除必須編些不愛編，不忍編，不得不編，毫無趣味的新聞外，還要受官廳的束縛和威嚇，朋友的譏諷和仇恨」。

〔註24〕 李浩然，《十年編輯之經歷》，《新聞報三十年紀念》，新聞報館 1923 年。
〔註25〕 李浩然，《十年編輯之經歷》，《新聞報三十年紀念》，新聞報館 1923 年。

三、新聞寫作的規範與要求

　　新聞寫作開始有了規範要求，雖然很多新聞文體並沒有確定下來，但一些規則開始被討論和推廣，比如眞實明瞭，客觀公正等。

　　首先，在寫作上拋棄了中國近代報刊新聞報導中文學色彩過重的傳統。徐忍寒稱讚當時以《申報》爲首的中國報界在新聞的寫作上「捨敍議而採實錄」〔註 26〕，是中國新聞在寫作體裁上的一大進步。如果用敍議的方法來寫新聞，就有「尙文字而輕事實」的弊端，即重視文學的描述與杜撰，偏重於文字的修飾，這就造成訪員可以捕風捉影，或者向壁虛造，甚至顛倒黑白，偏頗其辭。因此以寫事實爲主，可以有效的防止此弊發生。

　　但所謂「寫實」，和我們現在成熟的新聞寫作規範還是有一定差距的。這種「寫實」是對以往宮門鈔和轅門鈔寫作風格的繼承，以細節和表面眞實性描寫爲主，並不是基於現代新聞寫作的「客觀立場」的要求。如《申報》錢昕伯任主筆時，將報中信手點綴的文字一概淘汰，有聞必錄的登載方式使得新聞在選擇性上基本沒有判斷，除了避免招惹官府外，所有的東西都在刊登，有點全體國民起居錄之感。林語堂認爲這些新聞報導和寫作風格固然有政治上的因素，也有傳統文風的因素，對此他進行了批評：「第一，它有一種政治新聞的優勢，保存了舊的邸報的影響和整個中國文人的精神。第二，它缺乏文筆優美的通訊、受過好的訓練和教育的通訊員。第三，正如已經提到過的，一般的新聞寫作缺乏趣味和活潑。」〔註 27〕傳統大報如此的報導風格，客觀上爲小報的流行創造了市場空白，因爲小報與大報的以上作風剛好相反。

　　其次，新聞不能夾帶自己的感情和判斷，必須公正客觀。潘公展提出了「合乎理想的新聞」的標準，指出「新聞記者應該是一個沒有成見而很機敏的觀察者，他記載新聞必須完全容納事實，一些不參加他自己個人的私好和意見，使得新聞染色。……如果新聞記者把他自己的好惡參入新聞的本身，那麼他對於報紙和社會公眾實在負了一種欺騙的責任，無異毀了新聞的信用。」〔註 28〕因此合乎理想的新聞應該具有以下 4 點特徵，1、沒有入主出奴

〔註 26〕　徐忍寒，《予對於本報以往之觀察及將來之希望》，《最近之五十年》，申報館，1923 年。

〔註 27〕　A HISTORY OF THE PRESS AND PUBLIC OPINION IN CHINA, P.139～140，轉引自自侯東陽，《林語堂的新聞輿論觀——評林語堂的〈中國新聞輿論史〉》，《新聞與傳播研究》2001 年第 2 期。

〔註 28〕　潘公展，《新聞記者的觀點》，《新聞學名論集》，上海聯合書店，1930 年，155

的偏見，精神實質兩方面全妥公平；2、完全用客觀的地位來敘述；3、使讀者感有良好的風味；4須有創作力〔註29〕。將公平、客觀作為新聞寫作上的首要要求。

另外，邵飄萍將「簡單明瞭」作為新聞稿的風格要求，他說「想要簡單，就別說廢話，別說廢話，自然就簡單。想要明瞭，不要去掉了重要，不去掉了重要，自然就明瞭」〔註30〕。除此以外，還「要以『真』字做資格，『興趣』做血液」〔註31〕，就是很好的稿子了。

該時期報人也提出了「調查性新聞」的概念。其實調查性的、有深度的新聞在黃遠生時代就開始了，但並沒有被中國報人很好的繼承下來。直到 20 年代，沒有一家報館設立調查部。邵飄萍是中國第一個提出報館應設立調查部，對一些重大問題進行深入報導的人。他說，「這部得有這部專門的人才，非有專門的知識不克勝任的。」比如當時發生的著名的「金佛郎」案，就可以通過調查部寫成類似今天的深度報導，「窮流溯源，將片段的碎的東西湊在一塊，這一種的事情，就是專門的學者也就很難。尤其難的，就是擬題目，要是將題目大綱節目都編好了，裏邊的索引自然可以找出來，所以說這種事情很難而且很重要。」其實他對這個小冊子的描述，非常類似於我們今天所說的深度調查性報導。他感慨到日本、歐美都已經有這樣的部門，遇到重大事情發生，就會有人將平時收集的相關資料調出，給有關的記者使用，這樣記者的報導就有豐富的內容，確切的根據。

四、新聞在量與質上的變化

新聞已經成為報紙中最重要的部分。首先新聞的大量刊登，構成了報紙的主體。雖然從報紙版面面積上看，非新聞類的版面基本要占到商業性報紙的 60～80%，如上海《申報》的新聞類與非新聞類版面面積之比為 28：72，北京《晨報》的比例為 34：66，天津《益世報》的比例為 20：80，漢口《中

～156 頁。

〔註29〕 潘公展，《新聞記者的觀點》，《新聞學名論集》，上海聯合書店，1930 年，156頁。

〔註30〕 邵飄萍，《中國新聞學不發達之原因及其事業之要點》，見黃天鵬編，《新聞學名論集》，上海聯合書店 1930 年，64 頁。

〔註31〕 邵飄萍，《中國新聞學不發達之原因及其事業之要點》，見黃天鵬編，《新聞學名論集》，上海聯合書店 1930 年，64 頁。

西報》為 33：67，廣州《七十二商報》為 39：61〔註32〕，但是新聞的數量已經大大增加了，《申報》一天的新聞量在 169 條，共 1825 英方寸，《晨報》的新聞雖只有 33 條，但面積有 949 英方寸，《益世報》的新聞有 63 條，面積 955 英方寸，《中西報》有新聞 69 條，面積有 1197 英方寸，《七十二行商報》有新聞 69 條，面積在 1277 英方寸〔註33〕。這樣的新聞量與現在的報紙比較起來，也不算少。

其次新聞的質開始受到重視。如何獲得真實準確的新聞，如何寫作發佈真實的新聞成為業界關注的焦點。在報紙的從業者中，雖然那時容易出名的還是寫評論的主筆，而不是做採訪的記者，但報館普遍認識到訪員的重要性。訪員重要性的提高，反映了新聞地位的上升。以採訪著稱的邵飄萍，其以事實為依據的專電成為上海各大報紙的搶手貨，他訪到的新聞信息多，內部秘密消息也能傳出來。《時報》老闆狄楚青認為他是一位冒險人物；史量才竟說他要壟斷上海新聞〔註34〕。

新聞的真實性受重視還因為，當時報紙言論內容和寫作規範的改變。因為報紙上的言論也已經從普遍的價值判斷，轉向了以時事為根據的事實判斷，言論的正確與否直接與新聞報導的事實有很大關係。徐寶璜更是詳細論述了新聞真實準確對言論、甚至對社會的重要性，「蓋自民權發達以來，各國政治上社會上經濟上之大事，多視其輿論為轉移，而輿論之健全與否，又視其所根據之事實究竟正確及詳細與否為定。輿論之所正確詳細之事實為根據者，必屬健全，若所根據者並非事實則健全之輿論無望矣。……若所供給者為非新聞，則輿論之根基既已動搖，健全何有？故新聞紙當力求供給新聞，即不可因威迫利誘或個人之關係，以非新聞而假充新聞，亦不可因一種關係而沒收重要新聞，致社會無研究與立論之根據。」〔註35〕

對新聞真實性的追求成為重視新聞質量、提升報紙聲譽、擴大報紙影響的重要基礎。

五、著名新聞記者

該時期在新聞採訪寫作方面比較著名的記者有邵飄萍、胡政之、張季鸞、

〔註32〕戈公振，《中國報學史》，香港太平書局，1964 年 3 月，第 207 頁。
〔註33〕戈公振，《中國報學史》，香港太平書局，1964 年 3 月，第 205 頁。
〔註34〕包天笑，《釧影樓回憶錄續編》，香港大華出版社，1973 年，346 頁。
〔註35〕徐寶璜，《新聞學綱要》，聯合書店，1930 年，第 5、6 頁。

陶菊隱、顧執中、裴國雄等。

邵飄萍（1886～1926），浙江金華人。13 歲中秀才，1902 入浙江高等學堂，攻讀光、聲、化、電等自然科學。受梁啓超影響，任《申報》特約通訊員。1912 在杭州與辛亥革命時期著名報人杭辛齋合作創辦《漢民日報》，任主編，以才華過人，受到同行愛重，被推爲省報界公會幹事長。因不時抨擊袁世凱陰謀復辟帝制和賣國罪行，1914 年報紙被查封，邵被捕，經營救出獄，逃亡日本，入日本法政學院，並組織東京通訊社。1915 年初，日本和袁世凱提出滅亡中國的二十一條，邵飄萍立即弛報國內。1915 年年底，返回上海，應邀任《申報》、《時報》及《時事新報》主筆，抨擊袁世凱稱帝。袁倒臺後，邵接受《申報》聘請，擔任該報駐北京特派記者，負責撰寫「北京特別通訊」。1916 年 7 月，在北京創辦新聞編譯社，1918 年 10 月在北京創辦辦《京報》，任社長，開始獨立辦報生涯。五四時期因觸怒段祺瑞政府，報紙被查封，邵被迫再次流亡日本，應聘爲《朝日新聞》工作。1920 年下半年，段下臺，邵回北京恢復《京報》。1925 年春，經李大釗、羅章龍介紹，加入中國共產黨。1926 年 4 月 26 日，被張作霖以「宣傳赤化」罪名殺害。

邵飄萍是民國時期非常著名的新聞記者，以採訪著稱。其採訪技巧高超，常能訪到獨家新聞，「飄萍每遇內政外交之大事，感覺最早，而採訪必工。北京大官本惡見新聞記者，飄萍獨能使之不得不見，見且不得不談。旁敲側擊，數語已得要領。其有干時忌者，或婉曲披露，或直言攻訐，官僚無如之何也」，「中國有報紙 52 年，足當新聞外交而無愧者僅得二人，一爲黃遠生，一即邵飄萍」〔註 36〕。他在日常生活工作中，隨時處於角色之中，新聞觸覺靈敏，用他自己的話說是「其腦筋無時休息，其耳目隨處警備，網羅世間一切事物而待其變」〔註 37〕。關於一戰期間中德斷交這樣的重大獨家新聞，就是他在不經意間聽到一個電話得來的。另外在新聞工作中，他廣泛交遊，隨機應變，掌握心理，把握戰機，都是他獲得獨家新聞的重要技巧和手段。他從事新聞14 年，其中獲得的比較重大的新聞還有金佛朗案、府院之爭等社會重大政治、經濟、外交新聞。

胡政之（1889～1949），早年留學日本，學習法律和語言，六年後回國。1912 年開始受聘於章太炎辦的《大共和日報》，由翻譯兼寫評論到作總編輯，

〔註36〕 《京報特刊》，1929 年 4 月 24 日。
〔註37〕 邵飄萍，《實際應用新聞學》，京報館，1923 年。

最後爲駐京特派記者。1920 年參與林白水的《新社會報》。1916 年開始出任
《大公報》經理兼總編輯一職，直到 1920 年 8 月離開該報爲止，這段時間胡
政之作爲記者開始嶄露頭角，特別是 1918 年底到 1920 年 5 月，他以記者身
份到歐洲採訪巴黎和會，發回了大量的專函專電，及時詳細報導了會議情況。
會議前後，他還遊歷了美、英、德、意、瑞士等國，寫了不少內容翔實、文
字活潑生動的旅行通訊。正當他回到中國準備改造《大公報》大幹一場的時
候，《大公報》的支持者安福系在直皖戰爭被打得大敗，於是他只好離開《大
公報》。1921 年在上海參與創辦國聞通訊社，1924 年創刊《國聞周報》，1926
年和張季鸞、吳鼎昌再辦新記《大公報》，成就了中國新聞史的一段輝煌。胡
政之實際上是新聞業的全才，不僅報社管理經營出色，而且報紙編輯、社論
寫作、採訪新聞樣樣精通。不過在民國初年，他的特色應該還是以採訪寫作
爲重。除了對巴黎和會的出色報導外，新記《大公報》成立後的十年間，他
幾乎每一年都要外出一次。他曾赴南方考察北伐軍和武漢國民政府，發表《南
行視察記》；也曾到北平採訪閻錫山、白崇禧、張學良，發表《北京易幟記》、
《舊都新聞記》；他還曾三遊東北各省，發表《東北之遊》多篇文章。他雖然
沒有邵飄萍那樣靈活多變的技巧，但紮實刻苦的作風，也成就了他的採訪業
務。

　　陶菊隱（1898～1989），湖南長沙人。自 1912 年入長沙《女權日報》開
始新聞生涯，到 1942 年退出《新聞報》，從業正好 30 年。在長沙時期，接辦
《湖南新報》、改辦《湖南日報》，還在《湖南民報》、《大湖南日報》擔任採
訪和編輯工作。1920 年開始爲上海《新聞報》寫長沙通訊，採訪了湖南「自
治運動」過程中的重要事件，寫作了大量的通訊文章，最多時每月發稿 20 多
篇，每篇 1500 字以上。後擔任該報駐漢口記者。30 年代中期，開始爲該報寫
專欄稿，直到 42 年上海淪陷。

　　在長沙和漢口作記者的幾年時間，正是中國大動盪時代，1921 年的湘鄂
之戰，他全程親歷採訪，爲上海《新聞報》提供了獨一無二的新聞報導，隨
後幾年，他在各地採訪，用生動的筆觸，鮮活的材料將北伐軍血戰汀泗橋、
濟南五三慘案等各時期發生的大事件報導的有聲有色，這些報導爲他贏得「南
陶北張」的盛名，與天津《大公報》的張季鸞等同列爲民國時期名重一時的
新聞記者。

　　陶菊隱積累了豐富的採訪經驗，他晚年接受記者採訪時總結到，在那時

作記者是需要靈活性的，對軍閥政客的揭露是要有策略的；其次新聞要新，要迅速，發稿要及時。一次陶菊隱採訪譚延闓的湘軍總司令部緊急會議，正值長沙電局職員因拖欠工資消極怠工，積壓緩發長電，只有短電隨到隨發，於是他攜譯電員同去採訪，分工合作，他記錄會議，分三次交譯電員送電局派發，當會議結束時，電稿已經全部送到電局，在第二天全部見報。這次報導非常成功，使《新聞報》在湘滬兩地的發行有顯著增加。特別是在長沙，《新聞報》一舉超過《時報》，成為發行最多的報紙。陶菊隱還總結自己的採訪經驗，首先，「要懂得一點交友之道」，〔註38〕「他特別善於利用各種人脈關係向軍政要員索要新聞。其實無論是督軍也好，省議員醫藥，政海沉浮，誰也有需要向外界傾吐的時候，同時新聞也是統治者獲取民心的工具」〔註39〕；其次「懂得點邏輯學」、「要長期積累新聞資料，建立自己的『小資料庫』」，以及「寫新聞必須重視真實性、生動性和靈活性」。〔註40〕

雖然陶菊隱出身貧寒、學歷不高，但他勤奮刻苦，筆耕不輟，留有《菊隱叢談》（25卷）、《孤島見聞》、《袁世凱演義》、《蔣百里先生傳》、《北洋軍閥統治時期史話》、《籌安會「六君子」傳》、《記者生涯三十年》等著作。

顧執中（1898～1995），上海周浦人，上海最早的外勤記者之一，著名新聞教育家。1914年入教會中學讀書，1919年畢業，後在動武大學肄業。幼年時代家境貧寒，但喜愛讀報，「我家雖然窮，但也天天看報，不過我們看的是早上出版而延至晚間看的報，在那時有很多人看不起報，路上又沒有公共的閱報牌，因此把一份報分作幾種時間來看，有的在早上一出版後就看，看畢由報販收去，再交給中午和下午看報的人來看，我們看報是在下午五六點鐘以後，那時看報取費即便宜，報紙也可為我們所有。」〔註41〕能寫東西後開始為報紙投稿，「跟著父親寫些副刊短稿寄往報社，有時發表出來，得到幾毛錢至一二元的稿費，心中不禁大喜，希望將來能參加這一項工作。」〔註42〕1923年，顧執中入《時報》任社會新聞記者，〔註43〕從此開始了長達幾十年

〔註38〕陶菊隱，《記者生活三十年》，中華書局，2005年9月版，35頁。
〔註39〕陶端，《父親陶菊隱寫北洋軍閥》，《炎黃春秋》，2007年第2期，58頁。
〔註40〕陶菊隱，《記者生活三十年》，中華書局，2005年9月版，35～37頁。
〔註41〕顧執中，《報人生涯》，江蘇古籍出版社1987年版，第175頁。
〔註42〕顧執中，《報人生涯》，江蘇古籍出版社1987年版，第175頁。
〔註43〕據顧執中《報人生涯》：「新聞記者這一職業是我多年來縈夢著的和乞求著的工作，現在我的理想成為事實，使我在精神上從頭到腳都感覺到興奮和愉快。」《報人生涯》，江蘇古籍出版社1987年版，第181～182頁。

的記者生涯。他與當時《時報》的金雄白、《申報》的金華亭等同爲上海最早的一批外勤記者。1927 年，顧執中進入《新聞報》任採訪部主任。顧執中有出色的採訪能力，是當時上海報界最活躍的新聞記者之一。時值上海多事之秋，他採訪過五卅運動、揭露日本發動侵略中國的九一八事變眞相，報導過上海工人第三次武裝起義、四‧一二政變；1928 年 3、4 月間，國民革命軍再度北伐，顧執中當第二集團軍的隨軍記者。此後，他的採訪足迹遍佈東北、西北、西南等地，採訪過許多重大事件。一二八抗戰和八一三抗戰爆發，顧執中又親臨前線，採寫現場報導。1934～1935 年出訪歐洲和蘇聯、美國、日本等國，考察新聞和教育事業。1940 年 8 月，被日僞特務狙擊負傷，從上海出走，經香港抵達重慶。1944 年春，在印度加爾各答任僑報《印度日報》社長兼總編輯。1946 年回滬。

　　顧執中還是中國第一代新聞教育家。1928 年集資創辦中國第一所新聞專科學校－民治新聞學院（後改名民治新聞專科學校），出版過《新聞記者》月刊，附設中國新聞函授學校。1943 年組織民治新聞專科學校在重慶復校，還在緬甸仰光、印度加爾各答辦過新聞短訓班，1946 年回上海續辦民治新聞專科學校，直到 1953 年秋停辦。顧執中勤奮寫作，著有《西行記》、《到青海去》、《東北籲天錄》、《戰鬥的新聞記者》、《餘燼集》、《報人生涯》、《報海雜憶》等。

　　裴國雄（1899～1923），安徽五河縣人，金陵大學肄業，後因父逝，到上海求學。其間參與五四運動，爲中堅分子，1918 年夏還曾組織義務教員委員會，籌辦義務教育，爲上海義務教育之首辦者。在學生會其間就表現出良好的交往和辦事能力，開始作《商報》記者，併兼任民立中學體操教師。1921年 5 月，中國第五屆遠東運動會在上海召開，當時裴國雄已經是《申報》記者，爲該報出版了遠東運動會特刊，1922 年任《申報》編輯員兼營業職務，成績優秀。1923 年代表《申報》赴日本參加第六屆遠東運動會，成爲當時惟一的隨團記者進行賽事的宣傳報導。鑒於當時中國總分名列最後一名，裴國雄回來後發表了《補救遠東運動會失敗之辦法》一文，提出成立一個眞正意義上全國性體育組織。於是，中華全國體育協進會的雛形——中華體育協會籌備處在 1923 年 7 月成立，盧煒昌、戈公振、陳公哲、郝伯陽、侯可九、裴國雄、馬西民等 7 人作爲執行委員負責組織籌備。但不幸的是 8 月 25 日，裴國雄因傷寒病去世。裴國雄雖然在報界的時間不長，但他以記者的身份參與

社會活動，成為年輕的負責任的社會活動家，對社會貢獻也很大。他去世後，《申報》連發四天文章進行報導，並配發兩楨大幅照片，對這位年僅 24 歲的報界新人，但卻是有相當影響和貢獻的人進行了報導〔註44〕。

該時期比較著名的記者還有徐彬彬、劉少少等。

第二節　評論的寫作

一、評論的地位與種類

中國人創辦報刊是從評論開始的，從《時務報》到《循環日報》，最吸引人的地方就是每期裏「開風氣」的論說，到這個階段依然如此。雖然在袁世凱統治時期，中國報紙上的論說曾一度黯淡下去，但袁死後，一戰結束，中國迎來了思想解放的一個新時代，評論也開始重新紅火起來了。

首先評論一直處於報紙的重要地位。報紙一般將評論放在報紙的第一項，不論內容是評點時政的有力之作，還是如太上感應的應景之篇，地位總是有的。報紙上的新聞雖然從量上已經大大超過從前，但評論的這種地位顯示出報紙還在受「政論本位時代」的影響。當時有的報紙還抱有這樣的觀念，即每天應該有一篇長篇論說，雖然在讀者方面，這樣的鴻篇巨幅已經不受歡迎，取而代之是清末出現的「時評」類的時事評論，因其短小、層次分明而受讀者歡迎。因為當時一般讀者讀報的習慣是，最關注要聞和專電，其次是本埠新聞和外埠新聞，這些新聞中所帶的一二百字的短文也連帶著一起讀過了，最後才讀讀論文。當時論文為文言文，沒有句讀和圈點，內容也大多是幾句話說來說去，成了一種老套，人稱「報館八股」，忙人或對政治不感興趣的人，根本不讀。

論說一直是主筆的職責，在晚清時期，論說的寫作流程就確定下來，「主筆職責，以報首論說為最重要，每星期中，某人輪某日，預為認定，論題有各人自擬，大概採取本報所載時事，或論或說或議或書後，體裁仍與科舉時代相彷彿，而篇幅則須扣足一千二百字左右，縱意竭詞窮，亦必敷衍至及格

〔註44〕報館對比較重要的館員的去世進行報導，是當時報界的通行做法，如 1920 年 12 月 12 日，《申報》報導了該報年輕記者尤敦睦去世開追悼會的情況。《大公報》記者何心冷病逝後，該報也進行了報導等。

始已。」〔註45〕如此刻板的寫作要求也影響了評論的質量。

其次，評論的種類開始繁多。雖然有很多新聞工作者或學者對當時評論進行過分類，但著名記者徐一士（其兄爲徐淩霄）的分析最爲詳盡，他將當時的評論分爲以下幾種：

1、社論：代表全社觀點，由總主筆負責，其主張即爲全報之總主張，其餘論評之撰著，新聞之編輯，應以此爲中心，不可與之相矛盾。

2、論說：基本與社論同等重要，但限制可不像社論那樣嚴格，除總主筆外，也可以由其他社員寫作；外來投稿的，如果議論明通，並和本報主張相契合的，也可以登載其中。

3、社說：與社論一樣。

4、專論：就一個重大事件，或緊要問題，作系統評論的，叫專論。可以由社員寫稿，也可請專家代撰，多爲長篇作品，分日刊登。

5、特別論著：遇到國慶、新年，報紙出臨時增刊，除了社員撰稿外，兼向學者及專家徵集論著，這項特別論著的質量如何，可看出報社的魄力和聲譽如何。

6、來論：社外投來之稿件，如果很有刊登的價值，就可以在該欄中刊登，也有叫「讀者論壇」的。

7、徵文披露：報社可以就一時爭論未決的問題，預定題目，向一般讀者，懸賞徵文，其中比較優秀的，可以在該欄中逐日刊登。這類徵文，既可以提供解決問題的參考資料，又可以引起社會研究問題的興趣，同時也是報紙本身的一種宣傳辦法。

8、輿論一斑：其他報紙的評論，如果和本報相同、類似的，可選入該欄，以資印證。如果報紙每天都能節錄其他報紙評論的要點，無論是否和本報相符合，均能發佈，就更符合該欄的特點了。

9、時評：是當時報紙上短評的最流行的名稱，由《時報》首設，取《時報》的評論以及「時事」評論的雙關語。自創辦以來，非常受歡迎，各報競相模仿，有叫「新評」、「時事小言」、「暮鼓晨鐘」、「隨感錄」的等等，都是短評的一種。

10、譯論：翻譯外人論著中新穎佳妙而有關係的，刊登在報端，有介紹的意義。

〔註45〕雷瑨，《申報館之過去狀況》，《最近之五十年》，上海申報館，1923年。

此外還有「論評」、「社評」、「代論」等與上述分類中有重複的類別。
〔註46〕

二、時評的進步與發展

報紙評論的功能已經發生重大變化，從清末的「通上下」，「通內外」、「開風氣」，民初的「監督政府」、「響導國民」等，轉變爲各方發表意見的重要平臺。評論職能的變化，對報紙功能的影響甚大，報紙不應是個別人或黨派的言論機關，而應成爲各方意見的平臺，這正是現代報紙評論的重要基石。徐寶璜將報紙評論的職能總結爲三條，第一條是「供給各方以平等發表之機會」，指出「新聞既爲國民之言論機關，社外一切來件，但須所記不虛，言之有理，不應問其屬何黨派，及與本報主旨向背，而予刊出，供世人之討論，給各方平等待遇」；給各方平等的機會和平等待遇，本質上更符合現代報紙評論的意義和功能；二是「代表輿論」，「應默察多數人之意見，爲正當之發揮，作具體之判斷，代表群眾與輿情」；三是「指導輿論。新聞紙不僅代表輿論已也，對於不正當之輿論，應指導之而入正途；群眾誤解之事理，予以明白之解釋，使得正確之評判，造成眞正之輿論」〔註47〕。

論說寫作中，已經開始要求與時事有密切結合，重視評論中的新聞性，是報紙評論在這一時期的重要進步。徐寶橫在《新聞學》第九章中說：「社論須以當日或昨日本報所登之新聞爲材料而討論之，此理甚明。例如訪員報告省議會爲興某種建築，特撥一款，此新聞也。社論編輯以此爲材料而討論本省能否添此擔任，某種建築是否爲必要，所撥之款項是否敷用，抑或有餘，此社論也。訪員與社論編輯職務上之分別，即在一則供給新聞一則對於新聞加以批評耳。新聞既爲多數閱者所注意之最近事實，故詳言之。社論第一須以事實爲材料，第二須以多數閱者所注意之事實爲材料，第三須以最近之事實爲材料。由此可見，彼於社論中因發牢騷而無端漫罵他人者，或以四書五經上之句子爲題而發揮講道德談仁義之空論者，或以類似《西學原出中國考》《中國宜啞圖富強論》之題，而做極浮泛油滑之策論者，均屬不當，因其非

〔註46〕 徐一士，《報紙評論析類》，《新聞學刊》全集，《民國叢書》第二編，第 48 卷，上海書店，192～195 頁。
〔註47〕 徐寶璜，《新聞學概論》，《新聞學刊》全集，《民國叢書》第二編，第 48 卷，上海書店，第 5、6 頁。

以事實爲材料也。」〔註48〕這個定義否定了早期報紙以「論說」作爲社論的做法，而以時評作爲社論之本，顯示了報紙評論與雜誌或書籍政論的區別。

「時評」是清末《新民叢報》1903 年正式設立的。早在 1899 年《清議報》上就出現了「國聞短評」，「稍具時評之體」，1902 年《新民叢報》將之繼承下來，並在 1903 年設立「批評門」欄目，下設子欄目「時評」；1904 年在《時報》的推動下發展起來。「時評」以短小並與時事緊密聯繫著稱，是報紙評論寫作的一種創新，深受讀者歡迎。發展到民國後，成爲報紙評論中的主流。

在實踐上，主筆們常常翻閱報紙的新聞部分，尋找寫作評論文章的線索和靈感。《大公報》主筆，當時最爲著名的評論寫作者之一張季鸞就有這樣的習慣，「看完大樣寫社評」。因此《大公報》的社評一般在重大新聞刊出的當日配合發表，有些在次日刊出，很少有拖到第三天的；即使在情況不甚清楚時，《大公報》也不迴避，而是根據前因後果，作出分析解釋，並選擇一個較爲有利的立足點。特別是由張執筆寫的社評，雖是文言文，但是通曉易懂，文字簡練漂亮，筆風帶有感情，有時還把不能見報的內幕新聞，在評論中透露出去，讀者常從常從社評裏去尋找需要瞭解的新聞。

而《新聞報》主筆寫社評時的苦惱，也從反面說明了評論文章和時事的緊密聯繫。

> 就評論言之，傳播消息在人，評論在己，似較有自由之權，惟評論之根據，仍在紀事，苟有訛誤，評論安得無失當之虞。猶憶民國五年，洪憲之役初終，某君發表宣言，力陳黨禍，謂萬不可更有政黨，余深服其言，極至推崇，不意其力闢黨禍者，乃爲組黨之地步。而紛紜之禍，較前愈烈。又如某君組閣，駐京記者曾親見其人，謂決不任事，電報既至，余即據以論斷，謂新閣恐非數日內可成，及翌日至館，則某君就職通電已發表，而失言之咎，余遂不能不承之矣。吾人鑒於此等宣言不可信，遂不覺事事懷疑，遇甲乙互抵而眞相未明者，輒兩非之，籍以求其平，如此固可什九不誤，惟無信者雖眾，未必無一二開載布公之人。而凜於戒心，竟不敢遂加深信，此則習俗之過，而余心亦不能無歉者也……〔註49〕。

的確評論的依據是紀事，即廣義上的新聞，如果新聞不眞實，評論如何能站

〔註48〕徐寶璜，《新聞學》，聯合書店 1930 年，第 116～117 頁。
〔註49〕李浩然，《十年編輯之經歷》，《新聞報館三十年紀念冊》，新聞報館。

立得住。從李浩然的苦惱中，我們看見了評論在這個時期和新聞的關係，已經脫離了以往政論文章的影響，真正開始報紙評論的時代。

在具體操作中，還有很多其他問題。報館中人說，如果時評根據一些專電或本埠的幾個事件，僅僅做「點綴數語」，意義和價值不大，而且在喜歡做徹底的研究者看來，「未免索然無味」；空中樓閣式的論說不要太多，因為當今世界紛繁複雜，如果不做深入研究就信筆立論，「不類醫者不解病情遂乃執筆為方」〔註50〕，而且報紙版面寸土寸金，更沒有必要做洋洋數千言的論說，甚至以論說填充空白。

好的社評應該經過報館內部相關人員對同一問題進行充分討論，然後再執筆。天津《大公報》社評的寫作即如此，因此立論清晰，觀點明確，在社會上影響巨大。

三、時評寫作的規範與模式

篇幅實際上是主筆在寫作時必須面臨的實際問題，因為即要考慮文章本身的需要，也要考慮到版面的大小。這方面張季鸞有一絕，「當時，《大公報》的社評是刊在第二版下部。廣告多了，地位會被擠縮小。他動筆前，先問排字房留下多大地位。有兩千字他就寫足兩千，一千二就寫一千二，不要加條或抽條一般湊合版面的辦法。遇大問題字數少了，他也能『暢所欲言』；小問題而篇幅大，他也能旁徵博引，句句紮實，不使人有勉強拉長的印象。有時寫到一半，忽然來了更重要的新聞，決定易題重寫。為了『搶時間、爭速度』，他寫好一段，裁下來先付排，接著寫下去，邊寫邊付排。全篇付排後，到小樣打來再加潤色。還有，最後來了新聞，社評必須修改、補充時，他能劃去一段，補上一段；劃去幾個字，補上幾個字。排字房不須硬擠，不會影響行數，還可準時打版、付印。」〔註51〕這是寫社評時的具體問題，主要看每個主筆駕御文字能力的水平。

在評論的寫作上，一些規範和原則也慢慢被整理出來，並加以遵循。除了評論更多要和時事聯繫起來之外，在具體寫作上，對評論的對象進行「判斷」成為當時比較重要的原則，即評論要有判斷，同時，這種判斷也開始由

〔註50〕 謝福生，《世界新聞事業》，《申報五十年》，1923 年，申報館。
〔註51〕 徐鑄成，《報人張季鸞先生傳》，生活‧讀書‧新知書店，1986 年 12 月，第99 頁。

普遍的價值判斷向具體的事實判斷進行轉變〔註52〕。

四、著名的主筆

民國報刊一般都要花重金聘請主筆，主要負責寫作社評。這是對中國報紙自誕生以來形成的政論傳統的繼承，清末時分，著名報紙以言論著稱，著名報人也是以言論聞世，如王韜、梁啓超、嚴復、杭辛齋、譚嗣同、唐才常、麥孟華等。民國時期也湧現出很多以評論聞名的報館主筆，如《申報》的陳景韓、張蘊和，《新聞報》的李浩然，天津《大公報》的張季鸞、胡政之，上海《商報》的陳布雷，《時事新報》潘公弼，以及國民黨黨報體系的葉楚傖、邵力子、戴季陶等，共產黨黨報體系中的李大釗、蔡和森、瞿秋白、惲代英、蕭楚女等。

張季鸞（1888～1941），民國時期著名報人。陝西榆林人，師從關學大師劉古愚，後留學日本，創辦《夏聲》雜誌，1911年歸國，任《民立報》編輯。1912年初，任臨時大總統孫中山先生秘書，曾爲中山先生起草《臨時大總統就職宣言》。袁世凱任大總統後，他對於宋教仁被刺殺案，秉筆直言，遭到無理逮捕，囚禁三個月之久。袁世凱死後，他出任《中華新報》總編輯，又因揭露段祺瑞政府與日本訂立滿蒙五路大借款合同消息，致他再陷囹圄，後經各方營救獲釋。當年業界人士評價，1926年前，最能引起中外人士注意和重視的報館社評就是《中華新報》的張季鸞和《商報》陳布雷的文章。但因《中華新報》銷路欠佳，不大引起讀者的關注，張季鸞的名氣在那時沒有陳布雷大。

1926年與吳鼎昌、胡政之一起續辦天津《大公報》，任主筆，其聲譽與日俱增。張季鸞染有中國文人的文風餘韻，又有現代學人的廣博知識，像梁任公一樣，筆起波瀾，引領風潮，掀一時之氣象，成興論之重鎮。他評論的特點是：增強時效性，追求新聞價值基礎上的評論價值；追求預見性，洞悉時局與事態的本質及趨勢；注重邏輯性，文章結構嚴謹，政論縝密；走向通俗性，用平實暢達的語言敘事說理；標榜公正性，在「客觀」與「敢言」間尋求平衡。〔註53〕他的文章成爲中國主流知識分子的代表聲音，在國際上也享

〔註52〕馬少華，《時評的歷史與規範》，《新聞大學》，2002年秋，第48頁。
〔註53〕方漢奇等著，《大公報百年史》，中國人民大學出版社，2004年7月，269～274頁。

有重要地位，日本政界要人以《大公報》言論作爲中國主流社會對日本的態度加以研究，美國密蘇里大學曾在 1940 年授予《大公報》密蘇里新聞學院獎章，以對該報的言論和新聞報導表示崇高的敬意。張季鸞也因對日本和國際問題的深刻認識，成爲蔣介石的私人顧問，並作爲蔣介石的秘密使者在抗日戰爭期間和日本進行了惟一的一次和談。共產黨對張季鸞也有很高評價。他以其「國家至上、民族至上」的胸懷，以樸素的「報恩思想」，以淵博的古今中外的學識素養，成就了民國時期最著名的主筆。

陳布雷（1890～1948），原名訓恩，字彥及，號畏壘、布雷。浙江慈谿人。1907 年入浙江高等學堂（浙江大學前身）就學，1911 年畢業，同年秋應上海《天鐸報》之聘〔註 54〕，任撰述，開始用「布雷」爲筆名。《天鐸報》創辦者爲浙路總理湯壽潛，社長陳訓正（陳布雷的大哥），後由廣東人陳正瀾（芷蘭）接辦。在《天鐸報》時，開始以布雷爲筆名。〔註 55〕辛亥起義時，以「布雷」筆名撰寫《談鄂》十篇，連續在《天鐸報》刊登，因此名聲鵲起。1921 年 10 月，湯節之發起《商報》，陳布雷又出任《商報》編輯主任。在《商報》期間，才華展露：「余與公展、更生等夙夜孜孜以充實內容、改良紙面爲事，余每周撰評論五篇，星期日撰短評一篇」。〔註 56〕臨城劫車案發生，《商報》就交涉問題，與《中華新報》反覆論辯，引起時任《中華新報》主筆張季鸞的關注，稱讚《商報》「爲論壇寂寞中突起之異軍，轉輾詢問，始知余及公展之名，某日特往訪談，自此遂訂交焉。」〔註 57〕這時的陳布雷學識、認知日趨成熟，筆調老到穩重，頗得輿論界好評，甚至有「北張南陳」之譽。他自己也甚爲認可，「撰社論漸覺純熟，自信心亦加強，於政治外，漸涉及文化、社會、國際時事及工商諸問題，讀者常有投書慰勉並寄文稿者，而一般知識分子及青年，對商報尤愛護倍至，每值新年增刊，一經去函徵文，無不應者」〔註 58〕。

〔註 54〕 據《陳布雷回憶錄》：「（1911 年春）赴杭過滬，寓天鐸報社旬日，以戴君季陶結婚而報館請假，囑余代其事，每日撰短評二則，間亦代撰論說」。見《民國叢書》第 2 編（84），上海書店，第 42 頁。

〔註 55〕 據《陳布雷回憶錄》：「在天鐸撰文字，署名布雷，一月後，漸有知音。八指頭陀贈詩有「迷津喚不醒，請作布雷鳴」。見《民國叢書》第 2 編（84），上海書店，第 48～49 頁。

〔註 56〕 陳布雷：《陳布雷回憶錄（二）》，《民國叢書》第 2 編（84），上海書店，第 1 頁。

〔註 57〕 陳布雷：《陳布雷回憶錄（二）》，《民國叢書》第 2 編（84），上海書店，第 1 頁。

〔註 58〕 陳布雷：《陳布雷回憶錄（二）》，《民國叢書》第 2 編（84），上海書店，第 4

　　當時上海公共租界工部局的總裁和警務處的總巡每天必看《商報》陳布雷的文章，「是否與租界行政問題有批評的關聯」；日本的《日日新聞》和《每日新聞》時常把《商報》刊登的陳布雷的文章在次日進行翻譯轉載，如果有批評指責日本當局對華政策的，即撰文進行批駁；英文的《字林西報》和《泰晤士報》也是如此。「總而言之，當時上海的日文報也罷，英文報也罷，他們都為自己國家的有關體面與聲譽問題作著掩飾強辯，陳布雷則站在華文報紙主筆立場，專替國人做了憤怒呼籲的發言人，以盡國民的責任。自然他的文章有價，人人讚賞，終於後來成為最高當局的著名文膽」。〔註59〕

　　此間陳布雷獲蔣介石信任，1927 年加入國民黨，4 月出任浙江省政府秘書長，5 月赴南京任國民黨中央黨部秘書處書記長。1928 年，辭去中央黨部秘書處書記長職，赴上海任《時事周報》總主筆，創辦《新生命月刊》。1929 年 6 月隨蔣介石赴北平，成為蔣介石的「文膽」和「智囊」。其後歷任浙江省教育廳廳長、國民黨教育部次長、國民黨軍委會南昌行營設計委員會主任、國民黨中央政治會議副秘書長、蔣介石侍從室第二處主任、中央宣部副部長、國民黨中央委員等。1946 年任國府委員，1947 年任總統府國策顧問，代理國民黨中央政治委員會秘書長，1948 年 11 月 13 日自殺亡故，終年 59 歲。自入國民黨後 20 餘年，陳布雷一直追隨蔣介石。但身在政界的陳布雷一直留戀當年「湖海當年豪氣在，如椽大筆走蛇龍」〔註60〕的報人生涯。陳布雷去世後，他的夫人回憶說：「先夫子常謂：一待國家太平無事，即當擺脫政務，重回新聞記者之崗位，專以文章報國」〔註61〕。

　　陳景韓（1878～1965），又名陳冷。江蘇松江人，前清秀才，畢業於湖北武備學堂，留學過日本，歷任《時報》、《申報》總主筆，從事新聞業 28 年，是民國時期最著名的主筆之一。

　　陳景韓 1902 年入革命黨人戢元丞在上海創辦的《大陸》雜誌當記者，工作了一年半，由此開始新聞生涯。1904 年 6 月，狄楚青等接受康有為、梁啓

〔註59〕胡憨珠，《史量才與上海申報》，臺灣《傳記文學》，第 67 卷，第 5 期，126 頁。

〔註60〕1941 年，郭沫若 50 歲生日時，陳布雷寫信祝賀，信中說：「弟雖一事無成，然自信文士生涯，書生心境，無不息息相通。」賀詩中也有「文士心情脈脈通」之語，郭沫若答詩中有 「湖海當年豪氣在，如椽大筆走蛇龍」之語。

〔註61〕陳王允默：《前記》，見陳布雷：《陳布雷回憶錄（一）》，《民國叢書》第 2 編（84），上海書店。

超等保皇派資助，在上海創辦《時報》，陳景韓被聘爲主筆，用「冷」、「冷血」等筆名發表文章，並負責編輯要聞版和各埠新聞。他注重新聞內容，體裁獨創，不隨流俗，爲了等當時非常重要的北京專電，常常在報館中等上幾個小時。在他和其他同事的共同努力下，《時報》成爲當時知識界的寵兒。

陳冷寫時評，速度快，思路迅捷。通常是他一邊動筆，排字工人一邊跟著排字，稿子寫完，版面也排好了。他的時評見解獨到，從不隨聲附和，人云亦云，文筆儁冷明利，讀者常有茅塞頓開之感。《時報》的「時評」專欄，由陳冷、雷繼興、包天笑三人按版面分工，配合當天的重要新聞，各寫一則一、二百字的時評，是中國日報長期刊登時事評論的先河〔註62〕。此後各報紛紛仿傚，「時評」風行全國。除此之外，陳冷還寫小說，也很受人歡迎，胡適曾說，「冷血先生的白話小說，在當時譯界中確要算很好的譯筆。他有時自己也做一二篇短篇小說，如《福爾摩斯來華偵探案》等，也是中國人做新體短篇小說的一段歷史」。當時《時報》每日輪流刊登包天笑和陳冷的小說，報紙非常受歡迎。後來二人還合編過《小說時報》。

1912 年《申報》創立後，史量才請江蘇元老張謇等人疏通、用高薪挖陳冷到《申報》任總主筆，直到 1930 他離開，任職 18 年，爲《申報》發展做出重要貢獻。袁世凱稱帝時，孫中山發表《討袁宣言》，他即在申報連續發表時評，反對帝制，擁護民主共和。1924 年，浙江軍閥盧永祥和江蘇軍閥齊燮元爲爭奪上海地盤、預謀發動戰爭，陳景韓撰寫題爲《戎首》的時評，指出先動手者即爲罪魁禍首。《申報》在史量才和他的合作下，成爲經濟獨立、業務發達的全國著名報紙。他「視新聞事業恍如第二生命，新聞事業以外一切謝絕，二十年如一日，雖體偶有不適仍從事。最近十年間，因病告假者未有一日，因事告假者不及五十日，此從事職業之正規也」〔註63〕。

在《申報》時期，他的辦報思想漸漸成熟起來，自言初辦報時常常思考「必若何而後人閱我報」，後來又考慮，「必若何而後人閱我報而有益」，即著名「史家辦報」思想。他強調報紙的社會公器作用，認爲報紙應該在經濟自立的基礎上爲大眾服務，「報紙者天下之公器，苟涉於私，則其行不遠。

〔註62〕 「時評」這一文體，應該是梁啓超首創，他主編《清議報》、《新民叢報》時，就在報上開辦「國聞短評」欄目，就其性質而言，應是最早的「時評」專欄。但《時報》是日報，其時評影響甚大，是在民國的報人中印象深刻，常被認爲是「時評」的創始。

〔註63〕 《本報之沿革》第 35 頁，「編者按」，《最近之五十年》，申報館，1922 年。

然欲不涉於私，不爲一種人所利用，則其至要之根本，在報紙之能自生活」〔註64〕。他主張新聞報導要眞實，迅速，廣泛，「報紙最要之點，一曰確、二曰速、三曰博。故記者第一步之自勵爲在在不遺漏，不遺漏然後能博取」，「記者斷不可因權在手之故，任以私意侵入其間」。他的辦報思想對《申報》等商業報紙產生深遠影響。

不過陳冷性情古怪，不隨潮流，被稱爲報界「怪人」。他信奉耶穌教，對人生和社會有自己的獨到見解，是一個非常獨立的人。他與張季鸞、陳布雷明顯不同的地方是對政治的冷淡，包括對蔣介石的「請教、商量」都很冷靜。他自己說，「記者之職業不可自視太高，報紙之一方面固可指導輿論，而又一方面亦當受輿論之指導。然亦不可自視太卑，一切皆可讓步，惟此意思之自由斷不能爲人收買。世間原無絕對自由之事……做報之用力不再一時，而在繼續、繼續又繼續，而至畢生」〔註65〕。南京民國政府成立後，在越來越高壓的新聞政策下，陳冷的辦報熱情越來越冷淡，而《申報》卻正醞釀著重大改革，他和史量才最終因爲意見不同而分手，陳冷在 1930 年 5 月辭去《申報》職務，也徹底告別新聞界，到江西去經營中興煤礦。

李浩然（1887～1947）字伯虞，陝西人，擔任《新聞報》主筆 20 多年。福開森買下《新聞報》後，爲報紙定下辦報方針「無黨無偏、完全中立、經濟自主」。報紙的主要任務在擴大銷路、招攬廣告，因此在社評上多被世人評價爲「四平八穩」、「不痛不癢」的「太上感應篇」。但某些時候，《新聞報》的社評也是有分量的，如在汪漢溪的主持下，《新聞報》曾成立過社評委員會，聘請社會知名人士章太炎爲報紙撰寫社評。章的政論文章，在社會上有很高評價，但他的作品不允許別人更改一字，否則決不再寫。報社的社評則由李浩然主持，他在 1911 年 5 月到報館服務，8 月離開，1914 年再回報館，開始做譯員，後來作主筆。他「所寫社評，選題立論，都非常嚴謹」〔註66〕。從另外的角度看，則是不偏不倚，四平八穩。據報館舊人回憶，「五卅」慘案發生時，報紙在第二天發表社評指責帝國主義草菅人命，同時提出在這種大

〔註64〕雲間陳冷，《二十年來記者生涯之回顧》，《最近之五十年》，申報館，1922年，第 35 頁。

〔註65〕雲間陳冷，《二十年來記者生涯之回顧》，《最近之五十年》，申報館，1922年，第 35 頁。

〔註66〕汪仲韋，《新聞報發展過程拾零》，《新聞與傳播研究》，1984 年第一期，196頁。

規模的群眾運動場合，即使為了維持社會治安，也只能對天鳴放空槍或是噴射救火水龍將群眾驅散，而不能進行實彈射擊，因為實彈射擊不僅應負法律責任，而且是極不人道的野蠻行為，是世界各國正義人士所不能容忍的。社評刊出後，第二天雖然仍有群眾聚集在捕房門口，與巡捕徒手搏鬥，以抗議前日暴行，捕房方面只能採取噴水辦法，而不再放槍。

李浩然與張季鸞是同鄉和同窗，幼年都曾師從劉古愚。張季鸞曾這樣稱讚李浩然：「伯虞先生的道德、文章，是了不起的，是我生平的畏友」〔註67〕。徐鑄成也回憶到，二十年代初看《新聞報》常常看到署名「浩然」的時論和短評，文筆很古樸清麗。但因為《新聞報》在社評和新聞報導路線方針上比較保守、消極〔註68〕，因此並沒有發揮李浩然的文章才氣，業內人士評價他這個主筆只是「橡皮圖章」，令人惋惜。

李浩然在業界道德口碑很好，他沒有利用自己大報主筆的身份謀求政治利益，在民國時期報人與社會「聞人」普遍有各種關係中也能做到出污泥而不染，解放後上海政協文史資料委員會曾發現當時很多新聞界人士與「黃門」（黃金榮）、「杜門」（杜月笙）關係密切，但李浩然與他們沒有一絲一毫的聯繫。他生活簡樸，一直坐電車上班，抗戰勝利後，一次上班途中，被橫衝的車子撞到，身受重傷，不治身亡。

潘公弼（1895～1961）江蘇嘉定（今屬上海市）人，1914 年留學日本，入東京政法學校。留學期間，與邵振青合辦「東京通訊社」，向國內京滬著名報紙發稿，並擔任上海《申報》、《時事新報》駐日通訊員。1916 年入《時事新報》館任編輯。1919 年春起任北京《京報》主筆，幾乎「所有《申報》、《京報》以及新聞編譯社三方面之採訪、譯著、編輯，二人（另一人指邵飄萍，筆者注）分別分任。自朝至夜午，殆無休暇」〔註69〕。之後《京報》因批評北洋政府，潘公弼歷次入獄，受盡磨難。邵飄萍遇害後，潘公弼重入《時事新報》，先後任總編輯、總經理、總主筆，報刊文章議論風發，傳送遐邇，此時他傾向革命，陳獨秀曾高度評價他的新聞報導和社評，「上海《時事新報》

〔註67〕 徐鑄成，《報海舊聞》，上海人民出版社，1981 年版，第 38 頁。
〔註68〕 據顧執中回憶，《新聞報》向來不重視社論，常以短論替代。福開森到上海的時候，經常指示報社的負責人，與其有社論而出毛病，不如索性把社論取消了，把招致煩惱的來源連根拔起。（《報人生涯》，245 頁）
〔註69〕 散木，《亂世飄萍》，南方日報出版社，2006 年 9 月，第 281 頁。

公弼先生歷數香港罷工封鎖、黨軍控制長江流域、排英口號幾遍域內、南方聯俄、共產主義博得若干國人之同情、打倒帝國主義最鮮明之旗幟，都是英國變革外交政策之由來；這是他懂得梁啓超所不曾懂得的」〔註70〕。

　　1921 年 6 月參加創辦上海《商報》，任主筆。1926 年起，先後曾在上海國民大學新聞系、上海滬江大學商學院新聞科任教。抗日戰爭初期任《申報》主筆。1941 年到新加坡，擔任《星洲日報》總主筆。抗日戰爭勝利後，任國民黨中央宣傳部東北特派員，創辦長春《中央日報》，任社長。1947 年赴香港，曾任《國民日報》社長。1951 年去臺灣，任《中華日報》顧問兼主筆。1961 年 12 月逝世於臺灣。

　　張蘊和（1872～1940）原名默，江蘇松江（今屬上海市）人，晚清秀才，曾被報送到京師大學堂學習，後轉求新學赴日考察教育。1902 年入申報館工作，初任編輯，後任副總主筆，與總主筆陳冷輪流寫短評，署筆名「默」，爲文謹愼，專談一些小問題，很少涉及國家大事，文筆婉轉曲折，從不得罪當道，自稱「無論對於國家大問題，不敢貿然發一言，即對於社會上尋常細故，亦不敢發一妄言，發一過量語，關於個人行動，如未查確，更不敢妄加毀譽」〔註71〕。1930 年，陳冷辭職，張繼任總主筆。「九一八」事變後，所寫時評，站在抗日立場表達民意。1937 年冬，上海淪爲「孤島」後，日僞方面提出要作新聞檢查，張蘊和與《申報》其他主持人一致反對，寧可停刊，拒絕檢查。次年 10 月，《申報》改掛美商哥倫比亞公司招牌復刊，以美國人阿樂滿爲總主筆，始改任副總主筆。張蘊和在《申報》工作數十年，生平別無嗜好，唯愛端溪古硯，收藏百餘方，著有《硯說》1 卷。

　　林白水（1874～1926）原名獬，又名萬里，字少泉。福建閩縣人，曾留學日本。1901 年 6 月，任《杭州白話報》主筆，1903 年參與蔡元培《俄事警聞》，之後又參加或創辦的報紙有《警鐘日報》、《公言報》、《平和日報》、《新社會報》、《社會日報》等。早年傾向革命，袁世凱當政後，任總統府秘書兼直隸省督軍署秘書長。袁世凱倒臺後，又被委任參政院參政。1917 年開始主要在報館工作，之後是他發表政論、時評、小品文等作品最多的時期。他的

〔註70〕陳獨秀，《赤的運動與中國外交》，《嚮導》第 187 期，1927 年 2 月 7 日。
〔註71〕中國社會科學院新聞研究所編，《中國新聞年鑑》（1984 年），人民日報出版
　　　　社，第 662 頁。

文章，「或臧否時事，或月旦人物，夾敘夾議，文采飛揚，談笑從容，莊諧雜出」，「他的評論文章，感覺敏銳，識見精到，能言人所不敢言，而且熱情似火，筆致如大江奔流，被儕輩稱之為『如雲驅電掣，如風馬之馳』」〔註72〕。他的文風個性明顯，非常敢言，「每發端於蒼蠅臭蟲之微，而歸結於政局，針針見血，物無遁形」〔註73〕，常為一般青年人所模仿。

1922 年因報導吳佩孚搬運飛機炸彈及鹽餘公債黑幕等消息，被徐世昌查封，林白水入獄三個月；1923 年又因刊登揭露曹錕賄選總統的文章，報館被封閉，再次入獄三個月。1926 年 8 月 5 日，因發表《官僚之運氣》一文，諷刺潘復拍張宗昌馬屁，並譏諷二人的關係為「睪丸與腎臟」，惹殺身之禍，翌日被槍斃在天橋。2006 年其後人整理出版《林白水文集》上下兩卷本，收錄了林白水各個時期出版的文章 1100 多篇。

主筆在報館中的地位略有不同，一般像《大公報》、《時事新報》、《商報》等文人論政的報紙裏，地位要高一點，寫作自由相對大一些；而《申報》、《新聞報》等以商業性著稱的報紙，主筆的地位沒有經理或董事長高，社論寫作的自由上略遜一籌。

第三節　報紙編輯的進步

一、分版編輯法與綜合編輯法

當時報紙編輯方式一般分為分版編輯和綜合編輯兩種。

分版編輯是按照各版內容設立各版編輯，分別負責自己的版面。分版編輯是報紙新聞內容不斷充實，版面不斷發展、細化的結果，20 年代很流行，是編輯史上的一個進步。分版制是由版面分欄進化而來的，這方面《新聞報》是先驅。經濟和教育兩種專版首先出現在這份報紙中，1922 年 4 月 15 日開始設立「經濟新聞」專欄，1923 年 3 月 15 日又創「教育新聞」專欄，這兩欄都是從本埠新聞中提出的，後來慢慢變成專版，開創了分版編輯的先河。各報追躍而起，均有經濟、教育專版之設。稍後《時事新報》開始將國際新聞獨

〔註72〕林偉功主編，《林白水文集》，福建省歷史名人研究會林白水分會刊行，第 2頁，序一，方漢奇。

〔註73〕林偉功主編，《林白水文集》，福建省歷史名人研究會林白水分會刊行，第 4頁，序二，許一鳴。

立出來。當時被認爲編輯比較有序的報紙一般分爲政聞版、國際版、教育版、經濟版、本埠版、社會版等，每版編輯專管本版。

分版編輯實施之後，慢慢開始出現不便不利之處。一般大報紙篇幅多，內容雜，各版編輯只負責自己的版面，並不兼顧其他版面，因此關於一件事情的報導可能出現在不同版面上，且前後矛盾，各持一端。究其原因則是因爲這些報紙的編輯方針是「多多益善」和「來著不拒」。在 1917 年前後的時候，很多報紙的專電不過百字，因此字體爲 2 號鉛字；到 28 年時電報已經有4、5 千以上，字體也由 2 號或 3 號鉛字而改爲 4 號字體了。新聞更是多達 2、3 百條之多，在如此海量的新聞面前，報紙的一般做法是擴充版面，盡量容下，不作刪減，甚至到 30 年代，中國報館還有個不成文的規定，即如果編輯不用某個記者的稿件，實際上在暗示該記者應「體面」的自動辭職。

分版編輯法在大量新聞面前，越來越不適合報紙的發展。林語堂曾譏諷說，「《申報》和《新聞報》的區別是，《申報》編輯很差，而《新聞報》根本就不編輯。然而兩者都是今天中國兩個大報，有最大的發行量。」〔註 74〕例如《申報》的編排方式，有兩個明顯的缺點：一是版面次序不方便人們閱讀，並且一些版面內容不確定，來回跳躍，不容易找到；二是新聞版的隨意性，新聞只是填補廣告的空白，賺錢成爲出版商超越一切的利益。而《新聞報》只是把一版電訊、二版通訊、三版本埠新聞，分成「新聞一」、「新聞二」、「新聞三」，但各版分別配短評「新評一」、「新評二」、「新評三」，卻因文字簡短、淺顯而受歡迎。從中他得出一個結論：「最流行的報紙是編輯最壞的，它靠廣告作爲運行的基礎，新聞是次要的，僅僅是填補廣告剩下的縫隙；而編輯較好的報紙影響的公眾比較少。」〔註 75〕

20 年代中期，綜合編輯法、又稱混合編輯法的出現，成爲一種新的現代的編輯方式。綜合編輯方法不是按照內容的不同設立版面，由不同人員負責，而是將報紙要刊登的新聞按照重要性進行綜合性排序，突破地域差異，讓新

〔註 74〕 A HISTORY OF THE PRESS AND PUBLIC OPINION IN CHINA， BY LIN YUTANG/ GREEDWOOD PRESS,1968. P.130。轉引自自侯東陽，《林語堂的新聞輿論觀——評林語堂的〈中國新聞輿論史〉》，《新聞與傳播研究》2001 年第 2 期。

〔註 75〕 A HISTORY OF THE PRESS AND PUBLIC OPINION IN CHINA， BY LIN YUTANG/ GREEDWOOD PRESS,1968. P.131。轉引自自侯東陽，《林語堂的新聞輿論觀——評林語堂的〈中國新聞輿論史〉》，《新聞與傳播研究》2001 年第 2 期。

聞價值可以通過版面語言顯示出來。這樣的編輯方法可以讓新聞報導避免「錦衣夜行」，突出有價值的新聞。「十年前各報編輯，許多是依新聞來源的地方來分別發刊的版面，自新聞來源增加之後，因事實上之需要，現在已完全採取混合編輯制，這樣，新聞性質是統一了，使閱者便利不少，並且更因此而得減少新聞本身的矛盾」〔註76〕。代表報刊如上海的《時事新報》、天津的《大公報》以及北京的《晨報》。

綜合編輯法較之分版編輯法還有個優勢，可以突破人事上對新聞編排的限制，讓好新聞、重要新聞不因編輯制度上的缺陷而漏登。如果是分版編輯，因為各版編輯都有自己的權限，如果版面已經編排完畢，新的重要消息或要電才到，「適值部長已去，要排上去呢？版已經滿，去一項呢？部長已去，定不答應；倘要強其登出，部長第二天一定不依，說他們有越權限，擅自更改。」這種狀況的出現完全是分版編輯制度造成的，在綜合編輯那裡就根本不存在，因為「大家可以將不甚重要的新聞暫時減去一項，立刻就可將要電登出」〔註77〕。

總體上看，研究係的《時事新報》和北京《晨報》在報紙編輯方面，比較領先。「《時事新報》的編輯營業，均取最新式，且富改革和進步的精神。1924年冬江浙戰爭時，各報記載戰聞，天天用著同樣的『昨訊』式標題，《時事新報》就已將事實要點揭出，做成簡明的標題。1925年，《時事新報》所載電訊，均加上標題，他報遲至一二年後，方始採用此種醒目的辦法。其後，最新式之混合編輯制，又為時事新報最先採用。世人每以該報與北京晨報並稱，因為他們有共同的色彩。其社論也很令人注意，在前數年各報評論欄專載不著邊際的短文時，該報獨有長篇的切實的論文。近年來各報社論的進步，該報不能不說有『率先為之楷模』的功效」〔註78〕。

當時發行最大的《新聞報》和《申報》在這方面卻發展緩慢，有些不思進取，20年代上海新聞教育已經很有發展，創辦復旦大學新聞學院的謝六逸也發現上海大報在這方面的問題，在試圖改變這種狀況時，某大報老闆曾這樣回答他，「我們何必改革呢？因為照向來的老樣子已經能夠賺錢，股東們可

〔註76〕 邵力子，《十年來的中國新聞事業》，摘自《十年來的中國》，上海商務印書館，1937年，第489頁。

〔註77〕 邵飄萍，《中國新聞學不發達之原因及其事業之要點》，《新聞學名論集》，上海聯合書店1930年，55頁。

〔註78〕 胡道靜，《上海的日報》，《上海新聞事業史料輯要》，天一出版社，274頁。

以多分利息，報館同人到了年終可以分得兩三個月薪金的紅利，也就心滿意足了。說到改革二字，談何容易呢。萬一改革之後，看報的人減少了，登載的廣告減少了，那豈不倒霉嗎？」〔註79〕因此他們甚至排斥海外回來的新聞人才，不敢聘用他們到編輯部工作，生怕他們的改革為報館闖禍。「最怕的就是改革，即使要改革，也無非要賺錢罷了。」

二、報紙編輯的職責

編輯是報紙的重要成員，其職責為「把國內外來的電報，通信員和通信社的稿子，以及翻譯剪報的材料集在一起」，一般分為稿件的製作和紙面的整理，也就是我們現在說的編輯和排版。「除社論記者和本社特約通信稿外，訪員和涌信社及投稿等，加以分別和製作。……各種稿件，附以動人的標題，指定適當的活字，分別輕重列為前後，而使成為整個的紙面，這才完成編輯的工作，交付印刷」〔註80〕。也就是說訪員、通信社以及社會投稿，是要進行修改和整理，並配一標題，這些都是編輯的工作。

其中具體包括：1、「訂正事實之謬誤」，一般編輯只負責文法、修辭上的問題，對於事實謬誤的訂正則至為重要；2、「刪除誹毀及廣告性質之詞句」，對此的判斷，「當依據法律學理及社會心理而出之」；3、「活字之指定與標點」，即按照事件大小和重要程度，確定標題的字號，文本的字號等；並主張用標點，可以「引注讀者之視線」，直行式文字適合用舊式標點，橫行式文字適合用西式標點〔註81〕。

三、報紙編輯理念的進步

北洋政府時期，一些報紙在編輯方面有很積極的嘗試。

1、精編主義

所謂精編主義，就是「不貴量而貴質，凡質之良者，取精用宏，不厭其多，質之不良者，則毅然割棄，寧缺毋濫」〔註82〕。當時北京的《晨報》、上

〔註79〕謝六逸，《〈上海報紙改革論〉序》，《謝六逸文集》，商務印書館，1995 年 1月，284 頁。

〔註80〕天盧主人，《天盧談報》，上海光革書局印行，1930 年。

〔註81〕潘公弼，《新聞編輯法》，見黃天鵬編，《新聞學名論集》，上海聯合書店 1930年，132、133 頁。

〔註82〕周孝庵，《新聞學上之精編主義》，《新聞學刊》全集，《民國叢書》第二編，

海的《時事新報》都是這方面的典型，到 1926 年天津《大公報》誕生後，更被林語堂認定是中國編輯最好的中文報紙。

《時事新報》「本埠新聞」中開創「簡報」欄很有特色，被認為是精編主義的典型代表。這一欄的新聞有點類似我們今天的「短訊」，不是很重要的新聞，不值得長篇累牘的記載，因此每條新聞僅一句話，一欄中有數十條之多，既節約了版面，也節省了讀者的時間。後來上海《民國日報》如法炮製，開設「簡報」專欄。

另外，將新聞或電報歸類編排，打破原來的「地域主義」，不以來稿地為單位，編輯在其中顯示更多的作為。有的報紙就內容類似或相關的新聞與電文在同一題目下進行編輯，如標題為「各地白雪紛紛」下，彙集了「本埠」、「南京」、「無錫」、「杭州」、「漢口」等地下雪的消息或電文〔註83〕。

這些在今天看來習以為常的編輯手段，在當時的確是一種創舉。

2、專　刊

一戰後，上海報紙開始了興辦專刊的熱潮。專刊的目的是為了供給新知識與探討各科學術問題，主要請各科專家主持收集專門著述發表，以饗讀者。首先開始辦的是《時報》，歐戰結束後，首添《實業》、《教育》、《世界》、《婦女》、《兒童》、《英文》、《文藝》以及前文所提的《圖畫周刊》。《申報》也增加《星期增刊》、《常識》、《平民周刊》、《藝術界》等專刊。不過專刊風氣鼎盛的時期是在 1932 年「一·二八」事變後，上海出現了幾家新的報紙，他們在新聞和副刊方面與老報紙無法競爭，因此就利用專刊作為競爭手段，形成一條新的路徑。各報的專刊往往多到十餘種，或每周一回，或每半月一回，排在日報中發佈，有時一天有兩個或更多的專刊出現。老報紙也開始仿傚，如《申報》就又開辦了《經濟專刊》、《國貨周刊》、《汽車新聞》、《醫藥周刊》、《建築周刊》、《電信特刊》、《讀書界》、《文藝周刊》等。

上海地區報紙比較著名的副刊特刊主要有：

《申報》星期天出的《每周增刊》（裝訂成冊）、《兒童專刊》，周一出的《經濟專刊》，周二出的《醫藥專刊》，周四的《國貨專刊》、《通俗講座》、《圖畫特刊》（影寫版精印），周五的《文藝專刊》，周六的《婦女專刊》。

　　　　第 48 卷，上海書店，27 頁。

〔註83〕周孝庵，《新聞學上之精編主義》，《新聞學刊》全集，《民國叢書》第二編，第 48 卷，上海書店，31、32 頁。

《新聞報》的專刊有每日出版的《新園林》、《茶話》、《本埠附刊》、《藝海》，周四的《無線電周刊》。

《時報》的專刊有每天出的《電影副刊》，周一的《無線電副刊》。

《時事新報》的專刊有每天出的《青光》、《新上海》，周一的《煙景》，周二的《文藝周刊》、《海外僑訊》，周三的《老上海〈上海通社編〉》、《旅遊周刊》，周四的《銀行與信託》，周五的《新醫與社會》。

《民報》的周刊有每天的《法言》、《民話》、《影譚》，周四的《法學周刊》，每兩周的《上海研究〈上海通社稿〉》、《藝術》、《衛生常識》。

《中華日報》的周刊有每日的《萬象》，周二的《世界經濟情報》，周三的《中華法刊》，周四的《微芒文學周刊》，周五的《醫藥周刊》，周六的《中國經濟情報》，每月的《藝術月刊》。

《上海商報》的周刊有每日出版的《大街》、《仸（口邊）開（OK）》，周一的《文藝》，周三的《周波》，周四的《新聞界》，周五的《新醫藥》等。

北方的天津《大公報》的副刊也比較繁榮，30 年代比較固定的副刊有周一出的《明日之教育》（周刊），周二出的《醫學周刊》，周三出的《經濟周刊》，周四的《鄉村建設》（雙周刊）、《世界思潮》（雙周刊），周五的《科學周刊》，周六的《圖書副刊》（雙周刊）、《文藝副刊》，周日的《婦女與家庭》（周刊）。

邵飄萍的《京報》也曾辦過 23 個副刊、專刊，如《京報副刊》、《民眾文藝周刊》、《兒童周刊》、《文學周刊》、《西北周刊》、《科學與宗教周刊》、《圖畫周刊》、《蟒原周刊》、《小京報》、《戲劇周刊》（徐淩霄主編）和《國語周刊》（錢玄同主編）等。其中以創辦於 1924 年 12 月 5 日，由孫伏園主編的《京報副刊》最著名，為五四時期四大副刊之一。

副刊成為報紙吸引讀者的重要內容，甚至有的人就是讀讀副刊，其餘內容毫不關心。

3、分　欄

中文報紙在剛創辦的時候是不分欄的，因為當時的報紙採用的紙張是橫長式的，而且版框高不過 25 公分，用四號字來印刷，因此在當時讀者看來即使不分欄，閱讀也沒有多少障礙。到 1905 年，《申報》開始分兩欄排版，每欄高 12 公分。1912 年開始使用直長式印刷後，紙的高度增加，必須分欄，因此每版分 6 欄，每欄高 8.5 公分，其餘報紙紛紛改用該方式，維持 10 年之久。之後《時事新報》進一步進行分欄改革，1924 年或其前開始將每版改為 8 欄，

每欄高約 6.4 公分，1929 年前，又將欄的數目增加到 12，每欄高約 4.3 公分，每兩欄可以合成一欄，每三欄也可以合成一欄。12 欄的版面方式，後來為很多報紙採用，「編排的進步，在十年前（1927 年前 —— 筆者注），大抵各報的分欄，有取六欄的，有取八欄的，現在在多數是劃分為十二欄了。因此在編排方法上頗有伸縮的餘地，報面也比較精密而富有變化了」〔註84〕。但《申報》和《新聞報》在分欄上步伐慢了點，1929 年它們才開始將 6 欄改為 8 欄。

分欄編排，可以使報紙版面編排更為生動活潑，並潛意識體現編者的意圖，為現代報刊編排不可或缺的手段。

4、字體和標題

近代報紙誕生後一段時間裏，報紙上的內容全部用 4 號字編排，標題和正文是一樣的，標題也不另占一行，只是開始的時候空一格，以示與下一條新聞的分別。1905 年後，《申報》的要聞改用 2 號字排，而奏議章程及社會新聞用 5 號字排，這種排法風行多年。20 年代後，標題技術興起，新聞本體所用字型乃成一定的格式，「一般報紙尚以四號字排印新聞的」；《時事新報》和《大晚報》更嘗試著用 4 號方頭黑字或 5 號方頭黑字印新聞全文，《時報》是用 4 號字作為通用體，也別具一格。1927 年後，「大部分都以新五號字為主體，視新聞之重要與否，再攙以四號、老五號，這是使報面經濟化的妥善方法」〔註85〕。不過新聞標題的大小是根據新聞的重要性而確定的，如果是特別重要的新聞，則用不同於別的新聞的字體印出來。

標題在當時越來越被業界重視，有人說「從前報紙的價值，大半視其社論而定，今後報紙的價值，大半先視其新聞題目而定」；〔註86〕並認為標題目的有二，一是「揭示綱領，便利讀者」，二是「標奇炫異、引起注意」〔註87〕。其製作在當時也有標準，有人曾經嘗試用以下 4 點作為制定標題的線索：「1、顯露其要點之所在；2、表現其變化之情形；3、引起觀者之注意；4、包括文

〔註84〕 邵力子，《十年來的中國新聞事業》，摘自《十年來的中國》，上海商務印書館，1927 年，第 489 頁。

〔註85〕 邵力子，《十年來的中國新聞事業》，摘自《十年來的中國》，上海商務印書館，1927 年，第 488 頁。

〔註86〕 闕名，《新聞之標題》，《報學月刊》，第一卷第三期，上海光華書局，1929 年，第 60 頁。

〔註87〕 闕名，《新聞之標題》，《報學月刊》，第一卷第三期，上海光華書局，1929 年，第 61 頁。

內之事實」〔註88〕；也有提出要「內容忠實」、「文字簡潔」、「意味靈活」、「分別輕重」、「不可重複」〔註89〕爲標題製作的規律。實際操作中則以既能表述新聞價值之所在，又有文采的爲上品。《大公報》比較重視標題的製作，「要聞版的標題也由他（張季鸞——筆者注）擬。他十分注意一標題的概括性、傾向性，選字鍊句，力求暢曉」〔註90〕。這也應該是當時業界對好標題的看法。曾經在蔣桂戰爭期間，桂系控制的武漢政治分會把湖南主席魯滌平免職，當時政治內幕複雜，新聞頭緒紛繁，張用了一個標題《洞庭潮掀起大江潮》，業內人士稱讚是「把『山雨欲來』的混戰形式，一針見血得點出來了」〔註91〕。

但總的說來好標題不容易發現。「嘗見本埠新聞有一要聞出，報紙喜迭用《某訪函云》字樣，重複之弊，觸目皆是。……足引起報館材料枯乏之感想」〔註92〕。

另外，當時對標題種類的認識還比較膚淺，並沒有現代對標題詳細的劃分，一般分爲大標題，小標題和分標題三種。所謂大標題，就是標題，一般新聞都有標題，而且大都只用一個大標題，稍微重要點的再用小標題，最重要最複雜的新聞，三種標題都用。「大標題須籠罩全篇新聞的內容，或揭示其重要部分；小標題用以補充大標題的不足；分標題則用以提示某一篇某一段的內容」〔註93〕。

5、西式標點與白話文

實際上白話文和西式標點在這個時期的報紙上並沒有完全普及。除了白話報紙，以及報紙上的廣告開始大量使用白話文外，中國報紙的白話文普及一直到抗戰後才實現。抗戰前，各地報紙中大多採用文言文記述新聞或發表評論，也有在一篇新聞報導或評論中，文言白話夾雜在一起的情況。1922 年5 月5 日，北京《晨報》的《是非之林》刊登了思聰女士所寫的文章《報紙應

〔註88〕王小隱，《報紙之標題》，《新聞學刊全集》，黃天鵬編，1930 年光新書局，198 頁。

〔註89〕闕名，《新聞之標題》，《報學月刊》，第一卷第三期，上海光華書局，1929 年，第 76～77 頁。

〔註90〕徐鑄成《舊聞雜憶》，生活‧讀書‧新知三聯書店，1980 年香港，109 頁。

〔註91〕徐鑄成《舊聞雜憶》，生活‧讀書‧新知三聯書店，1980 年香港，109 頁。

〔註92〕謝福生，《世界新聞事業》，《申報五十年》，1923 年，申報館。

〔註93〕闕名，《新聞之標題》，《報學月刊》，第一卷第三期，上海光華書局，1929 年，第 63 頁。

當改用國語》，認爲「報紙乃社會的喉舌，提倡國語，當然義不容辭。最好先以身作則，全國報紙一律改用國語，每句全用新式標點，每字旁邊附加國音字母；一面關於國語的文字多多發表；久而久之必能見效」，應是國人對報紙全部用白話的最早提倡。但報館中人，對使用白話文還是有顧慮，特別是論說的寫作，一些主流報紙主張「論說不宜用白話文，彼無意於新聞者流，斷不至因一段白話時評，乃展閱報紙。且白話文亦終非統一中國文字之妙具也」〔註94〕。的確對論說加以注意的讀者，大多是對社會生活比較關注的高級知識分子，他們還是受過系統的文言文訓練，頭腦中依然以文言文作爲中國正式文件等表達主流話語權的語言。

1928 年南京民國政府成立，胡適因學生羅家倫在政府裏當了官，便致信羅氏，希望他提出建議：「由政府規定以後一切命令、公文、法令、條約，都須用國語，並須加標點，分段」〔註95〕。他又盼望黨政要人吳稚暉、蔡元培、蔣介石、胡漢民諸公，也能贊助此事。1934 年 1 月 7 日，胡適給《大公報》「星期論文」欄目發文《報紙文字應該完全用白話》，還在提倡報紙應該使用白話文，可見當時報紙的語體還是以文言居多。據王文彬回憶，到抗日戰爭爆發後，報紙才普遍改用白話文寫作。

至於新式標點，其在報紙上的使用也經歷了一個過程。直到民國 20 年代，「天津各大報仍多用舊式標點，即一點占半個鉛字地位，大小一律，沒有什麼分別。廣州有些『老牌報』上，還有不用任何標點符號的，全報各版文字密密麻麻地排在一起，每個標題多是一行題，字體也大小一律。有的在題目上面，還加個圓圈或黑三角符號。抗日戰爭爆發後，很快就打破了以上這些報的老傳統，改變了報紙的老面貌。許多報刊的文字迅速通俗化了，報紙上的文言文新聞與評論越來越少了，新式標點符號漸漸普及了。」〔註96〕

西式標點符號首次出現於 1918 年《新青年》第四卷，次年爲國民黨人的刊物《新建設》、《星期評論》所採用。代表進步勢力的國民黨在這個問題上產生了矛盾，「孫中山反對在中文文獻中使用西式標點，但在 1919 年，國民黨刊物與其他一些出版物一道，率先採用了新式標點系統。1924 年，正當其

〔註94〕謝福生，《世界新聞事業》，《申報五十年》，1923 年，申報館。

〔註95〕胡適致羅家倫信（稿），載《胡適來往書信選》，北京中華書局 1979 年版，上冊，第 502～503 頁。此信未注時間，約寫於 1928 年。

〔註96〕王文彬編著，《中國現代報史資料彙輯》，重慶出版社，1996 年，10 頁。

黨內權威達到頂峰之時，孫中山卻無法說服黨員們接受國民黨宣傳部長遞交的一份備忘錄，後者旨在禁止國民黨的出版物使用問號及其從外國引進的標點符號。」但同樣在 1924 年，「戴季陶聲稱自己推行標點運動，是出於孫中山的建議，它當然得到了孫中山生前的認可。1929 年，戴季陶被任命爲考試院院長，終於使其標點系統得到實施。」〔註 97〕西式標點在中國印刷品上的落地用了 10 年時間。

　　新聞業務領域的現代化過程，是新聞業發展的最直接體現。什麼內容可以成爲報紙的內容？新聞的來源渠道是什麼？什麼因素左右著報紙的報導？這些新聞幕後的情況，是新聞業領域最神秘、最精彩也最吸引人的地方。從政治新聞和社會新聞在報紙上成爲首要內容後，教育、經濟、交通、天氣、社交、體育等都成爲可以報導的對象，本身就是報業的巨大進步。民初，新聞的種類和內容也大大提升了，報導範圍的擴大，來源增多，不僅使報紙篇幅增厚、出現很多專刊；同時對報館內部的組織結構也有重要影響，編輯和記者的組成、結構均發生變化，並產生很多著名記者。在業務領域的其他方面，大到評論、版面編輯、編輯理念等、小到標點、版式、分欄也有很大進步。這些進步是讀者能直接從報紙上感受到的，因此也是最生動和明顯的。從整個民國歷史的角度看，民初報業在這些方面的進步也是相當顯著的。

〔註97〕費約翰著，李恭忠、李里峰等譯，《喚醒中國》，生活‧讀書‧新知三聯書店，2004 年，236 頁。

第十一章　新聞理論和觀念的現代化

第一節　對報刊的認知

一、報刊定義的專業化

　　報紙，或用當時比較流行的名稱「新聞紙」，到底是什麼？隨著西方報紙定義和概念的引入，國人對此也有比較專業的認識。其中有深度的分析應屬戈公振，他在當時世界各種報紙定義的基礎上，提出自己的理解，「報紙者，報告新聞，揭載評論，定期為公眾而刊行者也」〔註1〕。其中具有 8 個重要內涵：報紙為公眾而刊行，報紙發行有定期，報紙為機械的，報紙報告新聞，報紙揭載評論，報紙之內容乃一般的，報紙之內容以時事為限，報紙之內容乃及於多方面的；以及 4 個重要性質：1、報紙之所以為公眾刊行物之基礎，即所謂報紙之公告性；2、報紙之所以為定期發行物之基礎，即所謂報紙之定期性；3、報紙內容之時宜性；4、報紙內容之一般性〔註2〕。

　　我們可以看出，報紙定義開始具有專業性質，關注報刊自身的屬性、特點、性格和功能。特別是關於報紙自身「生物學」意義上的描述，如機械印刷的，為公眾而定期發行，體現了對報紙本身認知的深入。

二、報紙功能的認識

　　近代以來，中國社會對報紙功能的認識多從社會教育和社會進步的角度

〔註1〕 戈公振，《中國報學史》，香港太平書局，1964 年 3 月，第 6 頁。
〔註2〕 戈公振，《中國報學史》，香港太平書局，1964 年 3 月，第 5～7 頁。

出發，如梁啓超首先提出的「通」風氣、「通」上下、「通」內外，後來提出的「監督政府」、「嚮導國民」，都具有一定的理想主義色彩。而民初對報紙功能的認識，則建立在現實基礎之上，更具理性色彩。

首先開始強調報紙報導新聞的作用。以往國人比較看中報紙對社會改造的作用，但現在報紙更注重其本身傳播新聞的意義，中國第一部新聞學著作，徐寶璜的《新聞學綱要》中，總結了報紙的六大功能，「供給新聞，代表輿論，創造輿論，灌輸知識，提倡道德，振興商業」，其中「以眞正新聞，供給社會，乃新聞紙之重要職務，亦於社會有極大之關係」〔註3〕。這說明世人對報紙的功能訴求已經發生了很大的變化，報刊開始從政論本位轉向新聞本位。這一認識不僅來自學界，業界也有普遍贊成，邵飄萍曾說，「報紙之第一任務，在報告讀者以最新而又最有興味最有關係之各種消息，故構成報紙之最要原料厥惟新聞，……報紙價值之有無大小與新聞材料之敏捷豐富眞確與否有最密切之關係」〔註4〕。一些社會上與新聞業有關係的人士也認爲「蓋報紙所由發達，不外二要素，一曰新聞之迅捷而正確，二曰議論之公正無偏頗」〔註5〕。

其次，除發佈新聞外，報紙依然被認爲是嚮導國民，引領輿論的工具，但在此基礎上開始強調它的獨立性和公共性。報紙在輿論發佈和製造上，必須以獨立爲基礎，以公眾爲目標，強調報紙作爲社會公器的作用。張默君〔註6〕曾說，「新聞紙爲代表民意增進民智之機關，與社會具有默化潛移

〔註3〕 徐寶璜，《新聞學綱要》，聯合書店，1930年，第5頁。

〔註4〕 邵飄萍，《實際應用新聞學》，京報館1923年，第1頁。粗體部分是原文中加重點符號的。

〔註5〕 史九成，《對於中國新聞業前途之感想》，《新聞報館三十年紀念冊》，新聞報館1923年。

〔註6〕 張君默（1884～1965），女，革命家，詩人，宣統三年，在蘇州創辦《大漢報》。民國元年（1912），創神州女界共和協濟會，任會長，倡導男女平等；同年秋，創神州女學校，任校長，後任江蘇省立第一女子中學校長多年。民國7年，赴歐美考察教育，入哥倫比亞大學專攻教育學。民國9年，環遊英、法、意、瑞士諸國，著《戰後之歐美女子教育》一書。回國後，任上海《時報》婦女周刊編輯。民國16年任杭州市教育局長。民國20年任立法委員。抗日戰爭爆發後，從事抗日宣傳活動，參加編輯《資本耆舊續集》。民國29年，應召赴重慶，任國民政府考試院考選委員會委員。民國34年9月6日，與趙恒惕等發起組織湖南復員協會。民國34年9月13日，經蔣介石提議及國民黨四中全會選舉爲中央監察委員會常務委員，其後由國民政府特定爲國大代表。民國37年，任湘鄉縣文獻委員會副主任委員，籌劃修纂《湘鄉縣志》。1949年往臺灣，先後任考試院委員、國民黨員中央評議委員，「國史館」名譽編委。著名《百萼草堂詩》、《玉尺樓詩》、《正呼天集》、《揚靈集》等，綜合爲《大凝堂集》）。

之勢力。其職責至重要，其功效亦至偉。是以宗旨必尙純正，必取穩健，持論必期弘達，新聞必貴敏確。威武不能屈、利祿無由動，夫然後乃能製造健全之輿論，無忝於監督政府指導國民之位置，而常爲社會教育之前驅也。反是則失其新聞紙之價值，甚而下之，致爲政黨所利用資本家所操縱。顚倒是非，任意毀譽，則其弊也。適足爲人群之害焉。」〔註7〕有過多家報館工作經歷的東雷〔註8〕也說，「蓋報紙言論，當以代表多數輿論爲原則，故貴有獨立性質。倘依附一派一系爲機關，則其言論庇祐畸輕畸重之弊。即不爲一派一系之機關，或其社員中含有政治臭味，籍辦報爲梯榮之捷徑，或籍官中公款，以維持救濟之貧糧，如是，則報紙必爲政治漩渦所牽引，其命運則視官款盈拙爲榮枯。」〔註9〕

陳景韓曾總結到，「余謂做報簡單之規則，惟愼擇可靠之訪員，據訪員之報告，再證以各種之參考，採爲記事；然後根據記事，發爲明白公平之評論，如是而已」〔註10〕。簡單但全面的總結了報紙的職能。

獨立成爲報人的理想、追求，1926 年《大公報》社長吳鼎昌曾總結民國以來的報業教訓，說大多數報紙辦不好，主要是資本不足，於是就濫拉政治關係，拿政黨津貼，政局一變動，報紙也就垮掉了。因此他拿出 5 萬元辦報，報紙和主筆均不拿任何津貼，保證人格和報格的獨立性，辦一張完全獨立的報紙。1926 年 9 月當新記《大公報》按照這一思想創立時，就提出了重要的「四不主義」，即「不黨，不私，不盲，不賣」，成爲中國獨立報紙的優秀代表。

三、文人論政思想的成熟

民國初年是中國文人論政報刊思想走向成熟的時期。中國報紙從誕生之時起，就傳承了中國知識分子「文人論政」的傳統，肩負起啓蒙救亡的重責。這一傳統自王韜創辦《循環日報》開始，在梁啓超創辦《時務報》、《清議報》

〔註 7〕　張君默，《祝詞》，《新聞報館三十年紀念冊》新聞報館，1923 年。
〔註 8〕　簡歷：自丁酉年《時務報》開始進入新聞界，即新聞報產生後第四年，到那時也 27 年了。己亥年到中外日報作撰述，開始辦理日報，後雖又任《滬報》《時事報》《大同報》《華英合文報》等撰述，但都時間不長，擔任最久的就是《新聞報》了。辛亥年開始到報館，但沒有駐社服務，進社服務是在民國 5 年。
〔註 9〕　東雷，《我之新聞事業談》，《新聞報館三十年紀念冊》，新聞報館，1923 年。
〔註 10〕　陳冷，《二十年來記者生涯之回顧》，《最近五十年》，1923 年，申報館。

和《新民叢報》時達到第一個高潮。之後被中國報人普遍繼承下來，但在日報中——新聞業中最重要的成員——成功的不多。

直到 1926 年天津《大公報》誕生，才將文人論政的傳統發揮到新高度，成爲詮釋這一傳統的典型而成熟的新聞媒體。《大公報》自言，「中國報有一點與各國不同。就是各國的報是作爲一種大的實業經營，而中國報原則上是文人論政的機關，不是實業機關。這一點可以說中國落後，但也可以說是特長。民國以來中國報有商業化的趨向，但程度還很淺。以本報爲例，假若本報尚有渺小的價值，就在於雖按著商業經營，而仍能保持文人論政的本來面目。」〔註11〕1941 年成立的中國新聞學會也說，「我國報業之有與各國不同者，蓋大抵爲文人發表政見而設，……此種風氣，今猶遺存。」文人論政是中國報紙文化內涵所在。

文人論政的基礎在儒家文化中，其實質是站在知識分子的獨立立場上，對政府和社會進行客觀公正積極的評價與引導，所謂「天下興亡，匹夫有責」。它與西方的社會責任論並不完全一致。西方理論的主體是報紙，而中國是文人，也就是說，每一個讀書人，都有這樣的責任。正如費正清所言，「中國有過一個強烈而確有感召力的傳統，每個儒生都有直言反對壞政府的道義責任」。這一傳統不因王朝的更迭而改變，無數人因此不惜殉身。明辯是非，敢言直諫，體現了中國古代讀書人身上的風骨。因此當西方的報紙傳入中國以後，中國文人很好的運用了這一新式武器。

正是有了中國文化的底蘊，因此文人論政的報紙才格外適合中國的國情，《大公報》能爲上下同時接受，爲中外同時倚重，成爲中國歷史上唯一在世界上有影響的國家代表日報〔註12〕。

首先該報提出著名的「四不」主義原則，〔註13〕雖然近代報紙獨立不黨的思想早已存在，但第一次完整提出獨立宣言並能做到的還是第一家。其次它的社評在當時相當有影響，不僅國民政府各級官吏密切關注，甚至各國政

〔註11〕《本社同仁的聲明》，《大公報》1941 年 5 月 15 日。雖然該文發表於 1941 年報紙獲得美國密蘇里大學新聞學院獎章之時，但文人論政是從該報誕生之時就有的特徵。

〔註12〕世界各國均有國家代表日報，作爲國家代表媒體，如英國的《泰晤士報》、美國的《紐約時報》、法國的《世界報》，這些報紙的重要特點是代表社會主流意見，獨立但能與政府有良性溝通，在國際上有相當影響，在國家和世界發生重大事件的時候，其報導備受國際重視。

〔註13〕各種文獻論文中對該主義均有詳細介紹，這裡不再贅言。

要也在關注，特別是中日戰爭前後，日本，美國等國對該報有相當關注和研究，甚至認爲該報是代表中國的主流聲音，這一點尤爲重要。第三，其新聞編輯採訪業務領先，採用綜合編輯法，自採新聞多，在當時社會上層影響廣泛。最後該報在人才培養，制度規章等的制定上，也相當有水準〔註14〕。因此雖然發行不是中國最大的報紙，但絕對是中國最有影響的報紙，是當時能夠代表國家的唯一媒體。

民初商業報紙興起後，文人論政的特徵或多或少的體現在商業報紙身上。20年代後，不論多發達的商業報紙，都要重金聘請一位主筆，如《時報》的陳景韓，後被《申報》挖去當了主筆，《新聞報》的李浩然，《商報》的陳布雷，以及《大公報》以張季鸞爲主的三位重量級主筆〔註15〕。特別是張季鸞和陳布雷，甚至成爲這兩份報紙的靈魂。重視主筆的作用，正是中國報紙文人論政特徵的體現。1918年邵飄萍創辦《京報》、林白水1920年創辦《公言報》，1921年辦《新社會報》，1922年再辦《社會日報》，也都是秉承「文人論政」的傳統。不過這些報紙不是存在時間不長，就是特點不突出。只有《大公報》才是最成功的一家，因此中國報紙「文人論政」傳統在這個時期走向了成熟。

四、對中國報紙現狀的認識

1、中國報紙並不發達

雖然我們現在對民國初年的報刊數量有比較驕傲的記載，但那時的報人並不這麼認爲，他們常與歐美、日本進行比較，清醒的認識到中國報紙與國外的差距。如申、新報紙發展到日銷十幾萬份，爲中國報業龍頭，但這種數量相比較中國的人口比例，與發達國家的差距太大。汪漢溪曾說「中國報紙，如新聞報，每日銷數幾及十萬，爲中國報界之冠。其實歐美報紙，日銷數十萬，繁屬常事。即如日本之朝日新聞、每日新聞出版亦不過二三十年，日本版輿，僅中國四川一省之大，而報紙每日銷數已達二三十萬以上」〔註16〕。

〔註14〕詳見拙作，《張季鸞與大公報》，中華書局，2008年4月。

〔註15〕天津新記《大公報》重張時，吳鼎昌、胡政之、張季鸞曾定下規矩，第五條就是「由三人共組社評委員會研究時事問題，商榷意見，決定主張，文字雖分任撰述，而張先生則負整理修正之責，意見不同時，以多數決之，三人各不同時從張先生」。

〔註16〕汪漢溪，《新聞業困難之原因》，《新聞報三十年紀念》，新聞報館1923年。

更有人指出「今姑照郵局之統計，以與人口相比較，則報紙最多之地，每九人可閱一份報紙；最少之地，每三萬人只閱一份；全國平均每一百六十四人可閱一份。此尚包括印刷物在內，足見我國報紙之缺乏也。」〔註17〕胡適也曾用「小人國」比喻中國報界的規模和水平〔註18〕。

中國報紙不發達，原因何在？當時報人已有系統認識，他們認為其普遍原因主要在：

（1）教育不普及，讀書識字的人少，4 億人中，能識字的人口實在是少的可憐；

（2）交通不便利，交通不僅包括城市內的馬路，城際間、城鄉間的交通設施，也包括電話、電報等傳遞新聞的設備；

（3）政治不良，主要是新聞沒有法律保護，各種鉗制勢力太多，言論不自由，記者沒有保障，因此報紙不踴躍；

（4）實業不發達，廣告少而無法支持新聞事業的運做；

（5）新聞記者對「新聞影響各方面之情形」認知不足，即新聞記者的素質低下，「新聞學的知識幼稚」，也是新聞事業不發達的原因〔註19〕。

另外還有報價太貴、內亂頻繁、經營者缺乏辦報精神、編輯沒有「犀利獨到眼光」〔註20〕，也是報紙幼稚的原因。

其中北方報紙，特別是北京報紙，雖然報紙數量越出越多，但發行量很小，表面繁榮的背後存在深刻危機。他們和各政黨聯繫過於緊密，報紙「既無機器以印刷又無訪員之報告，斗室一間，即該報之全部機關，編輯僕役各一人，即該報之全體職員，」而造成這種狀況的內在原因是 1、因為報紙「不以國家為前提，但知一黨或個人之私利，」2、「不知事實之可貴，每每顛倒是非，致失其信用；」3、「不以營業視報紙，廣告學絕無所知」4、因為沒有學識，因此「論載遂了無精彩」；5、缺乏地方新聞報導；6、報紙被落拓文人

〔註17〕 戈公振，《中國報學史》，香港太平書局，1964 年 3 月，第 229 頁。

〔註18〕 徐鑄成，《徐鑄成回憶錄》，生活 讀書 新知三聯書店，1998 年，楔子第 3 頁。

〔註19〕 邵飄萍，《中國新聞學不發達之原因及其事業之要點》，黃天鵬編，《新聞學名論集》，上海聯合書店 1930 年，45～47 頁。

〔註20〕 鮑振青，《余之中國新聞事業觀》，《新聞學刊全集》，光新書局 1930 年版，第 60～62 頁。他提出中國報紙不發達的原因在「教育未普及」、「報費太昂」、「交通機關不備」、「內亂頻繁」、「經營者缺乏辦報精神」、「編輯者無報學常識」、「編輯者無犀利獨到眼光」7 點。

或政客當做敲詐的工具。外在原因是 1、政府和軍界的壓迫，而導致言論不自由；2、國民教育不多，因此對報紙不瞭解，沒有信仰之心；3、政府和社會機構很多事情不公開，採訪很難；4、國內交通不便，報紙郵遞延期，新聞消息阻隔；5、機器設備紙張等多仰仗外人支持，價格昂貴而且運輸不遍。因此導致新聞事業不發達。

國人的這種認識已經相當深刻，基本抓住新聞事業發展與政治、經濟、教育和業者自身素質等的關係，這也是當時決定報紙發展的幾個重要條件，報紙的發展與發達程度和這些因素緊密相關。

2、對報紙功過的深刻反省

如果說報紙不發達，只是表象，那麼一些報人對中國報紙的內省，則完全達到了報紙靈魂的層面，是對報紙的深刻反思和懺悔。時值《上海中華新報》記者張季鸞曾說「吾嘗審思，以為中國報紙無功可論，惟視其罪之大小及性質如何」〔註21〕。報館的「罪」在哪裏呢？

大家主要認為報館萬惡之首在接受津貼，這是導致言論偏頗，紀事錯誤的重大根源。這一點連外國在華的媒體工作者也看的一清二楚，《泰晤士報》總主筆薩雅曾說，「報紙於黨派及資本上，倘能獨立不帶色彩，自能臻於此項地步而無疑。報紙欲盡其力以為善，消息必須靈通，而為之記者者，亦必須為公平正直之人，華字報中，或有受政黨之津貼者，有主筆不得其人而致昧於世界之大事者，此吾人之所知，不必為之諱言。」〔註22〕常給報紙寫小說的孫玉聲（號：海上漱石生）也說，「近觀中國各報，雖若風起雲湧，年盛一年，然失敗者恒居多數，振興曷為甚鮮，推其原故，由於資本關係者半，由於黨派關係者半，無資本，則支持尚虞不易，遑論推銷，有黨派者，立言多祖庇，不能示人以公。其或顛倒黑白，淆亂聽聞，閱者何取乎有此一偏之報。必致相率鄙棄。而此報可逆計其不能廣銷。」〔註23〕《時事新報》也痛陳此種罪責，「無論受何方面金錢之補助，自然要受該方面勢力之支配；即不全支配，最少亦受牽製，吾儕確認現在之中國，勢力即罪惡，任何方面勢

〔註21〕張季鸞，《新聞報館三十年紀念祝詞》，《季鸞文存》第 2 冊附錄，1946 年 7 月第三版，大公報館，第 3 頁。

〔註22〕薩雅（泰晤士報總主筆），《中國報紙之效用》，《新聞報館三十年紀念冊》，新聞報館，1923 年。

〔註23〕海上漱石生，《新聞報三十年來之回顧》，《新聞報館三十年紀念冊》，新聞報館，1923 年。

力之支配或牽掣，即與罪惡爲鄰」〔註24〕。因此看來當時報館的原罪就是接受津貼，由此發生的言論偏頗不當、新聞不實錯誤甚至捏造，都直接或間接由此而來。

其次，對政治問題的消極迴避，追求低層次的客觀與公正，是報紙的另一弊端。「到1920年代，只有完全避開了政治的報紙，才有望保持其聲譽」，林語堂挖苦地評論道，「備受關注的報紙《申報》，將其報導限制在外國問題，遠程新聞，以及諸如『勤奮的重要性』或『眞理的價值』等一般話題上，由此確保了自己的聲譽」〔註25〕。

與《申報》一樣採用消極迴避態度的還有著名的《新聞報》，福開森在接管報紙時就提出了「不偏不黨」四字方針，並垂爲館訓，他的具體經營者汪氏父子在實踐中將它詮釋成四平八穩、不露鋒芒、面面俱到，經常發表些輕描淡寫、不痛不癢、不知所云的社論。

但辦報的革命者、政治家們對此並不以爲然，如國民黨不僅資助遍及全國的小期刊，而且資助上海和廣州的主要報紙。他們對待津貼或報紙的黨派性有自己的理解。上海《民國日報》主編葉楚傖認爲，一家報紙拒絕代表一個黨派，並不代表什麼，只意味著「幾個編輯圍坐在屋裏用筆名寫作」。在他看來，報紙的獨立只是個空洞的口號，而政黨的繁榮和政治的自由才是報紙應該關注的。也就是說，因爲沒有更多的政黨讓每一種報紙去代表，所以報紙才沒有發揮其應有的責任，報紙應該去促成政黨的繁榮〔註26〕。

3、對報紙獨立性的嚮往

報館之人認爲可以自誇的恰恰是自己的獨立和公正。該時期創辦的報紙，發刊辭中除了對報紙創辦宗旨的陳述外，也有明確表達要堅持自由言論和公正客觀的操守。1925年天津《明星報》創刊，自稱「宗旨言論公開，不偏不倚」，「以鼓吹和平主義爲職守」〔註27〕。同年10月30日《天津晚報》

〔註24〕 時事新報同人，《本報五千號紀念辭》，1021年12月10日，《時事新報》，轉引自張之華主編《中國新聞事業史文選》，中國人民大學出版社，1999年，169頁。

〔註25〕 費約翰著，李恭忠、李里峰等譯著，《喚醒中國 國民革命中的政治、文化和階級》，生活‧讀書‧新知三聯書店，2005年版，第309頁。

〔註26〕 費約翰著，李恭忠、李里峰等譯著，《喚醒中國 國民革命中的政治、文化與階級》，生活 讀書 新知三聯書店，2005年，第310頁。

〔註27〕 方漢奇主編，《中國新聞事業編年史》（中）福建人民出版社，2000年，1011

創辦，亦稱「執筆者皆知名人士，持公平直正之宗旨，採翔篤明透之新聞，無黨無偏，不茹不吐」〔註28〕。《大公報》更是提出了著名的「不黨」、「不私」、「不賣」、「不盲」四不主義；顯示了報業對獨立的嚮往。

《時事新報》創辦後十年，曾回顧過去艱難歷程，自喻為80歲的「節孀」，為守貞潔，「念珠一串，齒痕滿焉」〔註29〕。「同人等殊不敢以清高自詡，但酷愛自由，習而成性……吾儕為欲保持發言之絕對的自由，以與各方面罪惡的勢力奮鬥，於是乎吾儕相與自矢：無論經濟若何困難，終不肯與勢力家發生一文錢之關係」〔註30〕，自詡為了報紙的獨立而不惜事業艱窘到極點。《新聞報》三十年紀念的時候，老闆福開森的文章《新聞報之回顧與前途》中也宣稱：

> ……本報有一始終不變之方針，是為主張明達之輿論，而又長持此明達之輿論於不衰。……本報自辦理以來，向由編輯同人主持筆政，未嘗為任何人或任何政黨所主持而控制。亦未嘗以本報為個人報其恩怨之機關，凡遇一事，為中國大局計，而本報以為不當有所褒貶者，則斬之。凡合於本報之政策者，本報不即為英雄豪傑，凡不合於本報之政策者，亦不即以為賣國奸人也。〔註31〕

社會各界對該報的溢美之辭中也主要集中在經濟獨立和言論獨立上，如一個自稱「徐果人」的「新聞界的過來人」用白話文寫到：

> 新聞報第一種長處，在經濟能夠獨立，不要仰仗人家的扶助。……新聞報的第二個長處，是不和國內任何黨派發生關係。……新聞報還有一層可敬的，就是在江蘇方面，一切的記載論調也不牽入黨派漩渦，始終超然自立，絕對不受任何方面利用，這種精神在我國現時輿論界上，是極可敬而且極可寶貴的。能夠長此不變，真要算全國獨一無二的有價值報紙了。〔註32〕

頁。

〔註28〕 《〈益世報〉天津資料點校彙編》（一），天津市地方志編修委員會辦公室，天津圖書館編，天津社會科學院出版社，2001年12月，1082頁。

〔註29〕 《本報五千號紀念辭》，《時事新報》，1921年12月10日。

〔註30〕 《本報五千號紀念辭》，《時事新報》，1921年12月10日。

〔註31〕 福開森，《新聞報之回顧與前途》，《新聞報館三十年紀念冊》，新聞報館，1923年。

〔註32〕 徐果人，《新聞報三十年紀念祝詞》，《新聞報館三十年紀念冊》，新聞報館，1923年。

相似的價值判斷標準也體現在《申報》五十週年紀念的時候，這些自褒和溢美之辭說明，不論實踐如何，但以經濟自主，言論不黨不偏為主要內涵的獨立性，已成為報業重要的價值判斷，這本身就是報業的進步。

4、對商業性的理解

除此之外，對報紙的商業性也有不同理解。相對於接受津貼而言，報紙的商業性無疑是體現其自食其力的高尚品行；但如果一個報紙過於追求商業性，又失掉了報紙本身的社會價值。因此業內人士對商業性的理解是有不同的。北京《晨報》曾「始終抱定不要使我們的晨報變成一個商品」、「相信報紙惟一存在的意義，在實行社會教育」〔註 33〕。而《大公報》經理胡政之也認為，國人辦報的方法通常有兩種：一種是政治報紙，為一黨一派作宣傳鼓動，沒有把報紙本身當成一種事業，等到宣傳目的達到，報紙也就跟著衰竭了；另一種是商業報紙，不問政治，只做生意經上的打算。在他看來報紙如果僅做政治上的宣傳和商業上的經營，對社會無所指導，都不是健全的報紙；因此他說天津《大公報》就要走出中國報紙的一條新路。

因此商業性雖是一份報紙的基礎，但不能是報紙的全部。

五、理想報紙的樣子

張季鸞曾提出中國報紙的理想狀態：一面作商業的經營，一面也能為國家社會擔負起積極的「扶助匡導」的責任。而當時最好的報紙僅能反映社會一部分現象，還缺乏擔負扶助匡導的責任。他認為這樣的報紙是被動的，「社會白，則新聞報白，社會黑，則新聞報黑，社會呻吟，則新聞報呻吟，社會疲倦，則新聞報疲倦」，這樣被動的記錄，對一個處在混亂中新國家沒有什麼作用。因此報紙不僅要「客觀記載，愈求其詳」，更應該「主觀論斷，更期其勇」〔註 34〕；在組織用人方面，報館應多請專家，借鑒歐美日本大報的組織結構，發揮輿論主導的作用。最終做到像《倫敦泰晤士》報那樣，成為社會、國民的嚮導，報紙提倡的，國民亦提倡，報紙反對的，國民也反對，報紙成為國家進步可以依賴和借助的力量，這才是中國報業的理想。

這是辦報理念上的理想狀態。《申報》謝福生在慶祝申報誕生 50 週年的

〔註33〕淵泉，《吾報之使命》，《晨報》發刊 5 週年紀念，1923 年 12 月 1 日。
〔註34〕張季鸞，《新聞報三十年紀念祝詞》，《季鸞文存》第二冊附錄，1946 年 7 月第三版，大公報出版社，第 3 頁。

時候，曾提出過「完美的新聞紙」的業務標準，「報紙第一須公允，不以任務或機關爲標的，而以事實爲準衡，以事實對國家社會發生之影響爲準衡」。公允的基礎是脫離黨派、經濟獨立。第二「新聞豐富又不可少。我國新聞假借太多，是大缺點，尤有進者，本埠新聞依賴通信社甚多」，不僅毫無新意，且容易讓讀者產生報紙材料匱乏的感覺。因此必須改變，途徑如下，首先必須要訓練好的訪員，保證訪來的新聞「確實」、「完備」、「濃趣」。其次國內外的訪員必須審愼選擇，保證他們的訪問不是人云亦云，以訛傳訛，不草率。第三，採用通訊社的稿件要根據以大多數讀者興趣利益爲標準。如果有欠缺應由主筆編輯加以「按語」，「俾明眞相，且有更正之餘地」。第四，論說要精湛。第五、國外新聞要廣泛收集。第六，報紙不得於家庭風化有絲毫牴觸，故以純潔爲主。第七，廣告刊登應審愼。〔註 35〕以上七點將理想報紙的業務具體化，其實標準的提出從一個側面說明中國報業當時並沒有達到以上要求，離理想狀態還有一段距離。

第二節　對新聞的認知

一、新聞定義的專業化

　　「新聞」是什麼？很多人開始從學理的角度來探討新聞的本質，不再用描述性的語言來敘述新聞的樣子，諸如《申報》的「新聞則書今日之事」之類。徐寶璜是第一個對新聞下專業性定義的，「新聞者，乃多數閱者所注意之最近事實也」〔註 36〕。提出了新聞的本源「事實」，時效性「最近」，以及新聞「爲多數閱者所注意」的附加特徵。這一時期比較著名的還有邵飄萍對新聞的定義，「新聞者，最近時間內所發生，認識一切關係於社會人生的興味，實益之事物現象也。以關係者最多及認識時機最適，爲其報紙最高的價值之標準」〔註 37〕。任白濤對新聞的定義引用了美國新聞學教授德列亞氏的「以適當機敏之方法、寄興味於多數之人者，新聞也；而與最大多數讀者以最大興味者，最良之新聞也。」〔註 38〕這一定義也被潘公展所引用。因此從新聞

〔註35〕謝福生，《世界新聞事業》，《申報五十年》，1923 年，申報館。
〔註36〕徐寶璜，《新聞學綱要》，聯合書店，1930 年，第 13 頁。
〔註37〕潘公展，《新聞概說》，《新聞學名論集》，上海聯合書店 1930 年版，第 13 頁。
〔註38〕任白濤，《應用新聞學》，東亞圖書館 1927 年，第 28 頁。

的定義上看，中國新聞從業者已經開始從新聞的本原上來尋找新聞的內涵與外延。

新的定義中強調了以下幾點：一是最近發生的事實，二是引起多數讀者的興趣，三是要給予多數讀者以實益〔註39〕。基本上抓住了新聞的本質特徵，比較有深度和專業的特點。

二、新聞的價值判斷

新的新聞定義內涵將直接影響到新聞價值的判斷，產生新的價值標準。自清末梁啟超提出「博」、「速」、「確」、「直」、「正」作為新聞價值要素後，經過多年實踐，到這時，新聞工作者更多的開始強調時效性、貼近性、公正客觀等具有現代新聞價值的標準。

任白濤直接將新聞價值定位為三個字「新」、「速」、「確」，強調了新聞的新鮮性、時效性和真實性。陳冷也將新聞的價值確定為「一曰確，二曰速，三曰博」。〔註40〕徐寶璜曾將「正確」、「完全」、「迅速」、「豐富」作為新聞的幾個重要標準；所謂正確，就是不以訛傳訛，不以推測為事實，不顛倒事實；完全是指不作片面的宣傳，喪失事件的整個真相；而迅速，是指「新聞如鮮魚」，是易老品，因此貴乎迅速，新鮮才有價值；豐富，是新聞不可偏於一國一黨一類事件，應照顧各個方面〔註41〕。潘公展認為，一篇合乎理想的新聞應該有以下四種性質：「1、沒有入主出奴的偏見，精神實質兩方面全妥公平；2、完全用客觀的地位來敘述；3、使讀者感有良好的風味；4、須有創作力。」〔註42〕因此，迅速，公正、客觀，以及趣味性成為選擇新聞的基本價值標準。這些標準雖然在表達上有區別，但基本函蓋新鮮性、真實性和趣味性等現代新聞價值標準。

但邵飄萍在新聞的價值判斷上將「新」又賦予了新的意義：「刊登時間的

〔註39〕潘公展，《新聞概說》，《新聞學名論集》，上海聯合書店1930年版，第15、16頁。
〔註40〕雲間陳冷，《二十年來記者生涯之回顧》，《最近之五十年》，申報館，1923年。
〔註41〕徐寶璜，《新聞學概論》，《新聞學刊》全集，上海光新書局，1930年，第4、5頁。
〔註42〕潘公展，《新聞記者的觀點》，見黃天鵬編，《新聞學名論集》，上海聯合書店1930年，156頁。

恰當」，即時機要選擇適當，才能將新聞的社會作用發揮到最大，並指出如果時間恰當，那麼舊聞也可以變成新聞來使用，具有很強的可操作性；同時強調距離的遠近，近距離發生的事件比較容易成爲人們關注的新聞，人們都比較關心自己身邊發生的事情，即新聞的貼近性；「折中」——即新聞不可偏頗，如果僅刊登一方面的事情，如何能引起大家的注意——作爲新聞的價值的選擇。同時也指出減低新聞價值的幾個方面，如「廣告的意味太濃」，「攻擊人家的隱私」，「有傷風敗俗的新聞」、「殘忍的事情」，這些要素都可能降低新聞的價值，應避免〔註43〕。任白濤比較同意邵的看法，他也強調了減低新聞價值的幾個條件，「含詐欺性的廣告臭味者」，「涉及個人之隱私者」，「背乎善良之風俗者」〔註44〕。

　　對新聞客觀眞實的追求還體現在對當時新聞界流行的「有聞必錄」的批判。「有聞必錄」出現在清末中法在越南的戰事期間，由於交通閉塞，通訊不便，爲擴大新聞來源，因此採取「有聞必錄」的方式進行報導。該口號曾經爲擴大新聞報導面，以及對付新聞檢查等方面起過一定的積極作用。但到了民初，很多報館還打著該口號作爲新聞不實的擋箭牌，一些記者訪員「對於新聞材料，不求實際之眞相，以忠實態度取捨之，或受目前小利之誘惑，或以個人意氣泯沒其良知，視他人名譽爲無足重輕，逞其造謠之技，一旦被人指謫，則以『有聞必錄』自逃其責任」〔註45〕。因此在一些業內人士看來，「有聞必錄」就是中國記者沒有責任心的表示。邵飄萍在20年代爲北京大學和平民大學進行新聞課程的講解中，就「對於有聞必錄一語再三攻擊」，並告誡學生，「凡事必力求實際眞相，以『探究事實，不欺閱者』爲第一信條」〔註46〕。

　　從以上可以總結出，具有現代意義新聞價值的 5 大要素：時間性、接近性、顯著性、重要性、趣味性，在這個時期都被業界提出來。雖然在實踐上，報人們還有很長的路要走，但畢竟在認識已經提高不少。

三、保護新聞來源意識

　　值得一提的是，該時期個別記者已經意識到保護新聞來源的重要性，提

〔註43〕 邵飄萍《中國新聞學不發達之原因及其事業之要點》，見黃天鵬編，《新聞學名論集》，上海聯合書店 1930 年，62、63 頁。
〔註44〕 任白濤，《應用新聞學》，東亞圖書館 1927 年，第 36、37 頁。
〔註45〕 邵飄萍，《實際應用新聞學》，1923 年，京報館。第 3、4 頁。
〔註46〕 邵飄萍，《實際應用新聞學》，1923 年，京報館。第 4 頁。

出了「不發表約定」，大大提升了中國新聞職業道德的內涵。

　　保護新聞來源，是源自美國新聞界的一種做法，是新聞職業道德的高端要求。難能可貴的是這時中國報業已經有人意識到這個問題，他們認為，社會上的人將好新聞的線索告知報社或記者，是出於相信他們決不會泄露出去，因此報社才能時常收到社外人員的線索或陳述。因此「若不守此義，而以其來源告知社外之人或陳述於官廳，乃為最不道德之事」〔註47〕。而且這不僅是道德問題，更關乎報社的利害。邵飄萍在浙江辦《漢民日報》的時候，軍界常因為報紙上的攻擊性新聞而為難報館，要求他們將原稿和投稿人告知，但邵就答覆說，「凡某所辦之報，登出新聞，皆完全有某負責，有何錯誤，可向某交涉，至於原稿及訪員姓名，無論何時何地，照例向不示人，務希原諒」。後來他到北京辦《京報》，有一次報紙上刊登了一篇署名「右」的攻擊女高師學生蘇梅女士的文章，引起一大風潮，外間紛紛要求公佈作者真實姓名，說如此就與報紙無關，但《京報》一直保守秘密，雖然邵也認為該文章「惡劣文字」，深感歉意，甚至「自赴女師校，面向蘇梅女士道歉」〔註48〕，最終也沒有透露出「右」的真實身份。

　　不發表之約定，是新聞記者職業道德的重要內容。記者與採訪對象的談話中有重要信息的，有時不能馬上發表或必須等到適當的時候才能發表，如果和談話對象有約定，則必須遵守。比如邵飄萍曾與梁啟超約定，對於中國對德宣戰的日期在兩日內不得發表，和段祺瑞談話訪問後，段也必對他說，可斟酌發表，他都遵守諾言。因此他提出新聞記者必須懂得「嚴守秘密之必要，萬萬不可負約，否則即失下次談話之信用，且不合外交記者之道德」。〔註49〕他提出的不發表約定，是中國新聞業界第一次為保護新聞來源的嘗試。

四、對新聞商品性的理解與版權意識

　　戈公振在 20 年代末〔註50〕的時候提出了新聞所有權問題。當時「早報晚

〔註47〕　邵飄萍，《實際應用新聞學》，1923 年，京報館。第 18、19 頁。
〔註48〕　邵飄萍，《實際應用新聞學》，1923 年，京報館。第 19、20 頁。
〔註49〕　邵飄萍，《實際應用新聞學》，1923 年，京報館。第 20、21 頁。
〔註50〕　應是他在參加完國際聯盟報界專家大會後提出的，該會在 1927 年 8 月 24 日在日內瓦舉行，其中討論的一個重要問題，就是「新聞所有權」。見《新聞所有權法草案》，《新聞學名論集》，上海聯合書店，1930 年 267 頁。

報之互相抄襲，轉載同時出版他報上之電報，從無線電中竊聽新聞；關於文藝作品，則改頭換面翻印者，更司空見慣」〔註51〕，因此特別需要對新聞所有權有保護意識，爲此他將國際聯盟世界報界大會上起草的《新聞所有權法草案》翻譯過來，供大家參考。該法案支持報館對於未發表或正處於傳送階段的新聞以完全的保護，對於已發表的新聞消息享有暫時的權利。

以採訪和撰寫獨家報導著稱的邵飄萍，對此更有切身體會，他認爲不光新聞紙是商品，而且消息也是商品，因爲商品是「由勞力與資本換來的」，新聞也是「化資本費精神得到的；故新聞的消息亦成商品」。〔註52〕他認爲如果報紙上刊登了一則記者花工夫採集來的消息，別家報館要是偷載該報的消息，就像偷人家的商品一樣犯法。

但實際上這一問題在民國初年似乎只有他一人提出，因爲報紙上轉載新聞和消息的情況簡直太普遍了。甚至有的報紙除了報頭和論說不一樣外，其餘的內容完全一致。新聞商品性的提出，實際上提出了新聞消息的版權問題，而這一問題到今天還是爭論的熱點。

第三節　新聞倫理與新聞自由的認知

一、新聞記者應遵循的道德

中國傳統文化中，道德是極重要的構成部分，特別是在利益誘惑的環境中。新聞記者屬於文人的範疇，在社會上有一種評價是相當高的。民國初年環境複雜，對記者的要求整體上看是紙面上高而行動上低。

做記者雖然從社會上看其地位很高，很多人認爲記者是很尊貴的階級，是「無冕之王」，是「超社會的」，「社會的公人」〔註53〕。但實際上記者也只是一種職業，作爲一種職業，就必須要有自己的道德和良知。

例如以新聞採訪著稱的邵飄萍，在論及新聞記者的要素時，首先強調的

〔註51〕戈公振，《新聞所有權法草案》，《新聞學名論集》，上海聯合書店，1930 年 267頁。
〔註52〕邵飄萍，《中國新聞學不發達之原因及其事業之要點》，黃天鵬主編《新聞學名論集》，上海聯合書店，1930 年，41、42 頁。
〔註53〕張靜廬，《中國的新聞記者與新聞紙》，1930 年 7 月，光華書局印行，第 14頁。

就是記者「品性爲第一要素」。當時社會環境複雜，各種派別都希望利用記者爲自己服務，因此記者們在受到關注和重視的同時也伴隨著威脅和利誘。特別是那些有名氣的記者，常常與社會的上層交流，與重要人物周旋，在社會上又有地位、被人敬仰，因此「最易於墮落不自知而不及防」，「稍有不愼，一失足成千古恨」〔註 54〕。如此，記者的心性和道德水準成爲非常重要的防線。因此他提出，記者的「人格操守、俠義、勇敢、誠實、勤勉、忍耐及種種新聞記者應守之道德」是最重要的，甚至用中國名言來共勉「貧賤不能移、富貴不能淫、威武不能屈；泰山崩於前、麋鹿興於左而不亂」〔註 55〕。「倘若一個新聞記者而沒有高尚的德性，不能保全尊嚴的人格，被人利用做人傀儡，有的簡直想籍此而求陞官發財的捷徑，爲權勢所歆動，爲金錢所誘惑，結果必致顛倒黑白，混淆是非」〔註 56〕。

新聞記者的人格要獨立，看人要公平，還要耐得住寂寞和清苦，獨立的人格保證記者「不受社會惡風之薰染，不爲虛榮利祿所羈勒」，看人要公平，「記者心目中絕無階級之觀念」〔註 57〕；如果羨慕別人的豪華闊綽，則容易讓自己天良喪盡，墮入地獄。

這些高標準，在實踐中萬難達到，甚至提出者自己，也不免落到言行不一的尷尬境地。

二、對新聞自由的認識

新聞自由觀念來自西方。中新史專家德國的 Mittler 認爲，所謂西方的新聞自由傳統，在學理上比在實踐中更有光彩。也就是說，在理論上，西方社會建立起一整套新聞自由理論，但在實踐中新聞自由卻是有很多限制的因素，但「在中國人的意識裏，與理想化的傳統相匹配的是外國的新聞自由的『傳統』」。也就是說，中國人認爲西方的新聞自由是一種傳統，不論來自文化的或宗教的或法理意義上，總之有點先天優越的味道，並沒有意識到西方的新聞自由也是付出了血與生命的代價換來的。基於這樣的錯誤理解，中國的新聞從業者在要求這項權利的時候，更加理直氣壯。

〔註 54〕 邵飄萍，《實際應用新聞學》，1923 年，京報館，第 7 頁。
〔註 55〕 邵飄萍，《實際應用新聞學》，1923 年，京報館，第 7 頁。
〔註 56〕 張靜廬，《中國的新聞記者與新聞紙》，1930 年 7 月，光華書局印行，第 29 頁。
〔註 57〕 邵飄萍，《實際應用新聞學》，1923 年，京報館，第 7 頁。

　　實際情況也是如此，那時來自西方的新聞自由意識深入到從業者的內心，相對於報社獨立意識的缺位，新聞自由意識在這一時期報人群體中更爲突出。

　　首先，報紙高度關注自身的政治環境。在對七年的《申報》（1919 年到1926 年）翻閱中，筆者粗略統計到 417 篇有關新聞業自身的報導和部分廣告，其中涉及最多的是報刊受查禁的內容，約有 140 篇，涉及報刊約 43 家，其中北京地區的報紙最多，有 13 家，比較重要的有《晨報》、《益世報》、《國民公報》、《新社會報》、《遠東時報》；其次是報看報人被迫害的事件。如 1919 年 5月間，對天津《益世報》被封事件，前後重要的報導有五篇，《京師輿論界之厄運　益世報被封》、《王文璞質問益世報事件》、《益世報事件近聞》、《益世報案今已公開審判》《萬國報界公會抗議益世報被封》等；對 1920 年的《國民公報》案報導有 11 篇之多；對 1926 年的京報社長邵飄萍被害與林白水之死有20 多篇報導。

　　雖然這些報導中絕少有來自業界的評論和反映，僅有 3 篇左右報導有關北京或其他報業組織進行抗議、請求之類的消息。在評論上對該類事件的「失語」，顯示出當時報業的慎重態度，但在新聞中，我們卻常常能讀到一些激烈的批評。如《再紀新社會報被封原因》中指出，「北京新社會報，以直言爲政府所忌，九日被警廳勒令停版，……新社會報爲林白水等所創辦，向以不畏強權者著稱，以是爲政府所忌，恒欲中傷之，頻險不止一次」〔註 58〕。1919年北京《國民公報》被封，記者孫幾伊被拘捕，北京各界聯合會電告上海各界，「國人當已聞知，查該報平日主持公論，不遺餘力，對內政外交之批評，一以民意爲指歸，誠國人之引導輿論界之明星，乃攖政府所忌，橫加誣罔，謂其違背出版法，而出此嚴厲之手段，夫言論出版自由載在約法，出版律之產出乃袁氏鉗制人民之伎倆，今政府動輒援用，近更變本加厲，宣佈一種所謂印刷法規者無非摧殘輿論束縛人民，長此以往或將有腹誹者死，偶語棄市之一日，共和國家不幸有此怪現象，吾人不欲得眞正之自由斯已矣。」〔註 59〕嚴厲斥責政府對言論出版自由的踐踏。

　　其次，報紙在爭取新聞自由方面不遺餘力。自袁世凱死後，報業爭取新聞自由的努力就沒有停止過。1916 年 6 月 20 日，上海日報公會電請交通部

〔註 58〕《申報》1922 年 2 月 15 日。
〔註 59〕《申報》1919 年 11 月 7 日。

將袁世凱政府停止郵遞的各報紙弛禁，得到同意。同年 9 月，重慶報界俱進
會向當地主管機關呈請，批准因反對帝制的重慶三家報紙《新中華》、《國民
報》、《正論日報》復刊，也得同意。10 月，長沙當局解禁了因批評省議員而
被禁止到議會旁聽的長沙《大公報》的禁令。1918 年 6 月 25 日，廣東報業
全體同業，在報界公會為前一天被該省督軍槍殺的《民主報》主筆陳耿夫，
舉行集會，抗議當局摧殘輿論，妄殺無辜，並作出決議，報界全體 26 日停
報一天，以誌悼念；請援國會和省會，要求伸冤；嗣後關於督軍署文件，概
不刊登；通電中外報界全體，討論維持辦法。

　　1921 年 1 月，全國報界聯合會在北京召開第三屆大會。新舊報館在會前
籌備會上發生內訌。這場被人恥笑的鬧劇實際上反映了中國報業從傳統到現
代蛻變過程中的艱難與複雜，折射出當時報人整體素質的低下。但就是這樣
的環境和背景下，6 月，在中華全國報界聯合會第三屆大會上，仍決定用聯
會名義致函國務院和通告全國同業，宣佈 1914 年袁世凱執政時期和 1919 年
頒行的兩項法律及兩個條例無效。「窺維言論、出版自由、集會自由載在《約
法》，民國三年所頒行之《出版法》、《治安警察法》、《預戒條例》及民國八
年所頒行之《管理印刷業條例》等，對於言論、出版、集會種種自由加以限
制，顯與《約法》衝突。徵之法理，命令與法律相牴觸，則命令無效；法律
與憲法相牴觸，則法律無效。⋯⋯然自此等諸法頒行以後，言論，出版，集
會種種方面居然受其制裁，且因此而罹禍災者不知其凡幾。此真吾國特有之
例，無疆之羞，本會認此為切身之害。僉謂在《約法》範圍內，該《出版法》
等，當然無效，共同議決以後，關於言論、出版、集會等等絕不受其束縛。」
〔註60〕這樣說理透徹、擲地有聲的聲明，能通過剛剛發生內訌的報人群體發
出，更說明了大家在這一問題上的高度一致。

第四節　新聞團體的發展

　　上海報界最早意識到報業聯合的重要性，於 1905 年 3 月 13 日由《時報》
發表文章，首倡組建報業同業組織〔註61〕，中國最早的報業同業組織是 1906
年 7 月 1 日成立的天津報館俱樂部。不過，1909 年成立的上海日報公會，因

〔註60〕《中華全國報界聯合會致國務院函》（1921 年 6 月），彭明主編《中國現代史
　　　　資料選輯》第一冊，中國人民大學出版社，1987 年北京，第 526 頁。
〔註61〕趙建國，《近代中國報業同業組織發軔辨析》，《新聞界》2006 年第 3 期。

其會章相對完善，組織更爲健全〔註 62〕，長期以來被視爲中國最早的新聞團體；近代中國第一個全國性的報業組織——中國報界俱進會由上海日報公會發起組成。北京地區的新聞團體最早的是 1908 年的北京報界公會。這些中國新聞團體的先驅在清末時期爲維護新聞自由、抵制言論壓制等，做了很大的努力。

到民國初年，特別是北京政府時期，新聞團體已經有了較大的進步。當時的新聞團體可以分爲專業團體，學術團體和行業團體。

一、專業團體

專業團體，就是以新聞記者爲主體，以報刊報導等新聞專業領域爲活動內容的團體。這是當時新聞團體中的大類。當時比較著名的新聞團體分國際性，全國性和地方性兩類。

1、國際性團體

以對外交流爲目的新聞團體。當時在中國出版的外文報紙很多，各國在中國的記者和通訊員也數量眾多，爲了加強和國際間新聞組織的聯繫，各報業團體成立了各種名目的國際性新聞記者組織，比較著名的有：

北京中日記者俱樂部　1912 年 11 月 26 日在北京成立，以「謀求會員相互之親睦，並研究時事問題」爲宗旨，該會成立後多次組織中日記者間的「懇親會」，密切交流與聯繫。中日兩國記者所組建的新聞團體政治色彩頗爲濃厚，如中日記者俱樂部「專係研究時事問題，且敦睦中日邦交」，「承認中華民國決議案」爲其成立大會的最終議案。中日政要多次出席記者俱樂部的會議，以表重視。1914 年 1 月 16 日，北京中日記者俱樂部在六國飯店召開懇親會，總統府秘書長梁士詒、日本駐華公使山座圓次郎、中國駐日大使陸潤生等親臨會場。東三省中日記者大會也極爲關注中日邦交，三次會議均以「中日提攜之必要」爲演說主題和關注中心，體現出鮮明的政治訴求。《中日記者大會決議文》則將改善中日關係作爲會議主旨：「本記者大會爲維持東亞和平計，以疏通旅居中日國民意思，以便使國際關係益致親善一事爲當務之急，將來務須互相提攜，藉以鼓吹此項宗旨。」時論也一度將東三省中日記者大

〔註 62〕 到目前爲止，該協會成立的日期依舊在探討中，比較流行的說法是根據戈公振《中國報學史》中記載，1909 年 3、4 月間。另本章節中部分上海團體的資料參考了上海地方志，特此感謝。

會視爲國民外交的典型範例。〔註63〕

類似的機構還有 1913 年 1 月 19 日成立的東三省中日記者大會,以及 1918 年 6 月 23 日,《巴黎時報》駐京記者蒂博斯發起中法新聞記者聯合會〔註64〕,和不久後成立的北京中外記者聯合會〔註65〕。

萬國報界俱樂部 1919 年 2 月 15 日大會,60 餘名中外新聞記者出席,辛博森、佛亞福、奇意魯司華、利慈奇、楢崎桂園、長谷川賢、永持、渡邊哲信等外國記者還積極參與職員選舉。他們將促進中外報界同人聯絡感情,交換知識與意見,共圖報業發展作爲自己義不容辭的責任〔註 66〕。成立大會引來一片喝彩,不僅中外記者爲之叫好,政要及社會名流亦多爲讚賞。王揖唐說:「貴會聯中外爲一家,在北京爲創格,從此解除國際間誤會,發揮公道與正誼,無任慶祝。」〔註67〕前司法總長林長民評論道:「早應有此項組織,目下居然成立,實爲至可欣幸之事。」〔註68〕

爲加強與會外報館的聯繫,萬國報界俱樂部函詢北京及各省、各國報館,請其贈報,以創辦閱報室,供會員瀏覽,至 1920 年 3 月,俱樂部閱覽室已有各類雜誌、報紙 100 餘種。會員數目也不斷增加,有 76 人相繼入會。該會還注重聯絡中外政要及社會名流,擴大報界影響,1919 年 3 月 25 日,萬國報界俱樂部誠邀美國、葡萄牙駐華公使及英、法公使代表、中國國務院代表唐在常等 100 餘人出席俱樂部的會議;美國資本家阿勃德、美國飛行家歐勃德來華之際,俱樂部特地開會歡迎,以資聯絡。此外,該組織積極維護言論自由權,1919 年 5 月,北京《益世報》因轉載山東第五師軍人關於外交問題的通電被封,主筆潘蘊巢、印刷人李希方、發行人曹範玉被判監禁。萬國報界俱樂部上呈總統與國務院,要求釋放上述同仁,允許《益世報》重新出版,對政府襲用前清舊法摧殘報紙提出嚴厲批評:「中國既爲共和政體,應實行自由法律,如此箝制報紙,實與進步思想不符。」並提出四項建議,以保護報紙言論自由。〔註69〕

〔註63〕 趙建國,《民國初期記者群體的對外交往》,《江漢論壇》,2006 年第 8 期。
〔註64〕 《紀北京中法新聞記者聯合大會》,《申報》1918 年 6 月 25 日。
〔註65〕 《北京中外記者之盛會》,《申報》1919 年 1 月 22 日。
〔註66〕 《萬國記者俱樂部》,《盛京時報》,1919 年 2 月 19 日。
〔註67〕 《北京電》,《申報》1919 年 3 月 26 日。
〔註68〕 《萬國新聞俱樂部茶會紀》,《申報》1919 年 3 月 28 日。
〔註69〕 《北京報界之兩呈文》,(上海)《民國日報》1919 年 7 月 4 日。

　　然而好景不常，萬國報界俱樂部後與安福系相互勾結，以致聲名狼藉。外國記者多深惡痛絕，為愛惜名譽計，與之脫離關係。擔任俱樂部職員的數名美國記者，尤為不滿，憤而辭職，不再參與會務。1920 年 10 月 19 日，副會長辛博森召集會議，討論改組事宜，僅有中、日、英 3 國的 20 餘名記者到會。迫於無奈，萬國報界俱樂部決議拒收政府和政黨津貼，按照西方報界俱樂部的辦法，改組為中外記者私人聚集的聯歡場所。不過，此番改組未能徹底扭轉其頹勢，萬國報界俱樂部為少人操縱的狀態依然如故。1921 年 1 月，在部分中國記者的操縱下，俱樂部摒除外國記者，私下討論章程修改與新成員入會問題，嚴重違背會章；並擬聽取《大中華報》葉一舟的提議，惡意攻擊新聞編譯社與遠東通信社，拒用兩社稿件。〔註 70〕此事充分顯示，萬國報界俱樂部完全淪為部分人排除異己的工具，原有的宗旨被拋至九霄雲外。該組織後來無形中輟，實屬意料之中。

2、全國性團體

　　全國報界聯合會是在上海成立的全國性新聞職業團體。1919 年 2 月，南北和議在上海舉行會議，全國各地報館（北京 15 家、上海 13 家、廣州 9 家、南京 7 家、漢口 7 家，以及天津、浙江、福建、四川、貴州、雲南、湖南、安徽和海外華文報館共 83 家）派記者來上海採訪，會議期間由廣州《七十二商行報》、《民國新聞》等發起並委託上海日報公會籌備成立報界聯合會，4 月 15 日召開成立大會，推舉上海《民國日報》創辦人葉楚傖為主席，制定會章，通過「維護言論自由案」、「拒登日商廣告案」等 14 項決議。1920 年 4 月 8 日，該會代表中國新聞界，對俄國勞農政府 3 月致中國國民及南北政府的宣言（筆者注：《宣言》提出廢除前沙皇政府與中國簽定的一切不平等條約，歸還中東鐵路，放棄庚子賠款等建議），發表覆電，表示對蘇俄新政權的友好〔註 71〕。1920 年 5 月在廣州召開第二次代表大會，通過了 10 多項重要決議，如「表揚報界先烈案」、「力爭青島案」、「勸告勿登有惡影響於社會之廣告與新聞案」、「拒登日商廣告案」、「派員考察勞農政府內情案」、「籌設新聞大學案」、「加入國際新聞協會案」、「組織國際通信社案」等，有的付諸實行，有的沒有實踐，但表達了中國報業的進取精神。1921 年 5 月，該會北京舉行第三次代表大會，部分會員報館分成兩派，各自開會，互相攻訐，使得廣大會員無所適

〔註70〕《萬國新聞記者俱樂部開會昨訊》，《晨報》1920 年 10 月 20 日。
〔註71〕《全國報界聯合會對俄通牒之表示》，《申報》1920 年 4 月 9 日。

從，該會遂停止活動。

3、地方性的新聞團體，多出現在新聞業比較發達的城市，如上海，北京，廣州等。

上海日報公會﹝註72﹞正式成立於清宣統元年閏二月初七（1909年3月28日）。公會成立不久，4月22日上海租界發生印度巡捕強姦中國婦女事件，同盟會會員于右任創辦的《神州日報》用大號字體進行連續報導，強烈要求懲治罪犯，維護民族尊嚴。租界當局以《神州日報》「妨礙治安，擾亂人心」的罪名，傳訊《神州日報》當時負責人汪彭年，日報公會為之聲援，維護新聞單位的合法權益，對帝國主義進行了針鋒相對的鬥爭。1916年6月20日，該會電請交通部將袁世凱政府停止郵遞的各報紙弛禁。1928年，日報公會為爭取新聞傳遞的方便，以上海各報館名義致書國民政府交通部，針對當時郵電局對新聞傳遞的種種限制，提出了「統一郵資，加速新聞傳遞，准用長途電話傳遞新聞」等改進意見，在全國新聞、文化界的支持下，迫使交通部頒發了《便利新聞事業使用郵電法》。1931年，《時事新報》、《民國日報》等報刊登《新軍閥內戰》等文章，得罪蔣介石、遭到郵禁，該會通電表示抗議。同年12年20日，宋慶齡在上海發表聲明，痛斥蔣介石暗殺國民黨元老鄧演達，當時日報公會會長史量才召集會議，表示贊同，結果上海除《民國日報》外，其他各報都全文登載了宋慶齡的聲明。

該會與國內外交往頻繁。1921年10日10日，英文《大陸報》的許建屏代表日報公會出席在檀香山召開的第二次世界報業大會。1929年5月，日報公會組織東北考察團，考察日本侵略中國東北情景，同時編寫《上海之報界》一書，由中華書局出版，以廣宣傳。1933年9月，戈公振受日報公會委託，出席在日內瓦召開的討論日本侵略中國問題新聞特別大會，同年11月，戈公振又受日報公會委託，出席由國聯在馬德里召開的第二屆國際新聞專家會議，會後還赴法、德、意、奧和捷、蘇等國考察新聞事業。翌年，日本政府為拉攏上海新聞界，提出組織「中華報界東遊團」訪日，日報公會發表嚴正聲明，表示拒絕。

1937年8月13日，日本帝國主義侵佔上海，採取利誘、威脅等手段，分化該會會員單位。《時事新報》、《民報》、《中華日報》等先後停刊，繼續出版

﹝註72﹞以下部分上海地區的記者團體，如上海記者聯合會、上海日報記者公會、上海通訊社記者公會、上海報學社等根據上海地方志中有關內容整理而成。

者僅存《新聞報》和《時報》兩家。至此，存在近 28 年的上海日報公會終於停止活動。

上海新聞記者聯歡會　成立於 1921 年 11 月 9 日，發起人有戈公振、曹谷冰、潘公展等 20 餘人。章程表明該會以「聯絡感情，研究學術」為宗旨，後改為「以研究新聞學識，增進德智體群四育為宗旨」1931 年第四次大會時再改為「發展新聞事業，增進輿論權威，擁護國民利益，保障新聞記者生活」；設立司庫二人，人選由會員抽籤決定。1925 年 2 月，該會出版戈公振編譯、美國開樂凱著的《新聞學撮要》一書。出版會刊《記者周刊》，由戈公振、李子寬、周孝庵三人編輯。

新聞記者聯歡會十分重視維護報人合法利益，1931 年 10 月支持《時事新報》記者、工人為自己爭取權益的鬥爭。該會還重視國際交往，曾熱情接待美、德、英、泰以及日本等國新聞代表團。1932 年 6 月 24 日，該會與上海日報記者公會、上海通訊社記者公會合併，成立上海新聞記者公會。

上海日報記者公會　成立於 1927 年 3 月 13 日，會章確定該會以「鞏固同人之團結，共謀本身之福利，保障職業之自由與安全，促進報業之進步」為宗旨。推選潘公展、潘公弼、嚴獨鶴、胡仲持、吳樹人等 15 人為執行委員，潘公展、潘公弼、吳樹人 3 人為常務委員，輪流主持公會活動。1932 年 6 月 24 日，上海日報記者公會和上海通訊社記者公會、上海新聞記者聯歡會合併，另成立上海新聞記者公會，該會停止活動。

上海通訊社記者公會成立於 1927 年 3 月 22 日，會章規定該會以「聯絡感情，改善新聞事業，增進記者地位，力謀記者福利」為宗旨。推選潘竟民、陳冰伯、李次山等 7 人為執行委員，謝介子、徐烺亭、湯德民 3 人為監察委員。由於通訊社記者公會和上海日報記者公會的宗旨及上海新聞記者聯歡會基本相同，而且部分成員也是記者聯歡會會員，很多活動都一起舉辦，因此上海日報記者公會和上海通訊社記者公會以及上海新聞記者聯歡會商定，合併成一個統一的團體——上海新聞記者公會。原先各新聞團體於 1932 年 6 月 24 日起宣佈，停止活動。

北京言論自由期成會　1922 年 10 月 27 日成立，新聞記者、作家 140 餘人出席。公推大同通訊社林天木為主席，推定林天木、胡適、李大釗、梁啟超等 60 人為評議員。大會宗旨為，「向國會請援，廢止出版法，亦別定保護

言論自由條例，實現言論自由」〔註73〕。經費由會員負擔，達到目的即自行解散。

另外，我們從報紙的報導中還看到如下的新聞專業團體的名稱，上海《經濟日報》發起的同志俱樂部、廣東省報界公會、北京報界聯合會、北京新聞記者公會、鎮江新聞記者公會；哈爾濱中國記者聯歡會，1923 年 12 月 17 日成立，以及 1926 年 6 月 1 日取而代之的哈爾濱報界公會；武漢「新聞記者俱樂部」，在 1916 年夏成立，推馬韻鸞為部長，程稚侯、李敬侯為副部長。成都新聞記者聯合會在 1926 年 10 月 31 日成立，並於 1927 年 5 月 8 日改名為成都新聞記者協會。長沙新聞記者聯合會在 1926 年 12 月 10 成立，提出促進新聞事業進步，並積極發起籌辦成立全省新聞記者聯合會。湖南新聞記者代表大會 1927 年 3 月在長沙舉行，到各縣代表 40 多人，並提出了 4 項決議〔註74〕。

二、學術團體

學術團體是以新聞理論和學術研究或研討為主要內容的團體。比較重要的有：

北京大學新聞學研究會　中國最早的新聞學術性團體，1918 年 10 月 14 日在北京大學成立，出版了我國第一個新聞學業務刊物《新聞周刊》（僅三期，是我國首先採用橫排的報刊，）該學會同樣是我國新聞教育的開端，招收半年和一年期的學員進行培訓，延請徐寶璜、邵飄萍為導師，二人的講義均成為中國新聞學的重要著作。其中徐的講義《新聞學大意》，後改名《新聞學》，於 1919 年 12 月以北大出版部新聞學研究會名義出版，是我國第一本新聞學著作。邵飄萍的《實際新聞學》也成為中國最早的新聞業務方面的專著。

北京大學新聞記者同志會　1922 年 2 月 12 日成立。該會由北京大學部分從事新聞業的師生組成，宗旨是研究學識、促進新聞事業。大會邀請徐寶璜、胡適、李大釗 3 位教授發言，他們認為這類新聞職業團體一方面可以增進友誼，提高學識，同時又應關注社會、政治問題，提高記者人格，盡為國民宣傳的責任。

上海報學社　1925 年 11 月 29 日由戈公振發起組織，上海南方大學報學

〔註73〕北京《晨報》，1922 年 12 月 31 日。
〔註74〕王文彬編著，《中國現代報史資料彙輯》，重慶出版社，1996 年，887 頁。

系、國民大學報學系、大夏大學報學系以及光華大學報學繫聯合創辦。宗旨是：「內則提倡讀書，外則參觀報館」。執行委員有戈公振、黃養愚、周尚等15人。

1929 年 5 月 1 日，該社出版會刊《言論自由》，擴大會務範圍，提出上海報學社以「研究報學，發展報業」爲宗旨，「凡在報界或大學選讀報學，及與報學有興趣者……得爲本社會員」。入社的記者有杜紹文、金雄白、葛豫夫、程滄波、毛壯侯、成舍我等人。會員發展迅速，遍及浙江、江蘇、北平（今北京）、廣東、遼寧、湖南、江西、山東、四川等省市，並先後在浙江、南京、遼寧等地籌備成立分會。1931 年，上海報學社改名爲中國報學社上海分社。1935 年 12 月戈公振逝世後，該社主持乏人，停止活動。

密梭里大學新聞學院同學會上海分會　是由留學美國密蘇里大學新聞學院的畢業學生組成的學會，成立於 1926 年 6 月 11 日，時有中西同學十人彙集於上海功德林成立。主要有《密勒氏評論報》的鮑惠爾，《紐約時報》駐華通信員密勒，《申報》協理汪英賓，前日本《商務報》職員麥克永，聖約翰大學報學系主任武道，《字林西報》職員費爾東，《密勒氏評論報》職員恩勃拉脫，《字林西報》婦女版編輯威爾遜女士，上海女青年會公佈部及婦女雜誌編輯張繼英女士，英美煙草公司公司電影部公佈工作的鮑惠爾女士。汪英賓爲會長，威爾遜女士爲司庫和書記。

復旦大學新聞學會　1929 年 9 月復旦大學新聞系學生馬思途倡議成立。它是中國高等院校中成立的第一個全校性新聞學術研究團體。除在校新聞系學生爲當然會員外，已畢業的新聞系學生亦可加入，成爲名譽會員；其他系科愛好新聞工作的大學生，經兩名會員介紹、并經學會幹事會同意，可爲特別會員。這個學會以學生爲主體，由學會出面，聘請新聞系主任與教授爲指導員或顧問，應聘者中有戈公振、陳布雷、周孝庵、潘公展、馮列山、黃天鵬、楊炳勳等人。

1937 年抗日戰爭爆發前，該會主要活動有三方面：（1）創辦復旦大學印刷所。（2）創辦新聞學刊。（3）舉辦首屆世界報紙展覽會。1934 年爲慶祝復旦大學建校 30 週年，復旦新聞學會舉辦「首屆世界報紙展覽會」，經過一年時間徵集展品，展覽會於 1935 年 10 月 7 日開幕，參觀者達 1 萬人（次），被譽爲「中國新聞史上的創舉」。這次展出的報紙共有 2000 多種（本國報紙 1500 餘種，外國報紙 500 餘種），來自 33 個國家。展覽會至 10 月 14 日結束。

三、行業團體

行業主要是指印刷，發行，製版等與新聞密切相關的非記者性的行業團體，比較著名的有：

上海印刷工會　是上海最早的新聞工人團體。1921 年 3 月 6 日由三個印刷工人組織合併而成上海印刷工會。會員 1300 餘人，以「加強印刷出版工人團結，提高生活待遇」爲宗旨，並出版會刊《友世畫報》,「提高生活，改造世界。」中國共產黨成立後，在中國勞動組合書記部幫助下，於 1922 年元旦正式成立上海印刷工會，參加該會的成員有各報館印刷廠、書局等 20 多個單位的排字、印刷工人，積極參加了大革命和反對帝國主義侵略的愛國活動。1925 年上海總工會成立，據當時總工會組織科統計，上海有上海印刷工人聯合會、上海印刷工人聯合總會、上海印刷公司工會、華商印刷工人聯合會、上海印刷總工會等各類印刷工會組織六、七個。1927 年 3 月，上海第三次工人武裝起義勝利後，根據工會組織章程，原先分散的基層工會，合併爲印刷總工會，在共產黨領導下開展工作。1949 年 10 月 23 日更名爲中國新聞出版印刷工會上海市委員會。

上海照相製版公會　上海照相製版業同人成立的同人團體。1919 您 8 月成立，由商務印書館製版部同人發起成立，會所在白克路登賢里內容鎭 457 號半，有百餘人參加了成立大會，大會選定正會長唐鏡元、副會長郁仲華、書記麋文溶、廖恩壽，以及會計、幹事等數人。議定每月開職員會一次，交誼會一次等。

上海報界工會　早年上海各報館工人組織的群眾團體，成立於 1926 年 12 月〔註75〕，參加成立會的有各報館工人代表 160 餘人。1927 年四一二反革命叛變後，該會以「維護報館工人合法權利，爲工人謀取福利」爲該會宗旨。8 月，創辦上海報界工會義務小學；同年又創辦《上海報界工會》會刊，以報館工人爲主要讀者對象，初爲半月刊，後改周刊。

1931 年，該會已發展會員 1000 餘人，社會影響日益擴大。1932 年 4 月，上海時事新報館發生勞資糾紛，上海報界工會號召舉行總罷工，在報界工會的堅決鬥爭和社會輿論強大壓力下，時事新報館館方不得不承認錯誤。1931 年九一八事變發生後，上海報界工會和上海日報公會、上海新聞記者聯歡會

〔註75〕《中國新聞事業編年史》稱該工會在 1927 年 5 月 27 日召開改組成立大會。

等新聞團體，聯合發出通電，抗議日本帝國主義侵略中國的罪惡行徑，報界工會還三次發表宣言，呼籲全國同胞行動起來進行鬥爭。並向全國民眾提出11條抗日救國主張，對國民黨政府的不抵抗政策，作了揭露和批評。

上海派報業工會　上海派報業最有歷史的派報組織。清末就誕生，名爲「捷音公所」。抗日戰爭前，上海成立的派報工會，成員都是遞送報紙的工人，人員眾多，頗有聲勢。由於該組織帶有封建世襲、行業壟斷性質，在漫長的歲月中，組織內部有較大分化。抗日戰爭勝利後 1947 年 4 月才正式恢復成立，但聲勢已不如當年。

由於上海的派報業帶有封建世襲性質，不參加該會的工人，不允許在派報業工會成員割據的地盤進行遞送報活動。派報業工會的主要骨幹都是中間商，與各區報販分成，而各區報販又利用報館遞報的折扣謀生。他們中的一些人曾在上海報業佔據重要地位，掌控報紙發行，在報界地位重要。

團體的發展顯示了一個行業的整體實力，新聞團體在北洋政府時期的繁榮一方面體現了新聞業在這個時期的進步，另一方面也是社會整體環境比較寬鬆的體現。社團和行會在北洋政府統治時期，並不是一個簡單的聯誼機構，它們在各自的地區和領域，對制定行業規範，維護行業秩序，提升行業水準都起到一定的作用。

結　語

　　北洋政府統治時期的新聞業，是民國新聞史上成長迅速、最具變化的時期。如果把近現代中國新聞史看作是一個人的成長過程的話，那麼清末時期就是中西媒體結合孕育和懵懂的嬰兒期，民國初年就是他的少年期，1928 年以後南京國民政府時期爲青壯年期。正像一個人的成長一樣，少年期是人的個性品質、價值觀、世界觀開始成形的時期，也是內心和外表言行最富變化的時期，一切都在成長中，一切都在變化中，一切都在定型中。雖然還不完全成熟，但活力十足，富有想像，他可能充滿矛盾，有些反叛，與周圍環境時常對抗和衝突，以便能夠找尋到自己在社會上的位置和地位，探索自己對社會和歷史的使命，努力掌握自我的命運，是回溯尋找一個成熟個體個性品質養成的最關鍵時期，很讓人引發哲學上的思考。

　　的確民國期間，中國新聞業最發達的時期是 1928 年到 1938 年之間，但中國新聞變遷更新幅度最大、環境最自由的時期卻是在 1916 年到 1925 年之間，1926 年到 1928 年是這個時期的尾音。這種進步不僅表現在政治上，更多表現在自身發展上；自由不僅表現在由於中央政府的軟弱而「賜予」的發展條件上，更多地體現在內在思想和言論行爲上。

　　在自身的發展方面，各種媒體派別已經各成體系，門戶分立。官方報紙、商業報紙、政黨報紙、宗教報紙分別有比較嚴格的定位和運作體系。他們在各自的領域越來越具有專業特點。不再像清末時期的報刊，功能以政論救國爲主，定位大而全、比較綜合全面。電子媒體開始出現，雖然在新聞傳播方面還沒有發揮其優勢和潛力，但已經成爲一顆冉冉升起的媒體新星；通訊社方面，國內媒體普遍利用外國通訊社的稿件，被業界認可和普遍利用的比較

成功的國內通訊社開始出現，並呈現出良好的發展勢頭；甚至不太成熟的國際通訊社也出現了。

在自身運作方面，不平衡的特點比較突出。媒體在物質技術、組織機構、經營管理、業務領域，精神思想等幾個方面不斷地武裝自己，但各種要素前進的步伐不太協調。普遍看，在物質技術的發展和經營管理上，受外界條件制約較大，特別是發行上，受當時行業傳統限制，報販對此牽制較大。在組織結構和人員安排上看，現代報業的特徵比較明顯，新聞業務和經營分開，建立起符合現代新聞業的細緻合理分工體系，雖然在採訪等個別環節和細節上依然有缺位現象，但已經引起業界的足夠重視，在下一個十年得到很好的解決。在業務領域，新聞標題取代社評，成爲報紙最具吸引力的內容，新聞在數量上顯著增加，促進了「厚報」的出現；時評取代論說，凸顯時代價值。相對於新聞和時評的進步，採訪和版面編排方面還是進步不大。因此從內部運作上，這個時期的新聞業正處於探索的階段，還有很多不確定和需要改進的地方。

更爲重要的是在思想領域。可以說，沒有一個時期的媒體像這個時期一樣深刻的審視自身，他們開始認識自我，對自己應負的社會功能和歷史使命有了更加客觀、理性和冷靜的認識。他們知道自己能做什麼，更重要的是他們知道自己不能作什麼，他們不再把過分的重擔壓在自己身上，曾經「監督政府」、「嚮導國民」的理想已經具化到報導眞確新聞，發表公正評論；雖然他們還不能完全獨立，但獨立和自由是他們的理想和努力的方向。在經濟不太獨立的情況下，他們盡可能的嘗試如何自由的表達意見，在這種努力中，甚至身陷囹圄，犧牲生命。他們的嘗試也有無奈的失敗（如，發表錯誤的論說，虛假新聞等）、令人後悔的錯誤（接收津貼，替人說話，口是心非，內心彷徨），以及不得不作的妥協（與政界，與軍界，與文化界等等）……但重要的是他們在努力嘗試，一種偉大的爲後人發展鋪路的嘗試。

因此北洋政府統治時期的中國新聞業，從外部形態到內部運作都是非常活躍和積極的，是中國新聞業在吸收了西方新聞思想、整合中國傳統文化後，開始進入到自主發展的時期，是中國民國新聞史上更新幅度最大的時期。

附　錄

1、北洋政府內務部登記報館、雜誌社、通訊社創立記錄〔註1〕

北京地區報刊註冊統計表（1912 年 5 月～1928 年 5 月）

名　稱	體　例	發行時間	經理人	編輯人	發行人	印刷人	發行所	印刷所	立案時間
新華日報	文話日報	51		吳敏（兼）	吳敏	崔雲	山西街	西門印字館	元年五月二十一日
中央新聞	文言日報			鄭多心	史介民	華興	五道廟	北官園益森公司	元年五月
亞細亞日報	文話日報	元年三月五日		丁偉公	薛便民	馮唐	李鐵拐斜街	同益印刷局	元年三月二十七日
商務報				劉靜錫	左炎	龍海學	前門外草廠十條	北官園益森公司	元年四月二十一日
共和實進淺說報	白話日報			張仲玉	張國安	王翰卿	香爐營五條	香爐營五條	元年四月二十一日
民意報	文話日報		張烜	張烜（兼）			西草廠胡同		元年四月二十九日
群強報	白話日報			兆維新（兼）	兆維新	任自由	鐵老鸛廟	騾馬市大街	元年五月二十六日
新中華報	文話日報			謝辰	劉定國	徐世達	魏染胡同	魏染胡同	元年五月二十日
民國報				孫炳文	張瑞階	吳竹清	順治門大街	順治門大街	元年五月二十三日
女學日報	小報，每日發行			方道南	李蕚	陳子才	鎮江胡同十一號	鎮江胡同十一號	元年三月二十九日

〔註1〕　本附錄摘自中國第二歷史檔案館編，《中華民國史檔案資料彙編》，第五輯，第三編，文化，南京江蘇古籍出版社，1997 年，第 327～379 頁。

中華日報	白話日報			王瑞聯	王瑞聯	馮貴堂	南柳巷永興寺南隔壁	愛國報館代印	元年四月五日
北京日日新聞	文話日報			金會章（兼）	金會章	葉其茂	米市胡同	京華印刷局	元年四月十八日立案
新紀元報①〔註2〕			元年六月十五日	金會章（兼）	金會章	葉其茂	米市胡同	京華印刷局	元年六月二十三日立案
白話共和畫報	圖畫日報			石萬鍾（兼）	石萬鍾	王寬	琉璃廠觀音閣	同前	元年四月二十三日
燕京時報	白話日報			帥公兗	劉美修	葉影	處坊橋白依庵	京華印報處	元年四月十一日
通報	文話日報		朱通孺	朱啓明	劉星海	葉志芳	鐵老鸛廟	八百琉璃井	元年三月三十一日
太平日報	文話日報		馮杏村	李仲池	馮杏村	郝寬臣	保安寺街	協通印刷局	元年三月二十二日
新民白話報〔註3〕			馮杏村	李仲池	馮杏村	郝寬臣	保安寺街	協通印刷局	元年七月五日
扶群日報	白話日報		劉衍星	劉衍星（兼）	劉衍星	魏存德	琉璃廠西門	同前	元年五月二十四日
民鐸報	白話日報			陳少諒	謝芹甫	陳四明	西草廠胡同	順天時報館代印	元年五月十一日
北方白話報	（小報）			楊大洪（兼）	楊大洪	杜松茂	鮮魚巷	北京日報館代印	元年四月十九日
富國報	白話日報			張哨西	孟大同	寺島榮之助	西河沿余家胡同	順天時報館代印	元年五月十二日
北京共和日報	文言日報（附出白話日報）			彭佛公	王仲章	趙藹亭	南柳巷	順天時報館代印	元年五月十一日
北京商報	白話日報			歐清順	歐清順	馮雲和	騾馬市大街	同益印書局	元年四月八日
共和報	文話日報			趙士斌	劉旭東	牟相沿	米市胡同	豐源印書局	元年三月十四日
實業啓民報	白話日報			馮寄蜉	馮寄蜉（兼）	丁海	琉璃廠宣元閣	永光寺西街	元年三月二十四日（因經費不足於同年五月五日停刊）
光華報	文話大報（每日兩大張）			趙炳濤（兼）	趙炳濤	杜松茂	前門外琉璃廠	崇文門內釣餌胡同	宣統三年十月二十三日立案（元年一月十六日停版）
京張籲報	白話日報			張思可（兼）	張思可	鄧子謀	大沙土園	本館內	元年三月二十四日

〔註 2〕 該報爲北京日日新聞更名。
〔註 3〕 該報爲太平日報更名。

報名	性質	創刊日期					地址	印刷	日期
日新白話報	白話日報			彭瑞庭	彭叔毓	郝寬臣	琉璃廠東北園	護通印字館	元年三月二十八日
牖民白話報	白話日報			王覺生	許廣建	譚竹君	宣武門外聞喜會館	同前	元年三月三十一日
國華報	文言日報	元年五月一日	張克綱（兼）	張克綱	葉志芳		八角琉璃井	京華印報處	元年四月十九日
守眞日報	文話日報		汪兆銘	龍潛夫	蕭天任	張靈	西草廠胡同	順天時報館代印	元年四月十八日
民命報〔註4〕			公孫長子	龍潛夫	蕭天任	張靈	西草廠胡同	順天時報館代印	元年九月十三日
中央新聞報	日報		張我華（兼）	張我華	張愚		宣武門內	宣武門內嘎哩胡同	元年十一月十一日
乃報	文話日報			申鍾岳	楊達三 張斗南	吉順	西珠市口	益森公司	元年四月十九日
軍事日報	淺近文義日出兩張	元年四月一日	軍事統一會創辦	軍事統一會同人擔任	同前	同前	同前		元年三月
法政日報	文言日報		習艮思	曹弼臣	呂律臣		鐵老鸛廟	魏染胡同法輪印字局	二年二月十九日
北京國民新報	口報		許遊仙	許學源	郭震南	韓國璽	南柳巷	同聲印字局	二年七月二九日（三年二月五日自行停版）
燕京新報	白話日報			陳庸	柳源	郭曉山	南柳巷永興寺	明新印字館	二年九月十三日
白話新聞	白話			帥根坤	屈起龍	葉志芳	宣武門大街	京華印報處	二年三月二十二日
益智畫報	白話		關紹先（兼）	關紹先	關紹先	張亞強	南柳巷永興寺	本館印刷	二年三月二十二日
北京畫報	白話		包魁章	劉曉卿	包彩章	張有國	南柳巷永興寺	本館	二年三月二十二日
京張白話曉報	白話	二年三月二十二日	洪爐民	石光普	洪爐民	張立堂	魏染胡同	明新印字局	二年三月二十二日
勸捐白話報			宿星三	關慶銘	張鳳翔		正陽門外西河沿中間		二年一月
大陸軍國報	雜誌		李著強	李韞珩	蘇其民		香爐營頭條西路南	國光新聞報社代印	二年三月
黃鍾日報	每日三大張		王印川	王化三	王印川（兼）	鄧？	西單草場	本社印刷所	二年一月二十四日（三月七日批准五年五月八日停刊）
新華報	日出兩大張		李載賽	李竹亭	金文元	劉少峰	南柳巷永興寺	國權報印刷所	二年三月十五日

〔註4〕該報爲守眞日報更名。

新叢報	白話			董均替	董均宜	劉登林	順治門永光寺	魁華印字館	二年四月十九日
國報	文話日報（附畫報）			黎石（兼）	黎石	葉盛	北柳巷 36 號	京華印報處	二年三月
北京民主報	文話日報			何重勇	李子靜	裴振邦	丞相胡同	本社	二年三月十九日
震旦月報	雜誌			趙管候	黃維國	京華印刷局	順治門大街	京華印刷局	二年四月十九日
北京民任報	白話			董均替	董均宜	劉登林	順治門外永光寺	中央新聞社代印	二年四月十九日
民報	普通政聞			賀錫珍	黃秋舫	張涵初	五道廟	天新印書局	二年十月十四日
北京民強報	日出一張			裘新	王河屏	符我	潘家河沿	潘家河沿	二年二月十九日
英文北京星期公報	白話			董顯光	楊茂芝	黃河清	附設於英文北京日報內	鎮江胡同	二年九月
英文京報	日報			黃上進（兼）	黃上進	黃善甫	船板胡同	船板胡同	二年九月十九日
實錄報	文話			龔固	謝琨	劉子麟	魏染胡同	國聲印字館	二年八月
新少年畫報	雜誌			胡竹溪	楊潤生	吳錫祉	南柳巷永興寺廟內	新華印字館	二年八月
京漢鐵路局局報				牛光斗	京漢鐵路局	吳敏	北京京漢鐵路局	華盛印書局	二年八月
哀報	淺近文話			车少農	袁效鳴	同益印刷局	巒慶胡同 24 號	同益印書局	二年八月（陳太阿呈報三年一月八日停刊）
自強淺說報				王慈航	王德	李成	虎坊橋	同聲 印字局	二年八月
富報	白話			李經	周立本	李林	南柳巷	國權報印刷所	二年八月
蒙藏回白話官報	用四種文字刊行			蒙藏事務局	蒙藏事務局	蒙藏事務局	蒙藏事務局	蒙藏事務局	二年一月二十七日
法政學報	文言月刊		王郁駿	蒯晉德	朱頤年	劉璧	西長安街興隆大院	進化印書局	二年十月
共和報	白話			王景文	白稷臣	王梁	南柳巷永興寺內	都門印刷局	二年十月五日
大陸日報	文話			楊慧定	胡傑	童成	梁家園西夾道	明新印刷所	二年四月
金臺風趣報	日報			麥鏡嶼	管志材	郭山	魏染胡同	明新印字局	二年四月
日日新報	日報			黃楚斧（兼）	黃楚斧	王桂生	永光寺中街	本館	二年四月
白話中國公報	白話			李茂亭	周吉甫	田遠齋	南柳巷永興寺內	中國公報附設印刷館	二年四月

新社會日報	文言			帥公兗	劉美修	黃少浦	延壽寺街30號	明新印字館	二年四月
憲法新聞	星期雜誌			王登	武紹成	郭筱山	香爐營五條8號	明新印字局	二年四月十九日
社會鑒報	文言白話兼用日刊			彭藝園	彭哀白	馮雲和	粉房琉璃街	五道廟街	二年十月二十一日
白話國華報	白話			崔亮	戴正一	郝寬臣	南柳巷永興寺內	協通印字館	二年十二月二十七日
小報	白話			夏金聲	蕭宏濟	蕭宏濟（兼）	宣武門外大街北頭	陸軍編譯局	二年三月八日
中國商會聯合會會報	冊報			胡瑞霖	呂玉成	趙國棟	珠市口	文益印刷局	二年九月
黨鑒報	文言旬報			郭樹聲	劉永？	江清泰	羊肉胡同奉新北館	民主報印刷部	二年九月（三年一月自行停刊）
國是報	文言			許無咎	方蠖公	張涵初	南柳巷永興寺內	天興印字局	二年九月（十年一月十四日自行停刊）
鐵路協會會報	月出一冊			闞鐸	鷹銘藩	黃河清	西長安街鐵路協會	北京日報館代印	二年八月十七日
國民日報	白話			江仙艇	劉雁如	馮雲和	前青廠	同益印書局	三年二月十六日
戲劇新聞	文言日刊	三年七月二十一日		吳心夔常踔	王蔭堂趙子青	馮雲和馮少青	南柳巷永興寺	同益印書局、富華印刷局	三年七月十六日（五年二月二十五日呈報加添付張）
都市教育報	學術月刊			北京教育會內	？德需	熊海寰	西四牌樓	中華書局	四年四月
興中日報	文話月刊			曾曙曦吳靈冰	袁璞章不棄	楊樹森葉子芳	椿樹下頭條	華同印刷局	四年十一月二十九日
東華評論	日文旬刊			廖小韓	孫明允	孫明允（兼）	祿米倉路南	天津中東印刷局	四年十二月
燦星畫報	星期畫報	五年七月二十日	胡竹西	梁孤星	裕源印刷公司	南柳巷永興寺內	裕源印刷公司	同前	五年八月
憲法公言	雜誌			田解	韓通亨	文益印書局	所址在象坊橋	文益印書局	五年十月
京師教育界	學術	五年八月六日		岑履信（兼）	岑履信	曾紀照	西河沿西頭路南	共和印刷局	五年七月
鴻聞拔萃	月刊			程道一	關少階	葉志芳	森寶書屋	華盛印刷局	五年十一月
霜鐘雜誌	文言（旬刊）		尹繼祿	尹仲林	尹繼祿	王世釗	象坊橋觀音寺	文益印刷局	五年十二月
政治學報	學術（季刊）		周詒春	嚴鶴齡		李福生	東堂子胡同	天津印字館	五年四月

北洋大學校季刊	學術季刊			北洋大學校季刊社	北洋大學校季刊社	商務印書館		商務印書館	五年三月二十八日
平安雜誌	季刊		唐文芳	史培志	唐文芳（兼）	京報印書館代印	順治門內	京報印書館代印	五年十月
忠言報	文言	九月二十日		黃進恩	張少周	黃直言	西草廠東首95號	華新印字館	五年九月
京話日報	白話			吳梓葳（兼）	吳梓葳	馮譜清	麻線胡同	同益印刷局	五年五月呈報續辦
國民公報	文言	七月一日		吳智敏	陳以文	馮雲和	順治門大街180號	同益印刷局	五年六月二十八日呈報續辦
上海時報分館	發揚公論	光緒三十一年	楊振彝	包天笑	楊振彝	張壽齡	西門有正書局	上海時報館內	五年十月
大信報	文言	五年十月二十五日		齊頡膺	梁建勳	張化南	東城弓弦胡同	武學社印刷局	五年十月
民主報	文言		張大容	王文	劉昆			博文印刷局	五年十月呈報續辦
北京實業報	日刊			張博	劉俄	張博（兼）	北京西河沿	宣元堂	五年九月
危言日刊	文言	五年九月五日		濮一乘吳鳴鳳	王景春	烏澤森	大宏廟	華國印刷局	五年九月
新中國日報	文言	五年十月二十日		余秋田	田非非	蘇章鈺	順治門大街	長興印刷局	五年九月
鐵道時報	文言期刊		李警呼	張大義居養元	張維權李價屏	王子元	椿樹上三條五號	文益印書局	五年九月三十日
商業白話報	日刊	五年十月一日		周殖生	薛湖隱	馮譜青	大安南營路十號	同益印書局	五年九月
新中國報	文言	五年九月十八日		宋遼鶴	王華堂	葉子芳	南柳巷本館	華盛印書局	五年九月
大中報	文言			陳啟運（兼）	陳啟運	吳光	宣武門外香爐營五條8號	宣元閣	五年十月
社會星報	文言周刊			包士傑	李和	王濟滄	內務部雍宅	北京京報館印刷	五年九月十六日
公論日報			吳天鐸	薛覺民					五年十二月（備案後有物出版發行不詳）
民國新報	文言			呂如菊	楊華馨	劉富春	李老閣胡同13號	北京中華新報社印刷所	五年十月
國風日報	文言	五年七月二十六日		宋襄公（兼）	宋襄公	李春亭	麻線胡同八號	富華印刷所	五年七月

尊聞日刊	文言				王穆	黃秀銘	梁秀峰	香爐營頭條	同昌印刷局	五年十一月
太陽周刊	文言	五年十一月十五日			齊協民	周子安	曾紀熙	教場三條	共和印書局	五年十一月
京華日報	文言				廖秋士	劉德釗	常仙芝	孫公園一號	同昌印書局	五年十一月十八日
法言報	文言	五年十一月二十八日			陳重民	徐言	劉星衢	協資廟	博文印刷局	五年十一月
北京民權報	文言	六年一月三日			徐公俠	王震	張石鼇	五道廟南口	北京民權報印刷所	五年十一月二十日
中央日報	日刊	五年十一月二十五日			陳德公	張德良	楊樹森	爛漫胡同	華國印書局	五年十一月二十七日
?言日出報	文言	五年十二月十五日	李漢枚	馮亦蟲	李漢枚陶石丞	孫萬垣張一民	大柵欄興隆街23號	博文印刷局廣益印書局	（更換發行人五年十二月二十日）六年四月十六日
中原日報	文言	五年十二月二十六日	汪謙	積小蘇	楊希叔	李春亭	李鐵拐街	富華印刷所	五年十二月二十五日
新民報	文言日刊				余世民	徐塊	王子元	潘家河沿	文益印書局	五年七月十六日
公民日報	義言日刊				劉天放	徐勇	博文印刷局	米市胡同	博文印刷局	五年七月
民德日報	文言	五年七月十五日			徐極	張根仁	虞榮	暫在編輯處發行	文益印書局代印	五年七月
瀛寰日報	文言日刊	五年八月十四日			王和公	黃秀銘	梁秀峰	香爐營頭條五號	同昌印刷局	五年八月
晨鐘報	文言日刊				李迁	劉堅	張魁元	丞相胡同	晨鐘報印刷部	五年八月十一日
民主日報	文言五年八月十五日	五年八月十五日			郭村	顏饗公	黃貞幹	絨線胡同	華新印刷局	五年八月
新震旦日報	日刊	五年八月一日			祝訖	錢文（?）	同昌印刷局	南柳巷永興寺	同昌印刷局	五年八月十一日
中華新報	日刊				邵紀繩	謝萃農	劉富春	絨線胡同	同前	五年八月十日
民生報	文言	五月八月一日	姜澧蘭	齊為姜澧蘭（兼）	王智軒李天畏	馮普清	大外廊營	同益書局	五年七月（五年十二月呈報改組）
眞共和報	文言日刊				趙默	周襄	梁秀峰	本館	同昌印刷局	五年七月三十日
新神州報	文言日刊				林古愚	王承煦	童昶	潘家河沿	同昌印刷局	五年七月三十日

大陸新聞報	文言	五年八月二十日		羅詠之	張守正	張輔卿	芝麻街一號	法輪印字局	五年八月十五日
富強新報	文言日刊			廉隅	鄭重	馮少青	富華印刷局內	富華印刷局	五年九月
民言報	文言	五年九月一日		何重勇	孫銘	徐全鏞	北極庵	擷華書局	五年八月
廣言日報	文言	五年八月二十六日		葛炳華	彭義宸	馮少青	麻線胡同本館	富華印刷所	五年八月
大聲報	文話			吳姬人	王竹書	吳子洲	大安瀾營	華法書莊琉璃廠	五年八月二十六日
大興日報	文言			陳公景	謝予宣	陶子壽	延壽寺街羊肉胡同	國權報印刷所	五年八月二十六日
每日新報	文言日刊	五年八月二十一日		黃佩	梁治文	梁秀峰	琉璃廠中間路南	同昌印刷局	五年八月二十七日
都報	文言日刊			王啓瑞（兼）	王啓瑞	馮雲和	南柳巷21號	同益印刷局五道廟	五年八月二十五日
公言報	文言	五年九月一日		王德如	黃希文	葉志先	魏染胡同	華盛印刷所	五年八月（六年五月汪覺遲接辦）
北京直隸商報	文言日刊	五年八月二十日		周偉	冉鴻鈞	曾和笙	琉璃廠玉皇廟		五年八月二十日立案（同年十一月十二日停刊）
遊戲新報	日刊		任崇高	謝潛圃汪忠純	劉宗光	馮少青陳小鵬	南柳巷永興寺	富華印刷所晨鐘報印刷所	五年八月二十日六年四月十九日
民蘇日報	文言			趙北山	王希深	曾勁青	東南園	共和印刷局	五年八月
覺報	文言日刊	五年十月十日		郭海樓	鄧舜琴	柴雨亭	上斜街本社	同前	五年十月
二十世紀新聞	文言日刊	五年十月十五日	胡迁公亦愚	李猿公	蔡育民	葉志芳劉子貞	四川會館	華盛印書局	五年七月十七日
中西畫報	白話	六年二月一日（半月刊）	章永福	章永福（兼）	程境宇		東四牌樓47號	豫文石印局	六年一月
群眾	文言	二月十五日	瞿銘齋	孫寶鴻	王靜軒	楊樹聲	香爐營三條	國華印書局	六年二月
白話愛國報				馬太璞					六年二月二日呈報
亞東新聞	文言		李安陸	歐陽齊嵐	劉紹傳	劉鎮華	方壺帝十號	華言印刷局	六年六月二十五日

報名	性質	創刊日期					社址	印刷所	呈報日期
璿寧日報		五年十月十五日	魯佛心	魯王鼎	翟化清	方淑岩	八寶衚衕	華言印刷所	六年四月
華言日報	文言	五年十一月一日	劉德釗	廖秋士	劉德釗（兼）	馮雲和	南柳巷永興寺	同益印書局	六年四月十七日呈報遷移社址
醒華報			龔桶文	簡孟平	魯橘形				六年四月二十五日
戲劇新聞	文言		春覺生	汪俠公	春覺生（兼）	馮少青	南柳巷	富華印刷所	六年四月二十六日
通俗周報	白話	六年四月八日	李蘊初	李辛白	劉肇強	石燕謀	安福胡同七十三號	同昌印刷局	六年二月
丁巳雜誌	雜誌	六年二月二十二日	李仲公	李仲公	林紹猷	李春亭	香爐營頭條	富華印刷局	六年二月
同德雜誌	月刊	六年四月一日	胡康益	陳由人	謝楚翹	徐熙	西河沿排子胡同	亞東印刷局	六年四月
全國商業聯合會會報	月刊		王邦屏	呂玉成	王世釗		本會報社	文益印書局	六年
電界雜誌	雜誌	六年九月一日	鄧子安	鄧子安（兼）	鄧子安（兼）	黃河清	鄧子安電氣事務所	北京日報代理	六年八月二十五日
啟商報	日刊		劉梫宸	劉竹軒	趙海清	高存澤	東茶食胡同一十一號	琉璃廠宣元閣	六年八月
共和新報	文言日刊	六年一月二十七日	白宗龍	王潛夫	沈子青	馮譜卿	本報發行所	同益印書局	六年一月二十六日
實事白話報	白話	六年二月二十日	趙笠農 戴薇	趙笠農（兼） 戴薇（兼）	齊堯封 劉慎	曹瑞庭 張仲光	琉璃廠宣元閣	琉璃廠宣元閣	六年一月
仁報	文言	六年一月一日	李統球	林卜琳	李統球（兼）	楊益華	珠巢街五號	珠巢街五號	五年十二月三十日
啟明日報	日出兩大張	六年六月一日	陳潛士	王達	姚仲山	陳小蓬	後孫公園一號	益民印刷所	六年六月七日
道德學志	雜誌	六年一月	楊三生	陳景南	雷壽榮	劉少峰	西單牌樓頭條	道德學社	六年一月
神州星期報	雜誌	六年一月八日	李大庸	釋育髡	李大庸	馮貴堂	西茶食胡同	富華印字報	六年一月
東亞雜誌	文言季刊		余鍾秀	余鍾秀	余鍾衡	彭稷臣	潘家河沿 20 號	共和印刷局	六年六月
醒覺畫報	畫報	批准後即出版	劉麗川	劉麗川	白稷臣	白稷臣	南柳巷永興寺廟內	同前	六年六月
金融日報	淺近文言日刊		周毓如	趙德三	方城	梁秀峰	西草廠胡同	同昌印刷局	六年二月八日

甲寅日刊	文言	六年一月二十八日	陸漸生陸瘦郎	陸漸生黃石公	戴正一	楊樹森	萬源夾道	華國印刷局	六年一月
新興中報	日刊	六年三月二十八	王復	易覺生	吳梓生	北京印刷局	北柳巷本館發行	北京印刷局	六年五月十七日
菊儕畫報	白話日刊		李菊儕	李菊儕	李錦章	張廷琛	南柳巷永興寺	本報印刷所	六年七月六日
指津日報	文言白話	六年五月一日	陸大生	李起元	任景山	曹瑞亭	琉璃廠東北園	宣元閣	六年四月三十日
華英時務報	文言	六年五月二十日	張仲良	莊壯堅	張銓	周性齋	崇文門內東觀寺	同前	六年五月二十一日
京兆日報	白話日刊	六年二月二日	曹復初	吳寄	吳鑒齋	馮貴堂	南柳巷永興寺	富華印刷所	六年二月二十四日
民治日報	日刊	六年二月二十日	黃虞石	盧佛眼	盧佛眼（兼）	馮譜卿	大宏廟	同益印書局	六年二月
戲劇新報	文言日刊	六月二月十六日	梁同川	黃佩	梁治文	梁秀峰	萬源夾道	同昌印刷局	六年二月二十二日
六更公報	白話小報日刊		李六根	趙中鴿	程道一	李義	南柳巷永興寺	晨鐘報印刷室代印	六年四月二十五日
燕報	文言	六年四月十四日	洪晉疇	黎昌黎	傅準波	邱漢亭	李鐵拐斜街	擷華印刷局	六年四月十六日
中國公報	日刊	七年三月一日	宋大鵬	宋大鵬	曹東賢	石同昌	永光寺中街五號	同昌印刷局	七年二月
新世界報	白話	七年二月十四日	謝振威	謝振威（兼）	謝振威（兼）	馮譜卿	五道廟街同益印書局	同益印書局	七年二月十四日
張維日報	淺近文言日刊		趙翼南	樊拙盦	袁自強	楊樹森	椿樹下頭條五號	華國印書局	七年四月十一日
微言雜誌	文言（半月刊）		陳志群	陳志群（兼）	陳志群（兼）	俞蔚林	兵馬司中街三號	亞東製版印刷局	七年四月
法政學報	月刊	七年三月	盧復	吳統續	冉鎮	文益印書局	國立法政學校	文益印書局	七年四月
樂群雜誌	月刊	七年一月三十日	蘇藝林	韓甫清	傅銳卿	馬俊英	北京大石橋	財政部印刷局	七年三月
都門日報	白話	七年三月二十一日	陳袖時	崔劍魄	蔡笑山		魏染胡同47號	京師警廳習藝所	七年三月十七日
京兆新報	白話	六月九月	朱萬豐	王素	董稚新	王光普	南柳巷永興寺內	公字印字觀	七年六月十六日
新京報 1		六年一月	謝予宣	陶廖天	白稷臣	楊漢卿	西河沿五斗齋	華言印刷局	七年六月八日

平民日報	文言日刊		陳量	武同文	彭翼城	李春亭	南柳巷永興寺	富華印刷所	七年一月
北京新聞報	文言	七年一月二十二日	婁鴻聲	何仲	梁曉峰	蕭子豐	南柳巷永興寺	擷華印書局	七年一月
新北京保	白話	七年二月一日	李衡	李衡（兼）	張潤田	何仲書	大土園五號	明明印刷所	七年一月
華報	文言白話兼用	七年七月一日	沈念祖	董扶辰	葛天民	楊樹聲	小安瀾營二條五號	華國印書局	七年七月
圖解白話日報	白話日刊		任振亞	賈維恒	潘福慶	高德勝	南柳巷十七號	中華印刷社	七年七月
日新畫報	白話繪圖	日刊	文實權	文實權（兼）	文實權（兼）	高德勝	南柳巷永興寺	中華石印局	七年七月
惟一日報	日出一張半	七年七月五日	吳達	陳喬如	程清山		在本社內	北京印刷局	七年七月
北洋報	白話	七年七月	騰祖國	葉華生	陳志成	楊啓元	宣武門外椿街上三條	華言印字局	七年七月
亞陸日報	文言	七年年四月二十八日	曾昭星	張守鈞	柳亞卿	楊漢清	亞陸日報社西磚胡同	華言印字局	七年五月
商業晚報	每日兩張	七年六月一日	楊訓登	蘇章鈺	姜玉奎	金瑞生	蘇州胡同 148號	長興印務局	七年五月三十日
中央時報	文言日刊	七年二月十五日	張學濤	吳鴻德	張鵬九	張興周	南官園本館	北京印刷局	七年二月
正義日報	日刊日出兩大張	八年一月十二日	倪維城	胡亮公	趙恩甲	楊書棋	西草廠胡同88號	擷華印書局	八年一月十七日
民聲報	每日發行正副各一張	八年六月一日	周棠	壽印勻	陳因湖	王子元	東夾道二號	文益印書局	八年五月
燕風報	日刊	八年六月	王東元	趙超	於灌華	於灌華	草廠七條 11號	華國印刷局	八年六月
京滬日報	日刊	八年六月	曹學志	曹學志（兼）	曹學志（兼）	呂佩侯	鐵老鸛廟二十一號	華言印字局	八年六月九日
中國大學周刊			曾國香	趙國藩	李仲儒		中國大學周刊發行部	都門印書局	八年七月
通俗周刊	白話		傅銳	傅銳（兼）	傅銳（兼）	張仲光	南柳巷 50號	一眞印字商行	八年一月
華僑雜誌	文言季刊	八年六月十五日	薩君陸	廖明韶	洪德沛	星記印刷局	旅京華僑事務所	星記印刷局	八年五月
新中國雜誌	月刊	八年五月一日	葉恒	胡豫生	葉恒（兼）	財政部印刷局	上海時報分館內	財政部印刷局	八年五月
通俗醫士月刊	月刊		徐橋	洪式闓	徐橋（兼）	京師第一監獄	京師第一監獄艾西學會	醫學專門學校	八年十月

平民週報	白話	八年十月	李實	羅漢	王柱卿	凌安	華德教育會內	新聞印刷局	八年十月
憲報旬刊	文言旬刊	五月	朱理	黃元裳	龔仁澤	顧炎	彰儀門大街憲報社	法輪印刷局	八年五月
民和報	文言	五月	陳宗甲	林詠梅	陳宗甲（兼）	張化南	鐵老鸛廟民和報發行所	北京印刷局	八年五月
國民雜誌	月刊		易克嶷	黃健中	鍾巍	陶勳	北池子53號國民雜誌社	益世報館代印	八年四月
北京平報	日刊	八年九月十日	魏迪群	楊灝千	楊友松	楊樹森	丞相胡同53號	華國印字局	八年九月八日
都報	文言	八年十月一日	顧天民	胡康彝	陳秀虔	張仲光	米英胡同下窪子四號	一眞印字行	八年九月
時言報	日刊	三月十五號	莊庶管	周天石	任際虞	劉明德	潘家河沿	明明印刷局	八年三月
中央報	白話小報	九月二十九日	張一夔	卜萱庭	李輔庭	徐秀鋒	南柳巷永興寺	北京印刷局	八年九月三十日
大陸日報	日刊	八月十日	金玉山	金玉山（兼）	張桐孫	林翰卿	大外郎營28號	擷華印書局	八年十月二十日
從新報	白話	十月	金輔宸	張茲田	金輔宸（兼）	景啓春	南柳巷永興寺內	華言印刷局	八年一月
北京報	文言		梁贊庭	曹學志	梁贊庭（兼）	呂佩侯	南柳巷	華言印刷局	八年一月
興華事業月報		八年十二月							
少年中國月刊		八年七月一日	王光祈	王光祈（兼）	曾慕韓	安秀全	宋人府	同文印刷局	八年七月
京潮報	日刊	八年六月	龔嘘雲	龔嘘雲（兼）	曾有桂	文益印書局	宣武門外校場頭條十號	文益印書局	八年六月
大同日報	日刊	八年六月十日	江峻雲	鄭建生	相子明	文益印書局	安福胡同34號	文益印書局	八年六月
多聞日報	日刊	六月	解明德	解明德（兼）	解明德（兼）	馮譜卿	南柳巷永興寺	同益印書局	八年六月二十六日
民意日報	文話（日出兩張）	八月一日	林烈敷	王默軒	張錦峰	華國印書局	絨線胡同69號	京華印刷局	八年七月二十八日
鐸聲報	日刊	七月五日	陳文在	林揚子	張寄癡	李春亭	西河沿182號	梁家園富華印刷所	八年七月
東方日報	日刊	八年七月	楊以儉	黃文偉	張仲通	任崑山	東拴馬樁12號	華言印字館	八年七月
民治日報	文言	八年二月二十日	陳種痕	丁覺公	甘象初	梁士俊	南門外粉州營7號	同昌印刷局	八年二月
小公報	白話日刊		程道一	張冠卿	陶幼臣	張仲光	南柳巷50號	西草場一眞字館	八年二月
正言報	日刊	五月十五日	趙連琪	康毅	趙鐵鳴	李春亭	李鐵拐胡同74號	富華印刷所	八年五月十二日

憲報	文言每日發行		朱理	黃元裳	龔仁澤	顧炎	彰儀門大街	法輪印刷局	八年五月
蒙邊日報	日發兩張	八年五月一月	滕祖國	滕祖國（兼）〔註5〕	劉寶臣	張仲光	宣武門外椿街三條一號	一眞印字行	八年五月
中國大學學報	學術刊物		臧啓芳	王在密	中國大學學報社	共和印刷局	中國大學內	共和印刷局	八年七月
航空月報	月刊								九年三月二十六日
北京晚報	文言白話兼用	七月一日	丁哨梅	陳伯肫	晏漢榮	邱漢庭	教場三條十八號	擷華印刷局	九年六月
西北日報		六月二日	王輪	凌鶴	王輪（兼）	劉毓秀	西北日報社萬源夾道6號	都門印刷局	九年六月
京畿報	文言日刊	六月十日	鄭頌熙	陳梅影	陳梅影（兼）	李春亭	兵馬司後街17號	富華印刷局	九年六月
新民國報	日刊	每晨八時	陳甲三	俞次平	趙尋顓	梁秀峰	海北寺街本館	同昌印刷局	九年八月二十六日
賑災日報		十月二日	王橋安	秦友荃	楊耀翔	王子元	六部口庚社	文益印刷局	九年十月二十三日
電氣工業雜誌	月刊		鄧子安	馮江	鄧子安（兼）	俞少璋	安福胡同96號	法輪印刷局	九年八月
國報	日出兩大張	九年十月十日	張庸疑	何重勇	葉劍星	張復元	南柳巷52號	國報印刷所	九年十月
大義報	日出兩張		宋國秀	宋庭瑞	楊樹聲	劉星五	南柳巷永興寺25號	華國印書局	九年五月
北京晚報	日刊	十年一月四日	劉夢樸	郭濟民	李善生	王有書	北新華街東夾道一號	順天時報館代印	九年十二月二十日
北京周報（北京平民）	（半月刊）	八年十月二十一日	李實 費君						八年十月【九年三月二十六日更名北京平民】
北京銀行周報			馮耿光	沈一陽	北京銀行公會	徐熙午	前門戶部街	亞東製版印刷局	九年六月
人道月刊			蕭元恩	鄭振鐸	蕭元恩	石慶和	青年會服務社	和濟印刷局	九年六月
教育新聲	月刊	九年六月	白毓森	？琦琛	趙潤齡	王子元	小菊胡同十九號	文益印刷局	九年六月
文化雜誌	月刊	九年十一月一日	羅琢璋	劉來榮	季雲飛	任連生	虎坊橋湖廣會館	同文印刷局	九年十月
清眞周刊		十年一月一日	馬魁麟	馬宏道	馬魁麟（兼）	丁國琛	牛街109號	富華印刷所	九年十一月

〔註5〕原文如此。

春聲畫報	周刊	九年三月	陳慶餘	陳慶餘（兼）	陳慶餘（兼）	潤寶印刷局	寶鈔胡同八十七號	潤寶印刷局	九年四月
憂樂雜誌	旬刊	批准後發刊	薛曙星	尹炎武	潘玉振	財政部印刷局	揚州會館	財政部印刷局	九年十二月
經藝旬報		十年一月上旬	申捷青	申捷青（兼）	陳隆堂	張富	東四五巷		九年十二月
唯是學報	月刊		林　？	黃建中	曾繁昌	曾紀熙	唯是學報報	和濟印刷局	九年十二月
中國工商新民報	每月二期	十月十五日	余瑞清	丁愚庵	劉世鐘		暫附本社	中華印刷公司	九年十二月三十一日
新華日報	按日發行正副各一張	九年五月十五日	潘樹聲	壽璽	劉友裕	王子元	宣武門外校場二條五號	文益印刷局	九年五月二十一日
大聲報	文言日報	九年五月十五日	晏品全	丁潘龍	晏松軒	馮譜卿	宣外十間房十一號	同益印書局	九年五月
博愛報	白話	九年六月一日	博嚴鋒	白者清	溫常志	張光鑒	內有二區石燈庵六號	華言印字局	九年五月【同年七月十三日經費不足停刊】
燕京畫報	白話圖畫	九年五月一日	孟亞農	寶亦廠	龔育生	白澤臣	宣外棉花九條天仙庵	一眞印書局	九年五月
群報	文言	九年二月	馬太璞	方潘	金玉甫	張仲光	南柳巷永興寺	一眞印字行	九年四月三日
北京晚報	文言白話兼用	九年四月五日	方毋我	方毋我（兼）	方毋我（兼）	錢壯秋	西單報子街31號	順天時報社代印	九年四月
北洋時報	文言	九年四月十五日	楊時澤	易眞	孫玉鋒	朱達齋	南柳巷永興寺	新聞印刷所	九年四月十七日
中國民報	文言	九年七月一日	柴若愚	劉養晦	薛作舟	景冕齋	南柳巷永興寺	華言印刷局	九年七月三日
言中日報		九年十一月一日	李鑒	歐陽南雲	閔鋊來	富華印刷所	西河沿五斗齋五號	富華印刷所	九年十一月七日
公言日報		九年十一月一日	吳然如	薛耐庵	周少泉	華言印刷局西磚胡同	胭脂胡同六號	華言印製局	九年十一月二日
中報	文言	九年十二月一日	陳元春	陳元春（兼）	陳元春（兼）	徐味香	順城街33號	中報印刷所	九年十二月七日
群報		十二月一日	陸瘦郎	陸瘦郎（兼）	陸瘦郎（兼）	王幹臣	永興寺內	同興印字館	九年十二月三日
北京輿論報	文白兼用	九月二十日	吳省庵	王希白	韋長亮	王子陵	宣外香爐營四條39號	文益印刷局	十年九月
燕京報	日刊	九月十五日	吳德連	趙廷俊	吳德連	黃紫卿	李廣橋口袋胡同六號	北京日報代印	十年九月

世界新聞	日刊		恩裕	恩裕（兼）	陶右丞	邱漢庭	永光寺中街門牌 3 號	擷華印刷局	十年九月
京津新報		七月十日	胡昌運	葉紉芳	郭建勳	張俊民	米市胡同 44 號	永明印書局	十年七月
圖說畫報		十年七月十五日	劉清泰	吳犀恍	張壽章	孫德山	南柳巷永興寺內	圖說畫報印刷所	十年七月
北京通俗日報	白話	十年九月一日	田藍田	田藍田（兼）	王立吾	劉明德	宣外丞相胡同 51 號	明明印刷局	十年八月
日日畫報	白話		王選卿	沈恩銘	王選卿（兼）	沈恩銘（兼）	萊廠胡同五十號	沈記印刷局	十年八月
中和雜誌		八月一日	王欲平	王欲平（兼）	冷潮	王世釗	東草廠七條胡同 26 號	文益印書局	十年八月
電影雜誌			陳淑田	陳淑田（兼）	張蘭生	張蘭生（兼）	東華門大街	華明印書局	十年十二月
小說周報	文言	十一年一月四日	於建侯	吳逸塵	施誌銘	梁秀峰	西河沿 128 號	同昌印書局	十年十二月
電影周刊			馮啓	馮啓（兼）	張蘭亭	張蘭亭（兼）	東華門大街	華明印書局	十年十月
自治周刊		十年五月一日	童一心	童一心（兼）	童一心（兼）	葉敷志	棉花上六條一號	知新社印刷所	十年五月
電業商報	日出一大張	立案後即出版	鄧子安	傅立吾	鄧子安（兼）	沈永常	鄧子安電業商行	和濟印刷局	十年十二月
大總一日報	文言白話兼用	十年十月十日	李懺吾	詹睡仙	金銀	王光譜	香爐營頭條 21 號	同益印刷局	十年十二月
北京華同日報	文言	十年十月一日	樊導誠	樊哭心	葉光昌	溫道同	宣內手帕胡同八號	明星印刷局	十年十月
東南日報		十月一日	錢思淵	孫鼎元	楊仲華	王子元	椿樹下頭條一號	文益印刷局	十年十月
維新畫報		十年十月	武止戈	孫秉衡	張玉山	張寶成	西草廠東椅子圈四號	瑞華石印局	十年十月
神州文藝日刊	文言	十月一日	戴寶山	戴寶山（兼）	戴寶山（兼）	張主本	鈴鐺胡同 7 號	萬順德石印局	十年十月
北京快報	（英漢文日刊）	十年十月	宋探亮	孫瑞芹	鮑純博	焦梧樓	官帽司胡同十五號	中央印刷所	十年十月
北京大公報	文言	十月	王天祐	陳偉年	何盛才	白則晨	呂祖閣西夾道七號	一眞印字行	十年十月
新聞日報		十月十日	蔡卓悟	詹辱生	關伯潤	顧孝如	小神廟 17 號	明明印刷局	十年十月
航聲雜誌	文言（月刊）	十一年一月一日	於雲生	李昭觀	何冠宇	易顯漢	王府井三條十三號	共和印刷公司	十年十二月
文藝雜誌	（半月刊）	十年八月一日	楊哨侯	楊哨侯（兼）	靳榮	黃河清	鐵老鸛廟八號	北京日報代印	十年八月

經世報	（月刊文言）		陳大章	陳煥章	徐心田	王世釗	甘石橋	文益印書局	十年十二月
新太平洋日報		十年八月五日	梁秋水	梁秋水（兼）	周行	焦恩年	煤渣胡同2號	中央印刷所	十年八月
太平洋日刊	文言白話兼用	八月	朱謹	朱謹（兼）	沈啓文	溫道周	舊廉子胡同三十九號	明星印刷局	十年八月
成報		五月一日	余蕙田	李猿公	何厥青	王世釗	永光寺西街湖北會館	文益印書局	十年五
道心報		四月十一日	張曜遠	張曜遠（兼）	李新春	白則晨	校場小六條58號	一眞中外印字館	十年三月
民鐸刊	文言		李玉聲	黃逸	譚蔭庭	王世釗	南柳巷永興寺廟內	文益印刷局	十年三月
大白話報		十年三月二十四日	程愚	閻珠	趙端	王子元	校場三條六號	文益印刷局	十年三月
富教日報	白話	本年十月	曾伯子	劉仲仁	曾子正	張文濤	南橫街19號	永明印刷局	十年六月
民報	文言		許公遂	韓和民	吳俊山	范用舒	後孫公園二號	明星印書局	十年五月六日
大中華自治公報		三月十八日	李慎修	達華嚴	余懷	景其純	南柳巷永興寺	華言印刷局	十年三月
北京畫報		六月十五號	桑積宸	吳犀忱	高文榮	高得勝	南柳巷17號	中華石印局	十年六月
聲報	文言	批准後出版	張彙泉	吳景祓	劉小亭	劉小峰	前門內中街5號	前京印刷局	十年六月
正欲公報	日出兩張		溶和	高國健	羅治安	高厚	西長安街82號	群眾印書局	十年十一月
燕京日報	文言	十一月	孔亞庚	葉祥麟	余卓然	王幹臣	西半壁街20號	同益印書局	十年十一月【十一年一月汪清持接任經理】
京津商工日報	日出一大張		張志新	吳挺崖	李大來	高書官	北新華街六號	群益印書局	十年十一月
振華日報		十年十月十日	劉陽生	邵光典	劉陽生（兼）	魏曉庭	北極巷17號	國報印刷所	十年十一月
大亞洲報	文言白話兼用	八月一日	潘祝一	周民一	周復元	王幹臣	北池子33號	同益印書局	十年七月
遊戲日報	白話兼文言	八月	李瀛洲	李瀛洲（兼）	李伯方	王蟲悟	南柳巷50號	北京印刷局	十年八月
新聲報	文言	八月	廖直翁	葉使公	樊君則	王子元	西順城街33號	文益印書局	十年八月
新晚報	白話文言兼用		萬必太	王前	展源	趙甫	棉花下七條3號	北京印刷局	十年八月
北京午報			吳衛公	吳衛公（兼）	吳昆	黃河清	高公巷五號	北京日報館代印	十年八月

北京夕報			陳顯卿	陳顯卿（兼）	李發	黃河清	李廣橋胡同五號	北京日報社承印	十年八月
平報	文言日刊	八月十號	李少平	李少平（兼）	劉國華	齊家平	廣惠寺東夾道七號	中華印刷局	十年八月
共和民報		十年一月二十一日	俞明叔	俞明叔（兼）	張子安	張化南	宣武門外北柳巷	北京印刷局	十年一月十六日
北京中華新報		十年一月一日	王成化	王成化（兼）	張貫一	王子元	棉花八條胡同7號	文益印書局	十年一月
民國日報	文言	十年五月一日	林去非	陳二一	吳鏡	王世釗	宣武門外柳花上六條16號	文益印刷局	十年五月
鐵路周報		十年三月	段錦成	汪孫恪	鄭羽中	易簡齊	西單牌樓馬市九號	共和印刷局	十年三月
評論報		十年七月	陳紀揚	陳紀揚（兼）	陳紀揚（兼）	曾和笙	大蔣家胡同44號	華新印刷局	十年六月
文學旬刊			路紹先	張屹瞻	路紹先（兼）	張文濤	崇外上堂子胡同十九號	永明印刷局	十年九月
遊藝旬刊		九月十九日	蘇幹溪	蘇幹溪（兼）	蘇幹溪（兼）		西單二條胡同一號	華茂齋刻字鋪	十年九月
學林雜誌	月刊		陳宣	湖漢庵	雷可庵	中華印刷局	西城千章胡同	中華印刷局	十年九月
黃報		九月十日	盧林初	胡蔭藩	劉範溪	高書官	宣外大街56號	群益印書局	十年九月
平民公報	文言	十年十月十日	楊卓吾	楊卓吾（兼）	楊卓吾（兼）	張君明	爛曼胡同	北京印刷所	十年十月
大西北日報	文言白話兼用	十年十二月一日	宋寶華	文子龍	戴蘭生	丁佐臣	宣武門外西南園23號	武學社印刷局	十年十一月
現代評論	周刊		劉光一	陶豆	劉光一（兼）	茹丹廷	碾兒胡同十八號	志誠印書館	十年四月
佛學月刊			現明	文實權	文實權（兼）	一眞印字行	西四牌樓廣濟寺	一眞印字行	十年四月四日
冷熱雜誌		十年一月一日	謝彙垣	何蘭溪	徐俊	金少璋	草廠二條	法輪印刷局	十年一月
新聞彙刊		八月十日	劉哲民	趙德華	劉哲民	華言印字館	大興里東口路南39號	華言印字館	十年八月五日
華京日報		八月一日	歐麗波	歐麗波（兼）	范全	黃河清	鈎餌胡同十八號	北京日報代印	十年八月
北京公報	文言	一月二十五日	楊兢珊	左修平	王隱塵	王幹臣	北極巷十七號	同益印刷局	十年一月三十一日
民本日報	文言		李哨風	胥性荃	劉晴軒	徐秀風	宣內油房胡同33號	北京印刷局	十年一月
外交日報	文言	三月十五日	何侃	梁家義	何侃（兼）	汪子元	宣外校場二條二號	文益印書局	十年三月十九日

公論周刊	白話	十年五月十日	歐陽寅	王隱塵	王隱塵（兼）	丁作臣	南柳巷50號	武學社印刷局	十年五月
僑務旬刊		十年四月一日	劉英	屈孤鴻	張實超	張輔卿	李鐵拐斜街	法輪印字局	十年三月
醒華漫錄	月出三期	十年二月十八日	高鶴齡	岳清安	張振聲	張志剛	西城宮門中廊下南口	潤寶印刷所	
仁民報	文言	十一年一月一日	饒觀雲	夏勤	王香	梁秀峰	後青廠三號	同昌印刷局	十一年一月
醒鐘日報	文言	十年十二月	黃公訴	楊天兢	黃公訴（兼）	王澤聲	騾馬市大街	親學印刷所	十一年一月
順值日報		十一月十五日	朱贊民	陳朝舉	劉春元	王幹臣	棉花下二條七號	同益印刷局	十一年十一月
覺世報	文話小報	十一月十九日	釋覺先	杜萬青	法啓	張化南	宣內象坊 32 號觀音寺	北京印刷局	十一年十一月
尊聞日報		十一月	宋德萬	毛伯宗	毛伯宗（兼）	王幹臣	保安寺街2號	同益印書局	十一年十一月
北京自強報	白話	十一月四日	余霈言	嚴華舫	張華道	高厚	海北寺街十號	群益印書局	十一年十一月
兒童白話報	白話	十月一日	羅摯公	黎毋我	羅潤珊	王子元	太平橋三號	文益印刷局	十一年十一月
京都晚報	文言	十一年十一月一日	廖天椿	伍審一	伍審一（兼）	梁秀峰	西四中毛家灣 20 號	同昌印刷局	十一年十月
自治日報		七月	譚鴻貽	連鼎漢	譚鴻貽（兼）	王子元	方壺齋十號	文益印刷局	十一年十月
治報	文言日出一張	立案後出刊	章棄材	王碩甫	李幼亭	王蔭庭	南柳巷永興寺內	同昌印書局	十一年十月
白話治報	日出一小張	立案後出刊	李幼亭	章棄材	張紳	王蔭庭	南柳巷永興寺	同昌印刷局	十一年六月【十二年六月更吳雨僧爲經理】
警官高等學校周刊		十一年十月十七日	李世璋	李世章（兼）	李世璋（兼）	北京大學印刷科	本校	北京大學印刷科	十一年十月
北京大陸報	日出兩大張	八月一日	張展也	陸平	張翼	邱漢庭	正陽門大外廊營	擷華印書局	十一年八月
醫事雜誌		十一年十月	戴曾鑒	陳萬里	尤濟華	俞尊周	捨飯寺達智營 27 號	法輪印書局	十一年十月
文藝周刊		十一年一月一日	劉子久	王仲明	劉子久 王仲明	奎蔭亭	米糧庫十號	墨林齋石印局	十一年一月二日
今日雜誌	（月刊）	十一年一月十五日	胡南湖	石溪	熊亦民	晏才揚	慈慧殿五號	新知書社印刷所	十一年一月

四存月刊			李見荃	步其詰	四存學會內	丁佐臣		武學社印刷所	
平民日報		九月十五日	杜鳳臺	杜鳳臺（兼）	范叔安	閻五	外右三區頭條60號	北京日報代印	十年九月
民報夕刊	（小報）	九月一日	陳麗泉	鄭壽銘	金勤生	蕭炳堃	後孫公園二號	明星印書局	十年九月八日
進報	文言白話兼用	十年九月	深忱	深忱（兼）	聶築齋	景晃齊	輦兒胡同26號	華言印字局	十年九月
正俗白話報		十年九月	溶和	嚴樹芬	羅治安	高厚	錦什坊街大水車胡同22號	群益印書局	十年九月
民智報	文言	九月十八日	宋曉我	周鍾英	畢畏三	呂培厚	翠花街24號	華言印字局	十年九月
燕市報		十一年十月一日	王肅生	許彤伯	崔玉山	白昆甫	東單二條胡同八號	北京日報代印	十一年十月
北京時報	白話	十一年一月五日	鄭寶印	鄭寶印（兼）	白竹田	溫通周	海北寺街20號	明星印刷局	十年十二月
北京明報			樊存夏	李崇仁	關澤生	馬正之	永興寺廟內	同益印刷局	十一年十二月十七日
黎明報		十一年十二月十五日	趙叔敬	胡蔭春	楊雲石	王予元	宣外延旺廟街38號	文益印刷局	十一年十二月七日
二十世紀新聞		十二年十二月十六日	張蜀從	湯伯雄	范文運	梁德甫	西交民巷74號	同昌印刷局	十一年十二月十八日
東方時報	華文洋文日刊三大張	十二月一日	史悠溥	李治平	馬萬言	萬斯年	長安街13號	東方印刷局	十一年十二月廿四日
改進周刊	文言白話兼用	十一年一月一日	劉紹陵	劉紹陵（兼）	劉紹陵（兼）	成舍我	鐘鼓寺8號	新知書店弓弦胡同六號	十年十二月
平民大學周刊			方兢舟	吳光勳	於桂林	張蔭九		大成印刷局	十一年十二月
國風日報		十一年十月	胡逸民裴子清	景定成	李少白	李統球梁秀峰	魏然胡同二十九號	同昌印刷局印刷	十一年十月
商業日報	日出一小張		李幼亭	章棄材	聶築齋	張化南	南柳巷永興寺	北京印刷局	十二年三月
北京大陸晚報		十二年三月一日	張展也	姜灃蘭	張翼年	邱漢庭	正陽門外大廊營	擷華印書局	十二年三月
春明月報			邱曬公	邱曬公（兼）	杜於博	和濟印書局	香爐營四條二十號	和濟印書局	十二年九月
真理周刊		十二年四月一日	寶廣林	吳震春	趙希孟	史俊人		東方印刷局	十二年四月

直聲	（周刊）	十二年四月	許淩雲	方车	許淩雲（兼）	高君風	順城街74號	燕京印刷局	十二年四月
討論旬刊			吳甌	吳甌（兼）	鄧誠	劉明德	錢唐胡同三號	明明德印刷局	十二年五月
路政	月刊		任鸝笑	陸宗志	任鸝笑（兼）	劉明德		明明德印刷局	十二年五月
平民周刊		十二年一月十四日	黃穎民	黃穎民（兼）	黃穎民（兼）	李德臨	象房橋觀音寺	大誠印刷所	十二年一月
京兆新民周刊	周刊		周式濂	杜錫庚	傅毅	張紀五	京兆新民周刊社	北京印刷局	十二年十二月
春常在旬刊	文言	十二年十二月廿一日	宋繹如	金文沛	宋繹如（兼）	楊瑞亭	褡連坑四十八號	端林閣石印局	十二年十二月
民社日報	文言	十二年十二月	程醒民	陳澤公	王兢公	張化南	宣外海北寺街27號	北京印刷局	十二年十二月
茶餘錄	白話	十二年五月十二日	李海粟	張玖	曾省三	梁秀峰	方壺齋十號	同昌印刷局	十二年五月
醒鐘報	文言	五月五日	黃穎公	黃穎公（兼）	駱惠林	梁秀峰	宣武門內糖房胡同六號	同昌印書局	十二年五月
五點鐘晚報	文言	五月十三日	鄭知非	鄭知非（兼）	鄧佘耕	高君風	永華街十三號	燕京印刷局	十二年五月
民聲	日刊兩張		周者安	周者安（兼）	馮叔子	蕭賢年	新廉子胡同72號	擷華印書局	十二年五月
清議報	文言	四月七日	倪隱庵 張瑞增	余調生 倪隱庵	諸花農	文益印刷局	煤市街甘井胡同十五號	文益印刷局	十二年四月
電氣周報	文言	十二年四月二十三日	魯毅叔	李有光	余良甫	張化南	李閣老胡同八號	北京印刷局	十二年四月
民生周報	白話文言兼用	十二年三月	楊可大	舒啟源	楊俊	黃銳	宮門口頭條28號	懷英照像製版印刷所	十二年三月
全皖社旬刊	文言		萬佛生	李振彬	毛西平	李星符	後孫公園二號	大誠印刷局	十二年五月
法律周刊	文言		高朔	張志讓	高子祥	胡士華	彰儀門大街京師工藝廠內	北京和濟印刷局	十二年四月
會賢文刊			楊玉堂	吳薪之	吳碩卿	沉厚奎	東安門外大院胡同24號	沈記石印局	十二年四月
商業日報	文言		尹厚田	張醉丐	李大喜	徐亞傑	方壺齋	光明印刷局	十二年
一報	文言		惠慕俠	陳質公	左斗南	王光譜	前門外後孫公園一號	同益印書館	十二年二月
戲劇新聞		三月九日	春覺生	春覺生（兼）	李蘭亭	任崑山	鐵老鸛廟四號	北京報館代印	十二年三月
中國民報		三月十五日	吳藜生	陳陡岑	劉長福	王子元	北柳巷十九號	文益印書局	十二年三月

十字日日新聞	文言	三月十七日	孔慧航	萬靈易	黃文溥	張俊民	手幅胡同	永明印刷局	十二年三月
北京大早報	文言		馬半癡	徐悔盦	夏鐵漢	梁秀峰	王府倉月牙胡同五號	同昌印刷局	十三年二月
復報	文言	十三年二月	林復	林復（兼）	林誌君	邱鴻發	東華門南沿河	擷華印書局	十三年二月
大北日報（晨刊）	文言		凌義照	張榕生	孫榮齋	管翼賢	西河沿 146 號	潮報印刷所	十三年一月
中外日本		十三年一月十五	林松庵	蘇小戀	汪明煜	江會華	石駙馬大街十六號		十三年一月
英文世界晚報		十二年十月十日	林人摩	何鳳哨	何鳳哨（兼）	長興林記印刷局	蘇州胡同內	長興林記印刷局	十二年十月
飛報	文言		季耘非	同濟覲	韓鷹如	王幹臣	宣外大街 148 號	同益印書局	十二年十月
北京愛國早報	文言	十月十四日	苟志仁	馮有三	邵清凱	王幹臣	南柳巷永興寺	同益印書局	十二年十月
亞報		十二年七月	林質生	崔玉峰	高海	晏松軒	宣武門外爛縵胡同 70 號	新共和印刷局	十二年七月
自由晚報	文言	十二年七月十五日	陳子猷	李亞先	干儀軒	范毓恩	西珠市口潞安會館	恩光印刷局	十二年七月
太平日報	文言		鄭誠元	彭清庵		同益印刷所	本社	同益印刷所	十二年九月
平民日本	文言	九月五日	胡定遠	辛鍾盧	梁松榮	王海洲	西草廠 88 號	國民新聞印刷部	十二年九月
正報晚刊	文言	批准後五日發行	龍愚	張政	曹督三	梁秀峰	潘家河沿 28 號	正報晚刊社	十二年九月
都門晚報	文言		方遯盦	廖瓠落（兼）	廖瓠落	高君風	端王府夾道南口 9 號	燕京印刷局	十二年九月
直報	文言	十二年四月六日	成抱一	林平	羅恒	劉迪元	永光寺中街六號	共和印刷局	十二年四月
群言報	白話日刊	十二年一月	楊玉堂	楊玉堂（兼）	楊玉堂（兼）	王幹臣	爛漫胡同 24 號	同益印書局	十二年一月
互助雜誌	月刊		袁尊先	胡一塵	康天木	梁秀峰	背陰胡同九號	同昌印刷局	十二年一月十日
京兆時報	文言日出一大張	十二年一月十日	恒詩峰	恒詩峰（兼）	張叔簡	王幹臣	捨飯寺 18 號	同益印書局	十二年一月九日
順值日報	文言		朱贊民 高奉璋	陳朝舉	劉春元	王幹臣	琉璃街 30 號	同益印書局	十二年一月

華報	文言		陸軍卓博公	李定一章棄材	汪永春金寶軍	邱漢亭	化石橋 51 號	擷華印刷局	十二年一月二十二日（十三年十二月更換經理人等）
民治報			張元璞	寧德一	寧德一（兼）	平民習藝所印刷科	華興旅館	內務部習藝印刷科	十二年一月
三畏文刊	遊戲雜誌		王紹南	王蓮蓀	王夢蓀	王來益	汪家胡同二號		十二年一月十九日
憲報	日刊	一月七日	陳家進	金鎮生	劉益之	邱漢庭	宣內油房胡同 24 號	擷華印刷局	十二年一月
理鐸報	文言白話兼用	十二年一月二十五日	李善	謝養吾	趙星如	王幹臣	西城祖家街十號	同益印書局	十二年一月二十五日
建設新報	文言	五月二十一日	張根仁	張根仁（兼）	張錫侯	王世釗	宣外草廠九十三號	文益印書局	十二年五月
憲友	專載憲法言論	五月二十九日	姚敬之	王仲劉黃自芳	王仲劉（兼）	高宜年	中華飯店	爛漫胡同 72 號	十二年六月
佛化社青年月刊		八月三十日	張宗載	寧達蘊	陳叔俊	梁秀峰	觀音寺本會	同昌印刷局	十二年八月
宣報	文言白話兼用	六月十五日	談鈞陸	楊訟愚	解翼	王子元	察院胡同 40 號	文益印書局	十二年六月
中國晚報	文言	六月十日	晏鋤非	黃若零	於振遠	曾植平	宣外教場三條 19 號	新共和印刷局	十二年六月
法律評論		七月初旬	許藻鎔	李祖虞	李潤生	李少甫	鑾興夾道 22 號	華北印刷局	十二年六月
鳴報	文言	十二年六月二十日	李鑄濤	吳炳樅	李鑄濤（兼）	劉明德	報子胡同 22 號	明明印刷局	十二年六月
東方夜報	文言	六月六日	王秉璋	楊天兢	張世安	姚濟民	甘石橋 170 號	燕京印書局	十二年六月
道路晚報			夏鐵漢	夏鐵漢（兼）	邰潤章	張華明	甘石橋 114 號	華明印刷局	十二年六月十六日
昌言報		十三年三月一日	徐味冰	張立群	方癡俠	管翼賢	東四七條 72 號		十二年十二月
東方晚報		十二年十月	吳汶庵	李德綸	賈品之	邵馥棠	教場五條	昭明印刷局	十二年十二月
和平日報	文言	十一年十五日	章弘濟	尹仲桐	張幼甫	梁秀峰	察院胡同 41 號	同昌印刷局	十二年十二月
大中國報	文言		鄭迺成	宋陶齋	鄭迺成（兼）	鄭世煒	海北寺街 20 號	同益印刷局	十二年十月
英文北京導報			劉景舜	柯樂文	邢可達	焦玉樓	煤渣胡同		十三年十二月
北京穆聲周報	文言	十三年十二月	韋誠光	毛伯長	韋誠光（兼）	徐雅傑	西單北大街清真寺內	光明印刷局	十三年十二月

和平日報		十三年十二月一日	汪萬宣	陳右東	張亦仙	楊子柔	西長安街和平日報社	道德學社印刷	十三年十二月
和平報			金寶年	管卓奮	金寶年（兼）	金寶年（兼）	新華街洋樓	擷華印刷局	十三年十二月
建國周報	文言	十四年一月十日	郭牖民	李東帆	郭子和	侯淑臣	保安寺21號	同益印刷局	十三年十二日
統一晚報		十三年十月十日	魏壽同	吳文景	王世炎	茹平軒	南柳巷永興寺	北京日報館印刷所代印	十三年十月
西北半月刊		十三年二月	鄧萃英	馬鶴天	章蒙去	汪太沖	下斜街一號	公記印刷局	十三年二月
世界晚報	文言		陳策	丁銘禮	陳策（兼）	田梓安	西單太僕寺街34號	潮報印刷所	十三年四月
民生日刊	文言		李營舟	李營舟（兼）	張玉文	梁秀峰	五道廟八號	同昌印刷局	十三年四月
燕報	白話	十三年八月	高悟公	張伯平	時子恒	鈕鐵民	西單察院胡同	國務院印鑄局	十三年八月
美術畫報	文言白話兼用		黃培增	鄔仲華	鄔仲華（兼）	高德勝	宮門口中廊下39號	中華石印局	十三年三月
社會周刊	文言		余天休	陳兆疇	余鳴岡	張俊民	丞相胡同二十三號	永明印書局	十三年三月
大晚報1		十二年六月	尹奉初	王解生	夏叔龍	張蘭亭			十三年五月廿五日
文化報	文言	十三年十一月一日	徐祖亞	張文青	王之璋	江瑞甫	西河沿141號	永華印刷局	十三年十一月
佛教警鐘報	研究佛學		釋樂山	劉厚之	心明	江瑞甫	西安門外崇聖寺	永華印刷局	十三年六月
維新刊	雜誌（半月刊）		申鴻升	石夢周	李亭山	高君風	松竹胡同三號	燕京印刷局	十三年六月
常識周報	文言白話兼用		韓敬琦	韓敬琦（兼）	韓敬琦（兼）	王幹臣	扁擔胡同一號	同益印字館	十三年六月
新民儲蓄月刊			林文椿	林文椿（兼）	林夢鴻	吳少泉		昌記印刷所	十三年八月
圖畫世界	雜誌（月刊）	十三年七月	馮武越	經理人（兼）	馬克有	何星橋	中華美術商行王府中大街96號	東城印刷局	十三年八月
影劇周刊	文言		包括	郭僧楷	包括（兼）	郝始臣	大安瀾營十三號	京津印書局	十三年七月
醒愁文刊	文苑（旬刊）		潘毓相	危善定	危善定（兼）	李華甫	石駙馬大街京溝沿四十八號	華茂印刷局	十三年七月
平民新報	日報	四月二十日	廖瓠尊	趙星盦	曾超	王福生	石駙馬大街22號	感化學校印刷工場	十三年四月

北京午後報	文言	四月二十一日	秦紹如	周志堅	趙茂生	王永志	安定門內分司胡同二十九號	京兆公立第一工廠	十三年四月
春明新報	文言	四月七日	武盡臣	王陋隱	徐彬卿	王子元	裘永街34號	文益印書局	十三年四月
今晚報	文言		陳坤	林一士	黃遠駒	王幹臣	驟馬市大街麻線胡同十二號	同益印刷局	十三年五月
中華日報	文言	十三年五月六日	米迪剛	尹仲材	尹仲材(兼)	劉吉占	順城街56號	新共和印刷局	十三年五月
太平洋日報		二月二十五日	惠仁	黃湘波	何少如	盛禧庭	太平洋日報發行所	印鑄局營業所	十三年三月
新華晚報	文言	五月二十九日	姚敬之	王仲劉	王仲劉(兼)	高宜	新華街27號	永華印刷局	十三年三月
世界晚報	文言		成平	成平(兼)	成平(兼)	晏松軒	石駙馬大街甲字九十號	本社自印	十四年一月成平接辦
世界日報	文言		成平	成平	成平	晏松軒	石駙馬大街甲字九十號	本社自印	十四年一月
遊藝場日報	文言		魏晉賢	魏晉賢(兼)	魏幼卿	王道之	遊藝場日報	文益印書局	十三年三月
民德日報		三月上旬	張陶公	蕭志尹	王恩甲	田梓安	西斜街15號	潮報印刷所	十三年三月
京津解頤錄			馬天驥	張波公	李鳳嵐	張俠飛	椿樹下頭條七號	同昌印刷局	十三年三月
新中華報			郭潛	張曉曾	范之榮	王幹臣	賈家胡同35號	同益印書局	十二年七月
北京新聞報		十三年九月一日	胡玉齋	胡迂公	胡建侯	劉德廷	虎坊橋胡同48號	北京新聞社印刷部	十三年八月十七日
維納絲日報	文言白話兼用	八月一日	張觀海	朱惠芳	侯建威	韋耀光	前門外西河沿門牌191號	光明印刷局	十三年八月
譚風錄	文言	九月六日	明鏡吾	明鏡吾(兼)	明鏡吾(兼)	同昌印刷局	東四牌樓北隆福寺	同昌印刷局	十三年八月二十六日
道德公言	文言	九月六日	劉玉權	明金鑒	明金鑒(兼)	梁秀峰	同上	同上	十三年八月
新京晚報	文言白話兼用	七月	鄭落塵	葉問天	吳陶然	王幹臣	前門內大中府胡同19號	同益印刷局	十三年七月
經濟報	文言	九月	陳壁剛	吳慕陶	陳士元	朱朝益	同上	新中華報社印刷部	十三年九月
經濟日刊	文言白話兼用	六月二十日	陳壁剛	吳慕陶	陳士元	朱朝益	同上	文益印刷局	十三年七月
少年日報	文言白話兼用		張銘慈(兼)	張銘慈(兼)	胡長慶	王子輝		光明印刷局	十三年七月
憲政日報	文言	六月二十日	伍永交	黃健	吳佩侯	蕭子明	頭髮胡同六號	擷華印書局	十三年七月
甲子報	文言		吳青山	李日新	吳荃林	何一雁	國會街47號	海僑印刷局	十三年六月

捷報	日刊	四月十五日	徐漢生	徐味冰	褚善甫	夏燕山	西茶食糊塗哦30號	同新印刷局	十三年五月
中央晚報	文言	十三年九月	陳白暘	黃元生	陳白暘（兼）	夏燕山	安福胡同79號	同新印刷局	十三年十月
北洋日報	文言		張組亞	張文青	魏逸群	梁秀峰	西河沿141號北洋日報社	同昌印刷局	十三年十月
新春秋報並副刊	文言		章獻猷	孫治械	鄭鄂	王子元	西河沿145號	文益印刷局	十三年五月
周際晚報	文言	十月二十八日	李鑒	孫宣	白玉山	劉金榜	木社	五一印刷局	不詳
春明晚報		六月二十九日	彭一舟	黃霖之	張席如	盧木生	春明晚報發行部西草廠	北京印刷局	不詳
旅京山東地方治安討論周刊		十三年六月二十五日	紀伴琴	邱特亭	邱記明	黎明甫	地安門外方磚廠四號	京兆第一工廠	十三年七月
財政經濟叢刊	雜誌（半月談）		樊壽顯	葉籟松	吳漁舫	胡元桂	永光寺西街七號	和濟印刷局	十三年五月
邊事季刊		五月十五日	李晉生	曹森	郭學曾	京津印刷局	大佛寺籌邊會內	京津印刷局	十三年五月
京兆晨報	文言		王庭蘭	申伯純	孫樂之	邱漢庭	臧家橋23號	擷華印刷局	十三年五月
三餘旬刊	文言		鄭萬珍	關銳瀛	鄭完忙	李華甫	西四牌樓翠花街副八號	華茂齋西門大街75號	十三年五月
廣告日報		十三年十月十日	夏柏民	程侶華	張文敏	張文敏（兼）	大柵欄甲16號		十三年十月
京兆晚報	文言		王庭蘭	申伯純	孫樂之	邱漢庭	臧家橋23號	擷華印刷局	十三年五月
國際日報	文言	五月一日	鄧浩民	王貿生	鄧秀林	梁秀峰	西城宮門口官園一號	同昌印刷局	十三年五月
中國統一時報	文言	八月十日	王家齊	李鐵俠	馬兢生	何子猷	宜外金井胡同六號	神工印刷局	十三年九月
北京時事報	文言	十三年九月十五日	向固塵	王印函	向固塵（兼）	王幹臣	琉璃廠街73號	同益印書局	十三年九月
中國婦女日日新聞	日刊	九月	萬源章	汪淑靜	葉紹清	梁秀峰	扁擔胡同三號	同昌印刷局	十三年九月
午後新聞	文言	九月一日	李萬波	申申如	李翼庭	同新印刷局		同新印刷局	十三年九月
宇宙聲報	文白兼用		劉棄逸	劉白經	賈頤庵	王子元	東單觀音寺甲87號	文益印書局	十三年九月
燕報	白話	十三年八月	高悟公	張伯平	時子恒	鈕鐵民	西單察院胡同四號	國務院印鑄局	十三年八月
京都新報	文白兼用		何寶祺	陳鐵公	涂吟廠	涂吟廠（兼）	宜外大街一九四號	同益印刷局	十三年八月

時事評論	半月刊	十四年六月十五日	王世鼎	凌楫民	王世鼎	齊家本	西城二龍坑	中華印刷局	十四年六月
北洋日報	文言兼用		康洪章	康洪章（兼）	？德茂	江瑞甫	西城胡同二號	永華印刷局	十四年十二月三十一日
京國夕報		十四年六月五日	陳天鳴	劉聖綱	林軒公	楊幼陶	鑾輿衛夾道17號	明明印刷局	十四年六月十日
法學新報			趙欣伯	趙欣伯（兼）			校場四條24號		十四年元月二十八日
廣報（廣告日報改名）	三日刊	一月十五日	夏柏民	程侶華	張文敏		大柵欄甲16號	永華印刷局	十四年一月
平民新報	白話	十四年二月一日	晏陽初	辛秉鈞	方榮澄	江瑞甫	石附馬大街南溝沿22號	永華印刷局	十四年八月五日
世界日報			門覺夫	門覺夫（兼）	門覺夫（兼）		石附馬大街92號	本報自辦印刷	十四年五月七日
北京時報	日出一大張	十一月二十日	林濟文	曹思敏	陳樹深	毛文啓	南柳巷永興寺內	永華印刷局	十四年
勞工日刊	勞工教育	十四年九月	謝徵學	諶小琴	羅炳耀	王佐仁	國會街五號	永華印書局	十四年十一月二十四日
畿輔日報	文言	十四年一月	秦秋全	鄂雄武	張月廷	李福增	地安門外北單鼓巷58號	京兆第一工廠	十四年一月十四日
大亞細亞日報		九月十日	李紹唐	梁濟康	汪道餘	徐兆熊	外右二區鐵門73號	光明印刷局	十四年七月九日
商標法學期刊	季刊		何星橋	熊才	熊才（兼）	何星橋（兼）	鈴鐺胡同6號	東城印字館	十四年七月
人權雜誌	月刊	本年八月	胡石青	陳築山	喻正白	齊家本	四磚塔胡同56號	中華印刷局	十四年九月七日
新教育評論	周刊	十四年十二月一日	陶行知	趙迺傳	葉兆林	姚伯長	北京西四中華教育改進社	和濟印刷局	十四年十二月七日
亞星周刊	文藝新聞	十四年十二月二十日	薛亞人	趙夢悉	周青雲	高君鳳	香爐營頭條	燕京印刷局	十四年十二月二十四日
黔人之聲周刊			吳德遠	林嘉駿	孫時互	姚濟民	後門街廠橋四號	燕京印刷局	十四年十二月三日
甲寅周刊			彭鐸公	鍾介民	王純吾	郝始臣	甲寅周刊	京津印刷局	十四年七月二十日
國民新報	日報		段志林	鄧子航	劉世宗	高君鳳	延壽寺街30號	燕京印刷局	十四年七月二十日
新北京晚報		六月十八日	章棄才	劉慰祖	周紹泉	張化南	本社方壺齋三號	北京印刷局	十四年六月十二日
愛國白話報			馬半癡	楊仲華	孫鐵公	王幹臣	茶兒胡同14號	同益印刷局	十四年六月十一日

報名	文體	登記日期	發行人	編輯			地址	印刷局	創刊日期
京兆日報	文白兼用	十四年三月二十一日	恒叔達	恒叔達（兼）	恒叔達（兼）	梁秀峰	石附馬大街96號	同昌印刷局	十四年三月
新新日報	日出一大張一小張	三月十六日	黃德明	沈瘦夫	林賡餘	韋耀先	宣武門大街199號	光明印刷局	十四年三月十六日
北京群言報	白話		李愛霞	李愛霞（兼）	高得勝	高文榮	中華印刷局	中華印刷局	十四年三月二十八日
明星晚報	文白兼用		宋公復	徐子行	趙天一	朱有臺	明星晚報發行處	中華報印刷部	十四年十月三日
三民報	文言			吳令生	金玉山	夏燕山	西草廠27號	同新印刷所	十四年一月
大東報	文白兼用	十四年一月	陳筱樾	黃東黎	范樹言	張之軒	宣外西草廠	北京求知學社印刷部	十四年一月三日
國際協報	日出一大張	一月二十七日	蔡辰北	譚鏡如	張交山	胡宜公	達智橋松筠庵廟內	北京印刷局	十四年一月
警鐘日報	晚刊	十四年十二月	張珀潔	張寒冰	高登	眞眞印刷局	宣外大街韓城會館	眞眞印刷局	十四年十二月十三日
北京大公報	日出一大張	十二月一日	王天祐	王天祐（兼）	王天祐（兼）	韋耀先	外右二區西草場三十號	光明印刷局	十四年十二月二十日
復言報	日出一大張	五月二十二日	康勳諶	於文式	康勳諶（兼）	梁秀峰	琉璃廠街85號	同昌印刷局	十四年五月二十四日
民報	每日刊行		陳蔭人	陳仲三	劉少勤	張國信	象鼻子前坑六號	民國印刷局	十四年五月二十五日
國民晚報	文言	六月十九日	黃雪甫	羅少青	盛建雄	江會華	前內石碑胡同26號	永華印刷局	十四年六月二十七日
交通日報	文言		陳協全	虞凤超	朱華斌	曾贊衡	宣外達智橋八號	永和印刷所	十四年六月二十九日
心聲晚報	文言	十四年五月十日	高予眞	高賴雲	張公謙	王益三	西城豐盛胡同	慈濟印刷局	十四年五月
大同晚報	每晚出一張		龔德柏	龔德柏（兼）	龔德柏（兼）	龔德柏（兼）	頭髮胡同27號	同新印刷局	十四年六月二十日
光華日報	日刊	十四年七月一日	石翼憲	王聯恒	瞿又鑣	梁秀鋒	崇文門外河泊廠9號	同昌印刷局	十四年六月二十三日
新時報	促進社會道德		蔣劍萍	江一青	江鑒平	王廷楨	琉璃廠西門150號	同益印刷局	十四年六月二十日
德郵晚報			王明善	鄒碩英	何惠		德郵晚報宣外棉花五條	昭明印刷所	十四年六月十八日
工報	日刊		張知兢	諶小岑	楊德甫	商小權	宜外北半截胡同九號	永華印刷局	十四年六月七日
文報	日刊一小張		狄秋山	秦淨因	李誠齋	丁子和	宜外舊籤子胡同79號		十四年六月二日
中外報章類纂社	剪裁各報內容	十五年一月一日	秦墨哂	費四軒			廣安門大街21號		十四年十二月

大亞細亞日報	日出一張	九月十日	李紹唐	梁濟康	汪道餘	徐兆熊	外右二區鐵門73號	光明印刷局	十四年九月九日
贛民月刊	雜誌（月刊）		方其道	方其道（兼）	曾亮東	管毅忱	贛民月報	新新印刷局	十四年九月二十九日
憲報	日出一張半	九月三十日	林超然	羅秋心	唐堅		南妞妞房二號	永華印刷局	十四年十月六日
新春秋日報	日出三大張		孔仁宇	胡一臧	陳輔之	夏燕山	新春秋日報社	同新印刷局	十四年十月三十日
京師市報	日刊每日一張		韓寄宣	韓寄宣（兼）	吳惠卿	戴蘭生	本社棉花下三條一號	實事白話報館代印	十四年十月九日
黃興日報	日刊	十四年十二月	張泊潔	李去私	高堅	眞眞印刷廠	本社	眞眞印刷局	十四年十二月十三日
畿輔日報	日出一大張		李效虞	李石泉	張雲階	胡益功	本社	北京印刷局	十四年十二月二十三日
醒世日報			張鏡佛	王陌隱	封新權		南柳巷永興寺	永明印刷局	十五年一月二十八日
晨光報			高崢榮	金言公	郎鴻一	內務部游民習藝所	本社內	內務部游民習藝所	十五年三月五日
中國報	文言	十五年四月一日	吳曉峰	吳曉峰（兼）	吳曉峰（兼）	夏燕山	西南園23號	同新印刷局	十五年四月五日
民主晚報	日出一張		成濟安	成濟安（兼）	任厚康	任厚康（兼）	壽逾百胡同二號	民主晚報印刷所	十五年三月七日
民生日報		四月二十四日	鄭莪卿	曾洪文	王竹三	程國瑞	西草廠24號	燕京印刷所	十五年二月二十一日
大公晚報		十五年四月一日	魏雋贏	舒紙鎏	舒成	眞眞印刷所	宣外爛漫胡同	眞眞印刷所	十五年三月二十九日
中華自治日報	文言白話兼		卓葛？	陳鴻榘	王翩梧	夏燕山	在本館	同新印刷所	十五年三月二十六日
北京早報	文言	三月十四日	王錫綸	倪天儒	吳書伸	夏燕山	南柳巷永興寺	同新印刷所	十五年三月二十五日
經濟新聞日報			賀一諤	吳一新	陳永年	楊廷瑞	中一區東安門43號		十五年三月三十日
明報		十二月十六日	孫伯琦	張朝鼐	楊桂森	江會華	本社	永華印刷所	十五年一月三十一日
中華旬報		五月六日	朱迪剛	顏蘭亭	胡武卿	朱銳甫	中華旬報發行部	新中華印刷所	十五年五月十二日
新共和報		五月十五日	袁由辛	陳元春	孫榮齋	梁秀鋒	西河沿145號	同昌印刷所	十五年五月十六日
新聞晚報	文言		陳劭南	金震東	朱謙甫	朱謙甫（兼）	西四牌樓後車胡同3號		十五年一月一日

磊報	以提倡文學藝術為宗旨	十月四日	黃松風	馮竹仙	黃松風（兼）	擷華印刷局	棉花下七條四號	擷華印刷局	十六年十月五日
實業日報	文言白話兼	八月初	董贊庭	嵩公毅	趙瑞亭	游民習藝所	本館	游民習藝所	十六年九月十三日
宣南晚報	新聞	九月十四日	吳恬公	李猿公	晏子明	晏松軒	宣外眞眞印刷所	眞眞印刷所	十六年九月十七日
遠東日報	一小張日刊		陳爾純	陳爾純（兼）	陳爾純（兼）	周德仁	錦什坊大街大喜胡同 22 號	中外新聞社印刷所	十六年八月六日
日新早報	文言	十六年八月一日	廖炳星	王焜裕	何忠軒	江會華	南柳巷永興寺	永華印刷所	不詳
礦冶會誌	學術季刊		中國礦冶學會編撰會	孫昌克	曹誠克	京華印刷所	中國礦冶學會	京華印刷所	十六年十月十四日
新聞白話報			任大忠	徐劍膽		江會華			十六年七月十二日
人聲月刊	宣傳宗教		周扶耕	周扶耕（兼）	周扶耕（兼）	包炳勳	鼓樓西長老會五十號	東亞印書局	十六年十二月廿七日
藝林旬刊	古今書畫	十七年一月一日	林夢陶	吳快亨	林夢陶（兼）	京華印刷局	東方繪畫協會內	京華印刷局	十八年十二月一日
坦途		十六年十一月	朱希公	陳天民	朱希公（兼）	茹思楓	北京齊內萬曆橋三號	志成印書館	十六年十二月七日
湖社半月刊	畫報	十六年十一月	余開藩	胡衡	余開藩（兼）	胡世華	錢糧胡同十五號	京城印刷局	十六年十二月九日
息災專刊	弘揚佛法	十七年二月	萬鈞	鄭繼銓	胡瑞澄	京師第一監獄	中央刻經院	京師第一監獄	十七年五月十四日
商學月報		十六年八月十日	張熾興	李文德	李文德（兼）	王幹臣	內務部街燕京公寓	中國印刷局	十六年九月二十日
南金雜誌	月刊	十六年七月十五日	傅芸子	姚君素	傅芸子（兼）	志誠印書館	前門司法街六號	志誠印書局	十六年七月九日
北京小報	專載通俗小說	十七年三月一日	王念勳	王念勳（兼）	呂靜波	劉政	宣外車子營 10 號本社	擷華印書局	十七年三月一日
北京晚報（附刊霞光畫報）			劉夢僕	譚淡公	顧叔詒	劉德順	北京晚報社	北京晚報社自印	十七年五月十一日
明星報	白話	二月一日	馬瑜忱	劉劍卿	馬瑜忱（兼）	馬軼倫	取燈胡同六號	擷華印書館	十七年一月十八日
北京正陽報		一月二十五日	張紹良	張紹良（兼）	彭榮森	晏松軒	北京正陽報	眞眞印刷所	十七年一月四日
新新日報	文言白話兼用		朱秋雲	徐不溫	李桐義	江會華	達子營 28 號	永華印刷局	十七年一月六日

東方晚報	文言	二月十五日	向孝愚	向孝禹（兼）	陳春農	邱振預	煤市街小椿樹胡同 17 號	陸軍印刷所	十七年三月四日
市民旬刊	白話	十七年一月	湯茂如	湯茂如（兼）	中華平民教育促進會	胡元桂	石駙馬大街 22 號	京城印刷局	十七年三月三日
文化半月刊			邵松如	戴驊文	邵松如（兼）	方鳳翔	西河沿 183 號文化學社	北京書局	十七年三月四日
北京教育會會刊			北京教育會	王嗣均	北京教育會		北長街 26 號北京教育會內		十七年五月一日
冀星半月刊			張肇基	張肇基（兼）	張肇基（兼）	王幹臣	宣外鐵門七十一號	中國印刷局	十七年五月二十三日

湖北省城報刊註冊統計表（1912 年 3 月～1925 年 12 月）

名稱	宗　旨	體例	發行時間	經理人	編輯人	發行人	印刷人	發行所	印刷所	立案時間
湖北公報	公佈法令		元年六月十六日	袁祖光	汪溉		陳仁欽	大朝街印刷局	大朝街印刷局	
湖北教育報	推進本省教育實施		元年十二月	吳強東	吳強東（兼）		陳仁欽	附設署內	傅集文印書館	
大漢報	鞏固共和	日報	辛亥年八月二十三日	胡石巷	丁愚庵		楊明松	貢院新街十四號	大成印書公司	
文史雜誌	闡明國學	月報	元年十二月八日	彭延爕	魯濟恒			恤孤局二十號	傅集文印書館	元年十二月
國民新報	維持國計民生	日報	元年四月二十日	李震	李復		楊庚	漢口篤安里三道衙十號		元年三月
軍事白話教育報	牘啓軍事知識	日報	元年六月二十二日	李震	師恩孚		楊庚	同上		元年五月
湖北通俗教育報	推進社會教育	月報		吳強東	吳強東（兼）			附設署內	傅集文印書館	
湖北通俗教育報	開通民智糾正人心	日刊	二年十一月	袁祖光（兼）	閔毅鄔祖潤		陳仁欽	附設署內	武昌印刷公司	二年十月十四日
中西報	開通民氣提倡商業	日刊(附晚報)	二年六月十五日	王鳳文	楊文庵王癡吾		王萬久李連勝	花樓街維新印刷局內	維新印書局	二年六月
漢江新聞報	擁護中央贊助政府		三年五月二十日	張瀛遠	鳳竹蓀		郭矩齋	漢口小董家巷	萬成文印書館	三年四月
白話報				李根（呈請創辦）						四年五月二十日（有無刊行不詳）
新國民日報	擁護共和改良社會	日報	五年七月二十四日	龔國煌周孟陽	吳月柯		李維新	武昌四川會館內		五年八月
崇德公報	擁護共和（教會辦）	日報	五年十月一日	劉泥清	秦縱仙蕭楚女	廖輔仁	陳秋海徐自新	武昌花園山天主堂	博文印字館	五年九月
天聲報	鼓吹國家主義	日報	五年八月十日	胡石庵	朱伯鼇		楊明松	漢口槐蔭里30號		五年八月
漢口大中華日報	擁護共和提倡實業	日報	五年七月二十二日	楊礪志	吳晴堂		陳秋海	漢口永安里40號	本館印刷所	五年八月

民報	維持秩序提倡道德	日報	五年八月二十日	王元震	劉梅岑		俞子明	法界偉英里29號	博文印字館	五年八月立案
光華雜誌		雙月刊			陳時	陳宣塏	傅維廉	武昌糧道街中華大學	傅集文印字館	五年
中庸報		日出三張		陳文均	江庸夫			漢口厚德里十三號		八年九月三十日
長江報				李植芳	唐林 張季鴻	湯竹樵		漢口生成里116號		八年九月三十日
漢口大陸報	擁護中央提倡商業	日報	八年四月三十日	蕭平閣	張雲淵	張雲淵（兼）	俞子雲	漢口小董家巷	博文印書館	八年四月十一日
正義報	主持正義指導國民	日報	八年九月十五日	萬蔭良	濮巨南		徐懷川	漢口正街周家巷		
華興實業月報			八年十二月	馬一良	陳了凡	朱世醒		漢口新華景街	黃鼎文印字館	八年十二月
武漢商報		日報		黃汝驤	黃汝驤（兼）	吳彬甫		漢口慎源里26號	文藝協記印書館	九年三月十一日
漢江白話報（漢江日報）	提倡實業	日報	九年六月九日	鄧博文	葉冷生 朱佩埃		李維新	漢口小董家巷	國民印刷公司	九年五月二十四日（九年七月改名）
興華實業	提倡實業	月刊	九年七月十二日	馬一良	陳了凡		黃鼎文	漢口新華景街	鼎文印刷店代印	九年六月二十四日
崇實報	提倡實業開通民智	日報	十年一月一日	沉靜盦	劉輔世	沉靜盦（兼）	王慶臣	漢口永廣里讀書堂街		九年十二月
民生報	提倡實業	月刊	擬九年九月一日	丁鎮瀾 褚容川	黃兆蘭	柴正銘	黃鼎文	讀書堂街中和里十號	黃鼎文印刷館	九年七月十四日
中國工商新民報	指導改良工商業	月刊	九年十月十五日	余瑞卿	丁愚庵		劉世鐘	熊家巷泰米棧	中華印務公司	九年十月
國語新報	提倡注音統一國語	半周刊	十年四月五日	李廣智	李秀琪 李世棟	沈暇	李安之	漢口屏潤里五號	國民印刷公司	九年十月
武漢新聞	啓迪民智發展實業		十年二月二十二日	畢炎尹	馬韻鑾			三道街十三號	永盛印書局	十年二月十九日
天鐸報	不偏不倚促進社會	日報	十年十一月一日	周鈺斌	哈東方		祝潤香	漢口後城馬路新街口		十年十一月四日

江聲日報	提倡文化有益社會	日刊	十年十一月二十五	歐元羲	楊雲臺		郭宣懷	漢口後花樓左巷內		十年十一月八日
捷報	啓迪民智改良社會	日報	擬十一年一月出版	闞辛知	項傑生		倪蘭谷	漢口愼源里二十五號	武漢印書館	籌備，尚未備案
晨鐘白話報	主張公理改良風俗	日報	十一年七月二十四日	蕭英一	袁正道		李維新	漢口後馬路人道醫院	國民印刷公司	十一年七月
民德報	提倡道德挽回人心	日報	十一年八月二十一日	鄢雲岑	秦迷陽		倪蘭谷	生成里一百五十號	武漢印書館	十一年八月
眞報	提倡實業開通民智	日報	十一年十月十日	郭祖賁	孫掃綠		李維新	篤安里內	國民印刷公司	十一年十月
大公日報	主張公理鼓吹教育	文言	十一年十一月一日	袁正道	沈次剛		闖八士	武昌菊灣西街第一號		十一年十一月二十八日
快報	提倡實業啓迪民智	文言	十一年十月	姚元鼎	吳琪			芝麻嶺一號	湖北官治印刷局	十一年九月十五日
鏡報		日出三張		呂振球	李載民潘天一			漢口歆生路通業里19號		十一年十月
天聲報	啓迪民智提倡道德	日報	十二年九月二十日	鬍子春	張漢翹		李維新	漢口榮安里五號	國民印刷公司	十二年九月
敬言日報	鼓吹法治促進統一	日報	十二年九月二十八日	趙丹一	鄧伯華		祝潤湘	漢口日界同德里二十號		十二年十月
黃報	提倡實業振興商務	日報	十二年四月二十日	陳卓	胡克之		李作民	後城馬路五常北里一號	國民印刷公司代印	十二年四月二十六日
三楚日報	提倡工商業	日報	十二年五月一日	李康成	易雪泥		周巨廷	通業里十七號		十二年四月
大江新報	啓迪民智改良社會	文言	十二年四月一日	李子青	盧復蘄			龍神廟二十六號	官紙印書局代印	十二年三月
新晚報	提倡實業鼓吹民治	文言	十二年六月一日	曹佩龍	孫鄂癡		周福	芝麻嶺街一百一十九號	博文印刷館代印	十二年五月
癸亥日報	啓迪民智發揚民治	日報	十二年九月一日	徐步青	雪爲章			山峽里十二號	貧民印刷廠	十二年八月

漢口白話報	提倡實業補助教育	日報	十二年九月二十六日	夏容宇	易士楨		李維新	瑞慶里八號	國民印刷公司代印	十二年九月
新國民報	提倡新文化扶植新道德	日報	十二年十月十日	胡讓齋	鍾鍾山		倪蘭谷	南洋里十二號	武漢印書館	十二年十月初
人權日報	闡明法制維護人權	文言	十二年十一月？日	嚴山謙	樊景疇			撫院街三十號	官紙印刷局	十二年十一月
民報	謀社會改良	日報	十三年三月一日	張明珩	徐公樸		張浚	通業里二十號	中亞印刷館	十三年一月
中報	提倡教育促進實業	日報	十三年二月十七日	胡良卓	哈東方		王毅吾	聚興里四十五號	湘鄂印書館	十三年二月
白話平報	灌輸知識促進進步	日報	十三年五月一日	胡良卓	哈東方		王毅吾	聚興里四十五號	湘鄂印書館	十三年四月
湖廣新聞報	促進和平改良社會	日報	十三年九月二十四日	徐荊璞	傅文峰		王毅吾	篤安里三十四號	湘鄂印書館	十三年五月
警報	啓發民智指導輿論	日報	十三年十二月八日	鄭運武	董元豪		李維新	同善里		十三年十二
漢口大晚報	促進實業輔助教育	晚報	十四年四月四日	歐陽蟾	梁述光		胡癡民	裕昌里十號	華鄂印刷館	十四年五月
群治報	指導社會發揚民治	日報	十四年十月	郭謂公	郭華國		張光耀	聚興里五十三號	湘鄂印書館	十四年八月
楚風日報	啓發民智振興實業	日報	十四年八月	李慶恒	許謙		李少庵	後花園街	湘鄂印書館	十四年十二

福建省城報刊註冊統計表（1913 年 2 月～1921 年 8 月）

名　　　稱	主任姓名	發行所地址	設立年月	變更年月
閩報	前島眞（日人）	閩侯縣泛船浦	光緒年間	民國五年主任爲赤石定藏
求是報	王文耀	閩侯南臺大廟前	民二年二月	三年三月封禁
去毒鐘報	陳奮侯	閩侯南臺後洲雙虹書院	民三年三月	三年六月停版，六年九月復版，發行人劉鴻祺
民生日報	曹汝楫	閩侯天皇嶺	民三年八月	
福建省教育行政月刊	省教育科編輯處	福建印刷所	民五年一月	
政治研究社雜誌	徐宗犀	福建印刷所	民五年七月	
福建鹽政公報	鹽政署編輯處	閩侯光祿坊	民五年七月	
健報	鄭作樞	閩侯三牧坊	民五年七月	
求是日報	金開誠	閩侯龍潭公益社	民五年八月	
伸報	黃乃裳	閩侯文興里	民五年八月	
民聲日報	陳傑	閩侯福利印刷公司	民五年九月	
新報	陳民鐘	福建印刷所	五年九月	
商業雜誌	高琛	閩侯文興里	五年一月	
商報	陳燊	閩侯下殿	五年九月	
平民日報	趙琦	閩侯大斗彩巷	五年十月	
海濱日報	林季雲	閩侯東門大街	五年七月	
通俗周報	蘇碧	閩侯秀治里	五年十一月	
華同日報	李祖覺	閩侯大斗彩巷	五年十一月	
新民日報	陳文寰	閩侯田磹	五年十一月	
財政經濟周報	高登鱸	閩侯南後街	六年二月	
福洲日報	林英	閩侯南後街	六年二月	
一陽日報	蔣哲莊	閩侯鼓樓前	六年二月	
公論周報	邱醒旦	閩侯外九彩園	六年二月	
心聲報	吳文	閩侯府直街	六年四月	六年六月停刊
直言周報	唐慕石	閩侯安泰橋	六年四月	
正言報	林羲軍	文興里	民六年四月	
公民周報	陳建權	閩侯公教印書館	民六年五月	

群心日報	王湘坪	閩侯澳尾港	民六年五月	
正報	林平	閩侯東牙巷	民六年八月	七年一月停刊，七年十二月續刊
華南日報	陳百豈	閩侯安泰橋	民六年八月	發行後不久即停刊
政治日報	陳鳳樓	閩侯安泰橋	民六年九月	
福建新聞報	吳健	文儒坊	民六年十月	發行不久即停刊
榕報	周雲霖	上杭街	民六年十一月	
平報	陳元正	五顯巷	民六年十一月	發行不久即停刊
迪報	陳英	登俊里	民六年十一月	
國魂日報	劉天鑄	閩侯酒庫街	民六年十二月	
自強日報	劉學慎	宮巷	民六年十一月	
舞臺日報	翁吉雲	文興里	民七年一月	
民意日報	朱免我	福新街	民七年一月	
商務日報	周凱	利福印刷公司	民七年一月	
福建實報	鄭森斌	澳尾巷	民七年二月	
正言日報	李旭人	楊橋巷	民七年三月	
福州商船公會月刊	福州商船公會	中洲	民七年三月	
福建日報	黃文有		民七年五月	
福建中報	曾瓛	向水井	民八年二月	
平報	陳元正	鰲峰場	民八年四月	
福建時報	吳健	總管前	民八年四月	
微言日報	劉冠英	北院後	民八年四月	
新聞報	王弼	文儒坊	民八年五月	
榕腔白話報	邱德貴	文藻山	民八年七月	
商業周報	鄭覺士	鑄鼎街	民八年七月	
綱言？報	陳伯萱	文藻山	民八年七月	
禮拜六日報	黃鵠廷	東街泰山巷	民八年七月	
愛國日報	鄧倘士	白水井	民八年七月	
救國日報	陳毅	通賢里	民八年二月	
公民日報	陳壽權	南臺祖廟	民八年二月	
天南日報	張遂	道山鋪	民八年二月	
全閩學生聯合會日刊	謝脫塵	文興里	民八年二月	
海疆日報	林世楷	柏衙前	民八年八月	
警醒日報	黃錫康	高節里	民八年一月	

諫甯日報	張天輝		民八年二月	
時事聞見錄	張覺民	蒼霞洲	民八年三月	
日日新聞報	張慰民	高節里	民八年三月	
醒醒日報	魏傑	文儒坊	民八年四月	
三民日報	聶彤	衣錦坊	民八年十一二月	
輿論報	陳乘謨	程甫頭	民八年十二月	
公道報	弼履仁	官巷	民九年二月	
科學通俗談（雜誌）	顧權	正一行宮	民九年二月	
通俗衛生	顧耆	正一行宮	民九年二月	
教育行政月刊	王振先	教育廳	民九年二月	
閩鐸日報	聶思灝	府學里	民九年九月	
福州時報	津田七郎	倉前山	民九年十月	
建民報	陳其菁	舊米倉	民九年十月	
醒世日報	戴美打	第　橋	民九年五月	
八閩新報	王介愚	新美里	民九年一月	
省立第一師範學校周刊	林元喬	孫老營	民九年八月	
超然報	梁超倫	旗訊口	民十年一月	
閩商日報	鄭冠犀	土地廟	民十年二月	
建華新報	張鳴濤	柏林坊	民十年八月	

2、日本南滿株式會社秘密調查中國出版物統計比較表：1925 年與 1926 年

（楷體爲 1926 年（大正 15 年）記載，文中除具體指出紀年外，「X 年」均爲民國紀元。）

北京

報 名	性 質	社 長	主筆及主編	備註（楷體爲 1926 年，即大正 15 年記載）
順天時報	日支親善	渡邊哲信	主筆：金岐賢	光緒 27 年創刊，日刊 8 頁，發行兩萬左右，發行量北京最大，在民眾中有持續的信用，代表日本的輿論機關。
			編輯長：佐佐木忠	順治門内化石橋，明治 34，15000 發行量，歷史僅次於北京日報，受中國政府干涉，消息報導殊獲好評，遇到事變等銷量加倍。北中國唯一的輪轉印刷的報紙
晨報	進步主義研究系	陳淵泉，日本留學生	劉松生	民國元年 12 月創刊，日刊 8 頁外半頁大附錄，發行數 8 千，研究係機關報，曾一時有排日傾向，最近親日，但社內福建人多，有學藝社同人關係，在有關日本書化事業問題上有攻擊言論，論說爲陳氏主筆，論旨明快，與天津《大公報》共爲北支那輿論界雙璧，記事精練，與《順天時報》/《益世報》爲北支那代表的大報，投稿人爲思想界有勢力的人，發行所宣武門大街 181 號
		戴朗如	陳博賢：留日學生出身	宣武門外大街，現在不偏不倚，在文化、新思想、宣傳上有力度，知識階層中很有影響，反俄熱宣傳，在民國 14 年 11 月被學生團體攻擊受到燒打
益世報	持基本的進步主義，親美	杜竹宣	顏旨微、張公恕	民國 5 年 11 月創，日刊 8 頁，發行部 8 千，美國系基督教會機關報，親美排日，曾爲直隸派機關報，現脫離，與晨報比言論旨意往往明快，記事/揭載多用美國式，內容相當精練，戰局情報較他報爲勝，知識階層讀者多，發行所前門外新華街
				民國 4 年 11 月創刊，7000，大體和直派親近，一時排日鼓吹，近來緩和

世界日報	國民軍系（但現在韜光養晦）	成平　北京大學出身	周邦式	民國 14 年創刊，日刊 8 頁，發行部 5 千，世界晚報的姊妹刊，成平有北京新聞界的鬼才之稱，一些獨家報導往往讓晨報等瞠目，論說亦進步，內容明快，很難說對日感情好，發行所石駙馬大街 90 號 賀德霖出資，爲國民軍第二軍的機關報
北京日報	外交系的色彩	朱季鍼		光緒 30 年創刊，日刊 8 頁，發行數 1 千，北京最老的報紙，曾業績突出，但現在逐年下降，今日也依存於餘勢，編輯營業都比較保守，外交記事比較敏速，往往有獨角記載 社長和編輯長均爲朱祺，立場中立，東城鎮江胡同，北京最古之報紙，前清時代受補助，袁世凱時代爲半官方待遇，現在爲完全營業本位，朱爲廣東人，北京操觚界元老
交通日報	交通系的機關報	柳爲民		日刊 8 頁，發行兩千，交通系機關報交通記事比較有特色
黃報	純萃直魯聯軍機關報	薛大可	蔡健生 胡霖藩	日刊 4 頁，發行 3 千，直魯聯軍的機關報，對盟軍的戰況報導比較誇人，對將領的活動報導比較敏速 9 年 9 月 5 日（創刊）奉天機關報
鐵道時報	交通部	李警呼	李晚璞	5 年 5 月，發行 600 份，朱筆魏新 AA，發行人李所年；交通部出資五千元，每月補一千元，與交通部各鐵路局有關係，本報 4 頁，全部 4 號活字
「卐」字日日新聞	支那紅「卐」字會機關報	史伯良	孔慧航	民國 12 年 4 月創刊，日刊 8 頁，發行數 2 千內，讀者中多有紅萬字教徒和會員，與慈善事業和一般報導相當精練
輿論報	民黨系	陸少游 侯疑始	王 CC 清	民國 11 年創刊，日刊 4 頁外加附錄，發行約 1 千，現在受山東派補助，爲直魯聯軍機關報 民國 10 年創刊後，經營困難，一時停刊，11 年 5 月再復刊，有文藝和科學哲學、附錄添附，民黨系民黨操縱，交通系的關係，袁世清出資 850 元
中國報				宣外西南園 34

北京報	營業本位	任璞生	王慕唐	8 年 3 月創辦，發行 2 千，黨派臭味，營業本位，銷售給下流階層者較多，北京白話報同營者，任氏，直隸人，實業界稍有勢力，資本出資 8 千元
北京時報	山東派			日刊 4 頁，發行數 5 百內，張宗昌的機關報
穆聲日報	營業本位			日刊 4 頁，發行約 2500
日知報	政府擁護	王薰午	李田文	民國 8 年創刊，日刊 4 頁，發行 800，曾交通系機關報
				發行 300，社長陳筠，編輯長：徐一士，舊交通系，王博謙出資 2000 元創立，王爲上海民權報編輯長，最近被上海商界聯繫，上海實業方面間接資助，與舊交通系有關係，與交通銀行有關係，現在說是李思浩的關係。
大義報	國務院	宋吾我	吳哲懷	順治門內廉子胡同，元年 5 月創辦，發行人劉星吾，資本主宋 3 千元
民國公報	安福系	羅毅夫	同	7 年 6 月創，發行 300，安福系俱樂部出資 4 千元，操縱者王揖唐，羅氏，湖北人，中央通信社長羅愁氏的弟弟
京津時報	同上	汪立元	金逢時	汪出資 1 千元，浙江人，官僚出身，萬國新聞記者會長，安福派執政時得勢
平民報		吳健吾		日刊 4 頁，發行 3 千
鐵道時報	交通系	魏邦珍		日刊 4 頁，發行 800，交通系機關報，交通部每月補助，讀者中有若干鐵道從業者
北京報	營業本位	任振亞	徐伯動	民國 8 年創刊，日刊發行 1 千，與直隸派吳佩孚有特殊關係，有下層階級讀者
道德日報	儒教提倡	朱淇		日刊 4 頁，發行 600
商業日報	北京商界機關報	任崇高	尹小隱	日刊 4 頁，發行約 3000
公報	安福系			安福系機關報，發行數一時達 2 千，現在爲全振階段
平報	營業本位	孫德臣	陸秋岩	民國 10 年創刊，發行 7 千，山東同鄉會少額補助

群強報		陸瘦郎	王丹忱	民國元年創刊，發行約 5 千，下層階級有大勢力
小小報		宋信生	宋志泉	民國 14 年創刊，發行約 3500，有下層階級讀者
事實白話報	營業本位	載蘭生	何卓然	民國 7 年 9 月創刊，日刊，發行 8 千，曾爲研究係機關報，現脫離，白話，下層階級讀者多，現存白話報中最老的。 社長、編輯長爲戴瑞徽，營業本位，出資者戴蘭 4 千元，小新聞紙，發行 3 萬，北京銷量第一，與下級社會及商業讀者有政治關係。
北京白話報		任振亞	徐仰臣	民國 8 年創辦，日刊，發行 8 千，下層讀者
新晚報	四川省政府機關報	陳濟光		日刊 4 頁，發行 2500
北京晚報		劉煌	陳冷生	民國 10 年創辦，發行約 5 千，交通系機關報，北京最老的晚報，現在受銀行界支持，編輯比較整，晚報界優秀分子
世界晚報	民國軍系	成平	吳前摸	民國 13 年創刊，發行約 4 千，吳景濂一派出資
正言晚報	山東軍系	陸少游	李定壽	日刊，發行 3 千，受山東軍補助，張宗昌機關報
國民晚報	國民軍系	何廷述		民國 14 年創刊，發行 3 千，易培基等出自創辦
心聲晚報	國民軍系	張介之	高懶雲	民國 14 年創刊，發行 2000
五點種晚報		鄭知非	同左	民國 12 年創刊，發行 2 千以內，與財界有關係
大同晚報		龔德柏	羅介邱	民國 14 年創刊，發行 2 千，激烈的反共主義，明快筆鋒，龔社長屢次觸犯國民軍，警察總監廳警衛總司令部曾對之進行拘禁，民國 15 年奉天軍進城因危險遁往漢口，投靠唐生智軍，最近載國民軍消息較多

另有華晚報、民立晚報、中美晚報等三家；其中中美曾爲國民軍的機關報，而民立爲國民一軍機關報

通訊社

國聞通信（英漢文）		社長：胡霖，副社長：	許宣博，於致中：北京大學出身	民國 11 年創刊，在上海爲本社，在北京/漢口設支局，天津設辦事處，

		金誠夫		每日兩次發英/漢文兩版通訊，通訊態度穩健，迅速正確，在中國通訊社中信用良好
中美通信（英漢文）		宋發祥	王無爲	本通訊社自成立以來，與民國政府接近，爲美國公使館機關通訊，稿件大膽，爲當局壓迫
神州通信	標榜國家主義，國民軍系	陳定遠日本明大出身，國民軍參議	管翼賢 徐瑾 陳冕雅	民國10年創，管主筆爲北京新聞界新人
新魯通信	張宗昌機關	李敦甫		民國15年夏創辦，濟南新魯通信社的分社
醒民通信		廖鴻章		民國8年創刊，有政府方面的關係
民治通信	有奉天系色彩	劉子任		
中國通信		任小洲	宋覺生	
民興通信		張伯傑		有國民第二軍的關係
大陸通信		陸少游		
和平通信		江震夏		
維民通信	國民軍系色彩	姚鈞民		
亞陸通信	標榜不偏不倚	周丹忱		
每日通信	奉天系	趙蔚如 日本早大出身		
正言通信	張宗昌的機關	陸定夷		
群群通信	楮玉璞的機關	何侃		
民警通信		李糠		廣東派通信社
交通新聞通信	交通系色彩	盧松坡		
不黨通信		溪樂天		
民生通信		卓博公		有經濟界的關係
國是通信		林東海		
華歐通信		保紀生		

政治新聞通信		練小舉		
五洲新聞通信	國民軍系	汪鐵英		
復旦通信	奉天系色彩	華覺民		
民國通信		黃冷樵		
統一通信		王薰午		
世界通信	國民軍色彩	孫九餘		
求是通信		鄭濂		
京城通信		夏鐵漢	夏叔龍	
太平洋通信		管雲卿		接近直魯聯軍
新華通信		詹辱生		
晉及通信		謝哲勳		

公報及雜誌

名　稱	主義系統	發行所人	主　筆	備　註
政府公報	政府公佈機關	國務院印鑄局		日刊，內容有法令/公文書等，政府正式機關報
交通公報	交通部機關	交通部		日刊，刊登交通部的法令公文報告等內容
商標公報	商標局機關	農商部商標局		月二刊，登載有關商標的法令，公文及註冊等
警察公報	京師警察廳機關	京師警察廳		日刊，刊登警察機關的法規，公文布告等。
外交公報	外交部機關報	外交部		已停刊
教育公報	教育部機關報	教育部		同上
農商公報	農商部	農商部		同上
陸海軍公報	陸海軍機關報	陸軍部		同上
財政月刊	財政部機關報	財政部		數年來停刊

航空月刊	航空署機關報	航空署		近來就要停刊
銀行月刊	銀行業者機關報	銀行公會		月刊，登銀行，金融有關的事項，對財政/經濟/商工業及關稅等問題發表重要論說，調查報告等，執筆者爲官吏實業家學者等，材料豐富有益。
經濟周刊	經濟討論處機關報	經濟討論處		周刊，銀行月刊
現代評論	北京大學機關報	北京大學第一院		周刊，北京大學教授的機關雜誌，登載討論政治經濟，社會教育等諸問題，評論調查研究等內容
國際公報（英漢文）	尚賢堂機關	李佳白（漢文名）	同左	民國十一年創，周刊，尚質堂，英國人發行的政治/外交/事業/教育/宗教等有關的記事/論說
甲寅周刊		章士釗		周刊，論說多，段祺瑞倒臺後發展起來。
嚮導周報	共產黨	陳獨秀一派		周刊，16 頁，中共機關報，最近到北京發行，張作霖入京後取締嚴重，現秘密出版
政治生活	左傾派機關	同上		周刊，與嚮導同系，陳獨秀/李守常經營，目前秘密出版
北京學生周刊	學生聯合會機關報			周刊，全國學生聯合會 會員一般做販賣者
北京工人	共產派			周刊，共產黨勞動團體發行，通俗雜誌，免費發行
農民				發行一般，4 頁，簡單印刷物
醒獅	國家主義	曾琦		周刊 12 頁，日法留學生出身曾琦，與共產黨的嚮導對抗
國魂	國家主義			與共產派〈政治生活〉對抗
朔風	國家主義		旬刊	內容略同〈國魂〉
猛進	中立標榜	同右	李玄同	北京大學教授李經營的評論雜誌
中外論壇	日支提攜	同右	程光銘 日本帝大出身	民國 12 年創刊，月刊，刊登有關政治/經濟/法律等的評論，提倡中日親善，非賣品，免費贈送
日本報紙/通訊/雜誌				
新支那				
北京新聞				

聯合通信
電報通信
東方通信
共同通信
北京周報：介紹中國情況
支那問題
支那風物
其他外文報紙/通訊社等媒體
北京導報 PekingLeader
東方時報 Far Eastern Times
North China Standard 華北正報
法文：JOURNAL DE PEKIN
北京快報
REUTERS NEWS AGENCY
CHUNG MEI NEWS AGENCY 中美通信
ASIATIC NEWS AGENCY　亞細亞通信
TASS NEWS AGENCY
KOU WEN NEWS AGENCY 國聞通信
AGENCY RADIO TELEGRAPHIQUE FRANCAISE（英法文）
POLITIQUE DE PEKIN（北京政文報）法文
CHINA DIGEST（中國評報）
INTERNATIONAL JOURNAL　國際公報
CHINA ECONOMIC MONTHLY

天津

報紙				
名　　稱	主義系統	社　長	主　筆	備　　註
天津日日新聞	親日主義，代表日人立場	方若：中國商界有名望人士	郭養田	光緒 27 年 8 月創刊，日刊 8 頁，發行約 1000，國聞報稱天津漢字報紙中最古者，內容題材較保守，發行地日租界旭街
大公報	穩健的新思想主義，謳歌孫文主義	胡霖	張熾章	光緒 28 年創刊，日刊 8 頁，發行 3500，曾安福系機關報，安福派沒落休刊，15 年 9 月復刊，現社長

				胡霖經營，面目一新，與益世報對抗
天津益世報	親美排日，從來直隸派機關報，現在與奉天派近	楊增益	嚴智威	民國 4 年創刊，日刊 16 頁，發行 1 萬元，法國天主教等合資創辦
漢文泰晤士報	親英勢力機關報，擁護黎元洪，英國籍	熊少豪：廣東人，曾爲黎元洪的秘書，又李景林時代直隸交涉員；胡嫁秋		民國 6 年創刊日刊 12 頁，發行 3 千，排日態度
華北新聞	國民黨機關報，勞動問題等各種新思潮風潮的前驅，論調過激，排日色彩	周佛塵，經營華北通訊社及廣告社，天津報界公界執牛耳者		民國 10 年創刊，日刊 12 頁，發行 1 千，1925 年宣傳反奉
庸報	標榜不偏不倚，有吳佩孚的關係	董顯光	邰光典	民國 15 年 6 月創刊，日刊十頁，發行一千，美國式編輯方法
天津黃報	直魯聯軍機關報（山東系）	薛大可，日本早大畢業，與張宗昌關係好	薛祚鴻	民國 15 年 6 月創刊，日刊，發行 800
和平日報	直隸督辦公署，機關報	李萬鍾，日本早大出身，中央通信社長，與現直隸省軍憲關係好	同左	民國 15 年創，發行 500
東方時報	奉天派機關報	吳曉祐	王少隱	民國 12 年 2 月北京創刊，15 年英文版獨立出版，日刊，發行 1 千，最初英人經營，後奉天派收買，14 年奉國戰爭時，遷到東浮橋洋貨街
大中華商報	天津紳商機關報	蕭潤波	韓笑臣	民國九年創刊，日刊，發行 1 千，市況和商業內容有特色，商工業者購買多
啓明報	一定主義的主張	葉笑吾	譚錫田	民國 9 年創，日刊，發行 300
時間報	黨派關係	李時芬	王碩甫	光緒 30 年創刊，日刊，發行 600，外國事情介紹比較有特色，最近比較振興

天津時報		劉霽嵐中日製藥公司經理	黃山客	民國 13 年創刊，日刊，發行部 300，還經營〈白話評報〉
津聲報	舊直隸派機關報	胡起鳳	劉家賓	民國 13 年創刊，日刊，發行 300
大中報	總商會機關報，安福系關係	張履桓	張毅夫	民國 15 年 8 月創刊，日刊，發行 300
京津快報		王祐之	同左	民國 15 年 8 月創刊，發行 300
民聲日報	國民黨色彩，接近美國	楊哲民		民國 15 年 8 月創，發行 500
民心日報	警察廳長個人機關報	鄭恩銘		民國 15 年 8 月創刊，日刊，發行 400
民治晚報		劉少州	葉子賢	民國 15 年 4 月創刊，日刊，發行 300
救世新報	救世新教機關報（道教的一種）	張蔚生		民國 15 年創刊，日刊，發行 300
白話晨午晚報	娛樂界/社會/市井內容，有一定的主義主張	白幼卿 劉鐵庵	董秋圃	晚報，宣統三年出晨報，民國元年出午報，民國五年創刊，小型 4 頁，發行晨午各兩千，晚報五千，排日宣傳
消閒報	花柳並演藝記事	同上	同上	日刊小型，發行 500，上〈晨午晚報〉的副刊，單獨發行
天津畫報		同上	同上	民國 11 年創刊，日刊，發行 500，簡單幼稚的石版畫報
旭日報（以下為各種小型報，市井記事，白話體）		周琴舫	張曉霖	民國元年創刊，日刊，發行 500，花柳記事
白話評報		劉霽嵐	黃山客	民國 11 年創刊，日刊，發行 1 千，天津時報同時經營
實聞報		范玉廷	杜潤生	民國 7 年創刊，日刊，發行 200
國光報		黃湘泉	喬彥忠	民國 13 年 11 月創，日刊，發行 200
國強報		揚榮廷	揚小林	民國 7 年創刊，日刊，發行 300
天津中報		蔡丹榮		民國 12 年創刊，日刊，發行 300
平民教育白話報	平民教育/社會教育及勞動問題等的評論	時子周		民國 14 年創刊，日刊，發行 2000

新天津報	直隸系機關報	劉中儒	薛月櫻	民國 13 年 9 月創刊，日刊，發行 5 千
天津新聞	李景林派的機關報	王秋濤	宋覺生	民國 15 年 4 月創刊，日刊，發行 1500
公理晶報	基督教系	王仲英	文捷三	民國 15 年 6 月創刊，隔日刊，發行三百
大同晚報	赤化反對，不偏不黨	龔德相	同左	民國 15 年 7 月創刊，日刊，發行三千，北京大同晚報分刊
亞明報	政治時事記事	侯陸沉	同左	民國 15 年 7 月創刊，日刊
大北晚報		張銘心	同左	民國 15 年 8 月創刊，日刊
北洋畫報		馮啓鏐		民國 15 年 7 月創刊，周二刊，發行 500，寫眞版畫報，時事漫畫

通訊社

姓　　名	系　　統	社　長	主　筆	備　　註
華北通信	國民黨系	周佛塵		民國 10 年創刊，前身爲新聞編譯社，每日發行一次，發行 30 家，一時天津通信社中多有追隨，近來勢力減弱
捷聞通信		王仲英	同左	民國 13 年，50 家
益智通信	醒鐘報同人關係	涂培藩	同左	民國 13 年創刊，發行 50 家
墨林通信	慈善會八善堂機關報	王墨林	同左	民國 13 年創刊，發行 20 家
北洋通信		姚靜軒	同左	名過 14 年，發行 15 家
公言通信	白話評報的關係	劉霽嵐	同左	民國 14 年創刊，發行 20 家
天津新聞通信	李景林派機關，天津新聞的關係	宗覺生	張恨天	民國 14 年 11 月，20 家
環球通信	實業廳機關報	張天培	同左	民國 15 年創，發行 20 家
東亞通信	教育會機關	牛斐然	同作	民國 15 年創刊，發行 20 家
民意通信		王醒年	同	民國 15 年，25 家
新民通信		王則民	同	民國 15 年，發行 30 家
光華通信		王漢光	同	民國 15 年，發行 20 家
新聞編輯		劉玉祥	同	民國 15 年，發行 30 家
中央通信	都督署機關，和平日報統一系	李萬鍾	同	民國 15，發行 60 家

直隸公報	省政府官報	直隸省長公署		光緒 22 年，日刊，發行 20 家
國聞周報	政治評論，社會問題及其他問題的評論	胡霖	張熾章	民國 13 年上海創刊，民國 15 年天津發行，發行部數約 4 千，發行全國，知識階層讀者多
日本報紙				
天津日報	大阪每日新聞系，取國家主義			
京津日日新聞				
天津經濟新報				
電報通信				
若人的群（譯《青年人》）				
外文報紙：《京津日報》等				

奉天

報紙				
名　　稱	性　　質	社　　長	主　　筆	備　　註
盛京時報	不偏不黨	佐原篤介：應慶義塾畢業，明治 32 年時事新報上海特派員，來華 30 年上海新聞界元老，大正 5 年 5 月，就任本社社長，副社長：染谷保藏：東亞同文書院畢業	主筆：菊池貞二，東亞同文書院出身；編輯長：大石智郎：東亞同文書院畢業	光緒 32 年 10 月創刊，日刊 8 頁，發行 2 萬五千，不偏不黨，在中國人中有很強的信用
東三省公報	黨派機關	王希哲：奉天人，北京大學畢業，為人溫厚，奉天新聞界元老	同左編輯人：王石隱主要記者：馮福林/焦影/王惠忱	民國元年 2 月創刊，日刊 8 頁，發行 8500，半官方，新聞穩健紮實，有特色，內容精彩，奉天省長公署奉天財政廳及東三省銀號等每月補助各 1200 元，比其他民報補助多。
東三省民報	民治主義	社長：羅廷棟，廣西人，為人穩健；副社長：鄧鵬秋	主筆：任復哉，浙江人，曾為盛京時報主筆，主要記	民國 10 年 10 月創刊，日刊 8 頁，發行 7500，奉天官

			者：陳丕顯/王仲芳/宋悅三	憲機關報，經營難，最近對日態度穩健
醒時報	黨派機關	張兆麟	張維麟/張幼崎/張蘊華	宣統元年創刊，日刊 8 頁，發行 6000，奉天唯一白話報，在下層人民和回教民中有勢力
東北日報	黨派關係	丁柚（絲邊）東	同	民國 15 年 7 月創，發行 1000
東亞日報		陳披卿	陳瘦	民國 15 年 12 月創，日刊，發行 2000，個人經營，屬上海方面，排日態度
奉天公報	省政府的官報			民國 16 年 3 月創刊，日刊，發行 1600
奉天市報	市政公所機關報	市政公所主任：盛桂柵	張耀	民國 12 年 10 月，日刊 4 頁，發行 3500，刊登市政公所，布告，外事時事問題各地電報等

日文報紙

奉天新聞	不偏不黨
奉天日日新聞	國家主義
奉天每日新聞	黨派關係
滿洲通信	
奉天電報通信	
滿洲商業通信	
聯合通信	
東方通信	
日本電報通信	
東亞興信所周報	
奉天經濟旬報	
奉天商工新報	

吉林省

長春（另有日本報紙 2 種）	
報　　名	性　　質
東省日報	親日系統，黨派關係，22 年 7 月創
新共和報	吉林商務會機關報，民國 7 年創
吉長日報	省官憲機關報，宣統元年創
教育廳機關報	通俗白話報
吉林公報	吉林省官報，發行 1500 份

長春（另有日本報紙 4 種）	
報紙	特點
大東新報	宗旨為啓發民智，增進文化，改善社會風氣，與吉林省議會和地方學生青年團體有關係。 1916 年創刊，日刊，發行 700，排日，學生有煽動反日傾向

哈爾濱				
名　　稱	特　　點	社　　長	主　　筆	備　　註
國際協報	宣傳國際主義，鼓吹國際貿易，與行政長官公署及其他官員關係緊密	張復生	張子淦	民國 8 年 1 月，日刊，發行 1200
東三省商報	商業啓發性質，與當地商業機關及官吏聯繫比較緊密，立場較自由	葉元宰	楊立三	10 年 12 月，日刊，發行 1000
濱江時報	超然主義社會啓發	范聘卿	趙逸民	9 年 4 月，發行 500
東陲商報	倡導商業發達			6 年 4 月，日刊，發行 500
午報	啓發民智			9 年 5 月，日刊，發行 3000
大北新報	日支親善，滿蒙開發，奉天盛京時報北滿版	代表者：山本久治		11 年 10 月，日刊，發行 2500
大成時報	改良社會，矯正輿論，發揚文藝			15 年 3 月，日刊，發行 500
華北新報	改良風俗，開發民智			15 年 6 月，日刊，發行 1000

松北報	振興工商			15 年 8 月，日刊，發行 500
哈爾濱公報	特別區及東支行政屬機關報			15 年 12 月，日刊，發行 2000
華東通信	秘密接受特別區行政長官公署和其他支那官憲的補助			12 年 5 月，日刊，發行 300
無線通信				支那陸軍無線通訊，發行 5000。
東北月報	發揚文藝			13 年 10，月刊，發行 1200

俄文報紙，8 份

日　文	特　點	社　長	主　筆	備　註
哈爾濱日日新聞	不偏不黨	佐藤四郎	大河原厚仁	大正 10 年 1 月，日刊，1000 該年 10 月歸滿鐵經營
東方通信				大正 15 年 5 月，日刊，日本 80，漢文及俄文各 30
帝國通信				大正 14 年 9 月創刊，日刊，發行 70
哈爾濱通信	鼓吹皇室中心主義亞細亞民族大團結	大川周三	同	大正 12 年 1，日刊，500
露亞通信	勞農露國政治經濟狀況報導	近藤義晴	同	大正 7 年 4 月創刊，周二刊，400
局子街：盛京時報、間島新報，間島日報，朝鮮日報等有通訊員				
龍井村：有日本報，間島新報（發行 600），鮮文：間島日報（1300）和間島通信（200），				

黑龍江省

齊齊哈爾：北京晨報，順天時報，天津益世報、上海申報、時報、時事新報、盛京時報、東三省公報、東三省民報、東三省時報、泰東日報等有通信員				
報紙名稱	特　點	社　長	主　筆	備　註
黑龍江報	省政府機關報	魏毓闌	同	元年 2 月，周四，140，對日態度一般
龍江益世報	啓發民智，開發實業，擁護國權			15 年 6 月，日刊，500

黑龍江公報	省政府官報	省長公署	張守試	3 年 3 月，日刊，450
通俗教育報	啓發民智教育普及，省教育會機關報	省教育廳	趙良裔	4 年 5 月，日刊，450，對日態度普通
黑河				
黑河日報	啓發民智，黑河道尹公署機關報			9 年 9 月，日刊，500，稍排日親美，經營困難

山東省

濟南				
名　　稱	特　　點	社　　長	主　　編	備　　註
山東法報	法治宣揚			民國 8 年 5 月，日刊，發行 300
山東商務日報	商務總會機關報			5 年 9 月，日刊，發行 500
平民日報	進步黨系，與前山東省長孫發緒有密切關係			11 年 4 月，日刊，發行 500
濟美報	經濟新聞			5 年 1，日刊，發行 100
簡報	經濟新聞			光緒 30 年 1 月，日刊，發行約 1 千
大東日報	進步黨			元年 6 月，日刊，發行 400
大民主報	基督教宣傳			8 年 11 月，日刊，發行 1000，接近美國
世界眞理報	省政府機關報			14 年 10 月，日刊，發行 700
魯聲報	省政府機關報			14 年 11 月，日刊，發行 200
濟南日報	日本籍			5 年 8 月，日刊，發行 2500
新魯日報	省政府機關報			15 年 8 月創刊，日刊，發行 2000

山東新報（日本書）				大正 15 年 10，日刊，發行發行 1500
山東商報（日）				大正 12 年 6 月，發行 70
新魯通訊	省政府機關			民國 15 年 1 月，日刊，北京有支社
山東公報		省長公署		日刊
山東實業公報		山東實業公所		不定期
山東教育旬刊		山東教育廳		不定期
市政公報		山東省市政廳		不定期
青島				
大青島報	日本籍	小谷節夫	陳介夫	4 年 6 月，日刊，發行 1500

福建省

福州				
名　　稱	特　　點	社　　長	主　　筆	備　　註
閩報	日支親善			光緒 27 年 12 月，日，發行 3 千
求是日報	民黨	林壽昌	陳公珪 梁道均	2 年，日刊，發行 800，民國 15 年 12 月國民黨革命軍佔領福建後，變為國民黨系，每月受省黨部補助 200 元，排日色彩濃厚
實業日刊	民黨	李文濱，林翼卿	梁道均，黃孟菁	民國 13 年 4 月，500，省黨部每月補助百元，排日色彩濃厚
公道日報	基督教宣傳機關，米國系	李汝統牧師	同	9 年 1 月，300，美國教育及美國領事館補助，美國社長辭職後，排日色彩緩和
福建日報	舊教育派	劉森蕃	姚譜韶	7 年 8 月，100

民生日報	黨派關係			3 年 8 月，300
商報	商民協會系			13 年 4 月創刊，300
商務時報	總工會系	鄧子樞	同，吳燭非	13 年 4 月，250
政治日報	吳威派			9 年 1 月，日刊，200，吳威出資
公民報	黨派關係			12 年 8 月，隔日，200
省聞叢刊				
正報				11 年 12 月，300，對日態度最近平靜
正言報				7 年 3 月，周二刊，180
民國日報	省黨部系			15 年 12 月革命軍佔領福州後創刊，黨費經營，排日色彩濃厚。
晚報	國民黨閩南派	鍾夢齡	籃璜	以下全部為 15 年 12 月後創辦
三八女報	總工會婦女部			
工人日刊	總工會			排日色彩濃厚
市聲報				宋淵源出資
南強報	吳威派			
南聲日報	海軍派			海軍每月有 2 百元補助，排日色彩濃
航報				
民鐸報	譚曙卿派			
僑商日報				僑民募集經費
民聲報				
民治報				
福州時報（日）				大正 13 年 4 月，周二刊，發行 200
廈門				
全閩新日報	日支民族融合，日本書明介紹，日本籍	名譽社長：林景仁	謝龍闊	光緒 33 年 8 月，日刊，1200，臺灣善鄰協會年度補貼 1 萬元

江聲日報	黨軍機關報，三民主義，鼓吹改善教育獎勵	周彬川	陳三郎	7年11月，550，排外色彩一直濃厚，屢屢用毒筆排日，最近態度緩和
思明日報	啓發民智，振興產業，鼓吹文化，支那基督教徒派屬，擁護國民黨的傾向	徐吉人	黃篤奕	9年，日刊，發行660，一直排外，上海事件以來盛行排英運動，最近轉到資本家經營，言論緩和
廈聲日報	福建民軍的機關報，國民黨	黃	蘇	民國9年2月創刊，日刊，發行月800，對日態度不良
廈門商報	支那人雜貨商組合的機關報	江蘊和	同	10年10月，300
民鐘日報	愛國主義觀念，鼓吹民族思想，涵養工業振興，社會主義色彩濃厚	李碩果	梁冰玄（有絲旁）	7年，1千，對日態度過激，最近良好。

浙江省　杭州

浙江民報	民權擴張，浙江省議會星期會議員機關報	李開福	朱厚人	5年8月，3千，對日態度普通
浙江商報	商業開發，杭州總商會機關報			民國10年10月，2400，對日態度普通
浙江日報	民治發揚自治促進，省議會平社議員機關報			12年12月，1400
大浙江報	民意尊重庶政改善，浙江總司令部機關報			14年5月創刊，3500
虎林日報	教育提倡實業振興			15年1月，1300
海寧				
海寧日報	教育普及，提倡自治			11年6月，300
硤報	同上			11年10月，240
新硤報	輸入文明			13年10月，200

湖南省

長沙				
名　　稱	特　　點	社　　長	主　　筆	備　　註
南嶽日報	省政府機關報	馮天柱 民政廳長	龔飲冰	15 年 4 月，衡山創，7 月移長沙，發行 1500
湖南民報	工農指導黨化發揚，省黨部機關報，共產黨	謝覺齊，省黨部常務委員 李榮植	趙間雲	15 年 8 月創，1700
長沙民國日報	工農指導黨化發揚，國民黨左派	仇鰲 淩炳	陳揚廷	15 年 2 月，1200
長沙大公報	社會改善，輿論代表，有紳士學者等的支持	張平子，李抱一	龍兼公	5 年 2 月，日刊，1300
市商民日報	商民協會機關報	左益齊	周海龍	15 年 10 月創刊，日刊，發行 1600
大中通信				
大同通信等				

四川省

成都				
名　　稱	特　　點	社　　長	主　　筆	備　　註
國民公報	不偏不黨	李澄波	同	元年創刊，日刊，發行 2500，在商政學各界有信用，對日態度曖昧
民視日報	發展東亞民族，鄧陽侯一派機關報	丁祖蔭	同	7 年創，日刊，1300，學軍界勢力，對日態度不良
四川日報	平民主義、劉湘一派機關報	李心白	同	13 年 7 月，600，對日態度不良
新四川日報	社會主義，劉文輝機關報	李心白	同	14 年，800，對日態度不良
成都快報	國家主義	楊治襄	同	14 年，500，對日態度不良
新川報	平民主義，劉文輝機關報	蘇法成	同	15 年 4 月，600，對日態度不良

四川民報	平民主義，王BB緒師長的機關報	王國源	同	15 年 5 月，日刊，500，對日態度普通
革命日報	共產主義，國民黨左派機關報	唐伯琨	同	15 年 12 月，日刊，300，對日態度不良
重慶				
商務日報	實業振興，重慶商務總會的機關報	溫小鶴	李時輔	民國四年創刊，日刊，發行 3 千
新蜀報				發行 2500，有重慶外交後援會，反帝國主義者及學生團的援助
四川日報	鼓吹平民政治			發行 800
團務日報	地方開發，江巴衛戍總司令兼團訪總監王陵基的機關報			民國 14 年，日刊，發行 900
重慶日報	國民黨右派機關報	石榮廷	劉蔚芋	15 年，發行 500
新新日報	基督教青年會的機關報，記者多為左派			發行 700

廣東省

廣州	
名　　　稱	所　　　屬
黃埔商埠月刊	黃埔商埠委員會宣傳部
農事雙月刊	嶺南農科大學
佛山精武會月刊	佛山精武會
中國海員半月刊	中華海員工業聯合會總會執行委員會宣傳部
第七軍特別黨部半月刊	第七軍特別黨部
革命花半月刊	第四獨立師政治部
國民周刊	國民黨省黨部
軍聲周刊	第四 軍部
少年先鋒	省黨部婦女部
廣東青年月刊	省黨部青年部

左向周刊	嶺南大學同學會左傾派甘乃光等
廣東工人	廣東總工會宣傳部

汕頭

名　　稱	特　　點	社　　長	主　　筆	備　　註
大嶺東日報	三民主義宣傳，國民黨右派	吳子壽	許唯心	民國 7 年 11 月創刊，日刊，發行 1600，官方有每月 3 百元補助
民聲日報	營業本位，商業方面的御用報紙，對國民黨不即不離	謝伊唐	同	9 年，發行 1700
潮商公報	不偏不黨	杜寶珊	同	民國 10 創，發行 1100
天聲報	營業本位，中立派			12 年 8 月，發行 1000，低級報紙
汕頭商報	商業狀況有力的報導			
眞言日報	孔教會的機關報			
民報	共產主義汕頭總工會及省農會的機關報	周志初	同	14 年 3 月，口刊 800，營業不振
汕頭星報				
嶺東民國日報	國民政府機關報，稍微有左傾傾向			15 年 1 月，日刊，發行 2800，汕頭言論界的牛耳，內容外觀出色，中央宣傳部每月 3 千元補助
汕頭新聞報	宣傳三民主義			民國 15 年 10 月創刊，日刊，發行 1000
嶺東晚報	擁護工會			14 年 9 月，日刊，發行 1 千，低級報紙
黨聲周報	宣傳三民主義		市黨部各部長	14 年 12 月創刊，周刊，發行 1 千，
民國通信				民國 15 年 5 月，日刊

雲南

名　　稱	特　　點	社　　長	主　　筆	備　　註
民治日報	提倡聯省自治，實業開發，省政府機關報	惠我春	同	11 年 6 月，發行 900，對日態度不即不離
義聲報	刷新政治，振興實業，促進自治	季巨才	李仁輔	5 年 4 月，發行 300
復旦報	刷新政治外交			11 年，發行 300，對日態度穩健
均報	改良風俗，擁護民權	段全昌	張天傲	8 年，發行 250
社會新報	提倡向上的社會生活	龍子敏	同	11 年 2 月，發行 200
微言報	正義主義			11 年 3 月，4 日刊，發行約 300
雲南日報	雲南經濟發展			15 年 11 月，發行 300
新雲南通信	省政府機關，民治日報兼營			11 年 6 月
滇南通信	黨派關係			13 年
雲南公報	省政府機關報	省長公署	許鴻舉	元年 8 月，日刊，600
昆明市教育周報	教育普及	昆明市政公所		13 年 1 月，周刊，發行 500
雲南實業公報	實業獎勵指導	雲南實業司		9 年 11 月，月刊
改造	國學研究東西文化的融合			13 年，月刊
孟晉	政治文學研究			13 年 10 月，發行 3 千，雲南最有影響的雜誌
幸福周刊	提倡向上的社會生活			14 年 8 月，周刊，發行 1500

另：熱河——赤峰：有天津《益世報》的通訊員

綏遠：《綏遠日報》（漢文），社會啟發教育實業的提倡者，督統商業機關報 社長熊 AA 士，主筆惠慕俠，民國 15 年 11 月創刊，發行 870。

鐵嶺：《鐵嶺每日新聞》日中文，時事報導性，發行約 200 份；《鐵嶺時報》日文，時事報導，發行 400 份

開原有 2 種日文報紙，為《開原新報》、《開原實業新報》，以及通信社「商業

通信」（發行 70），分別開辦於 1919 年（大正 8 年）、1923 年（大正 12 年）、1924 年（大正 13 年），發行只有數百份。

牛莊有日文和中文報紙各一，中文爲《營業日報》，日文爲《滿洲新報》。

安東有中文報 2 種，日本 1 種。

撫順、本溪、四平街、公主嶺各有日本報 1 種。

瀋陽：《遼東日報》（中文），事業提倡文化發揚，黨派關係，民國 15 年 4 月創刊，日看，發行 600；《遼鞍每日新聞》（日文），一般政治經濟並地方狀況報導，明治 41 年 12 月創刊，日看，發行 1000。

3、東北地區報刊統計表：1928年前（「+」意為到1928年還在出版）

總　類	刊　名	創辦者	地　址	創刊時間	狀態（到1936年）
華人刊物 1	東北航空季刊	東北航空司令部	瀋陽	民國18年1月	停
2	軍事月刊	東北陸軍訓練委員會	瀋陽	民國17年	停
3	東北新建設（月）	東北新建設雜誌社	瀋陽	民國17年～20年	停
4	京奉鐵路公報	京奉鐵路管理局		清宣統2年10月	停
5	北寧工聲	北寧鐵路工會理事會		民國4年	停（第一卷第1期～第9期）
6	血潮	北寧鐵路特別黨部		民國4年	停（第一卷第1期～25期）
7	中東（鐵）路路警統計報告	東省鐵路路警處		民國13年	
8	東省鐵路路警周刊	東省鐵路路警處	哈爾濱	民國15年11月～17年1月	停
9	東省經濟月刊	東省鐵路經濟調查局	哈爾濱	民國14年～19年（改名中東經濟月刊）	到「大同2年」改名北滿經濟月刊，+
10	（俄英文）東省雜誌（半月刊）Mauchuriau（原文如此）Monitor	中東鐵路管理局		民國11年	+
日人刊物（參看大連－滿蒙）					
1	滿洲年鑑（原名滿蒙年鑑）	滿洲文化協會編		大正11年～13年；15年～昭和7年	
2	北京滿鐵月報	滿鐵北京公所編		大正13年～昭和3年	改名滿鐵支那月志
3	朝鮮及滿洲	朝鮮雜誌社	朝鮮京城	大正2年～昭和6年	
4	滿鮮縱橫評論	全社編	安東	大正11年～12年	
5	極東	哈爾濱極東公論社編		大正11年〈敍〉	
6	新滿洲	新滿洲社編		大正9年	+

7	「南滿洲鐵道株式會社京城管理局」業務月報	滿鐵京城管理局編		大正 6 年～7 年	
8	南滿洲鐵道株式會社社報	滿鐵社編		明治 40 年	+
9	「南滿洲鐵道株式會社」統計月報		滿鐵調查科	大正 10 年～昭和 6 年	
10	「南滿洲鐵道株式會社」統計年報		滿鐵社編	明治 42 年～昭和 4 年	
11	「南滿洲鐵道株式會社」主要貨物年報		滿鐵鐵道部庶務科編	大正 14 年～昭和 5 年敘	
12	「南滿洲鐵道株式會社」營業報告（年報）		滿鐵社編	明治 39 年+	

遼寧省

遼寧省公報（1929 年出版的最多，有遼寧省政府公報，遼寧民政月報，遼寧財政公報，奉天省財政統計年鑒，東三省經濟月刊，遼寧教育月刊，公安周刊，警務周刊等）

1	奉天教育雜誌		奉天提學司編輯處	清光緒 34 年 1 月～宣統元年	停
2	東北		奉天教育廳編	民國 13 年	停
3	遼寧建設月刊		遼寧省建設廳編	民國 17 年	停
4	四洮鐵路公報		四兆鐵路管理局編	民國 15 年 12 月	停
5	海事		海事編輯處	民國 16 年 7 月	停

遼寧省各縣期刊

瀋陽華人（不知道出版日期的：救國公報，曉光日報，東北民眾報，新晨報，瀋陽市報）

1	法學新報（旬刊）		奉天法學研究會編	民國 16 年	
2	奉天總商會月刊		全社編	民國 15 年	
3	東北大學季刊		東北大學編	民國 16 年 5 月～11 月	停
4	東北大學周刊		東北大學編	民國 15 年 1 月～19 年 12 月	停
5	同澤半月刊		同澤中學編	民國 10 年 6/8 月	停

6	遼寧省第一高級中學校刊		全校編	民國 16 年	停
7	遼寧省教育雜誌		遼寧教育會編	民國 12 年	停
報紙 1	東三省公報			民國 2 年 2 月	停
2	大亞公報			民國 9 年 10 月	+
3	新民晚報			民國 17 年	+
4	醒時報			宣統元年 3 月	+
5	東三省民報			民國 12 年	+
6	東北日報			民國 10 年 5 月～昭和 9 年	九一八事變後改名為〈東亞日報〉，昭和 9 年 12 月由滿洲報社收買改名為〈民聲晚報〉
7	新亞日報			民國 16 年	+
8	民報			民國 10 年 10 月 10 日～20 年 5 月 18 日，昭和 6 年 10 月 10 日再刊	+
日人刊物					
雜誌 1	大東（月刊）			昭和 2 年 6 月	
2	松之綠（半年刊）			大正 13 年 4 月	
3	有終（半年刊）			大正 14 年 4 月	
4	新滿洲		全社編	大正 9 年	+
5	社團法人全滿洲（旬刊）	米穀同業組合		昭和 2 年 1 月 31 日	+
6	奉天經濟旬報		奉天商業會議所編	大正 15 年～昭和 6 年	
7	奉天商工新報（半月刊）			大正 11 年 3 月 31 日	
8	奉天商工月報		奉天商業會議所編	大正 13 年 5 月	
9	奉天興信所內報（半周刊）			大正 15 年 6 月 25 日	
10	東亞興信所周刊			大正 11 年 5 月 31 日	
11	奉天商業會議所月報		全所編	大正 7 年～14 年	曾改名為〈滿蒙經濟時報〉

12	滿蒙經濟時報		奉 天 商 業會議所編	大正 10 年～11年	原名爲〈奉天商業會議所月報〉
13	滿洲經濟調查叢報		奉 天 商 工會議所編	昭和 2 年～4 年	
14	Manchuria Medical College, Mitteilungen			No.1，1916	+
15	滿洲藥報（月刊）			昭和 2 年 9 月	
16	民國醫學雜誌（月刊）			民國 12 年 1 月～22 年 12 月	自第 13 卷 1 期起，改名爲〈東方醫學雜誌〉
17	醫學原著索引（月刊）			大正 13 年 8 月	
報紙 1	盛京時報（華文）		仝社編	明治 39 年 10 月 1 日	+
2	奉天新聞		仝社編	大正 9 月 1 日	+
3	奉天每日新聞		仝社編	明治 40 年 7 月 1 日	+
4	奉天日日新聞		仝社編	明治 41 年 12 月 4 日昭和 5 年	改名〈奉天滿洲日報〉
5	大陸日日新聞		仝社編	大正 8 年～12 年	
營口					
華人報紙 1	營商日報			光緒 33 年 10 月 10 日	
2	滿洲新報			大正 12 年 11 月 27 日	
日人雜誌 1	營口商業會議所報（月刊）		仝社編	大正 9 年	+
報紙 1	滿洲新報		仝社編	明治 40 年 12 月 8 日	+
2	妙光（月刊）			大正 12 年 12 月	+
安東（華人刊物和報紙有：創刊日期不明的雜誌有安東青年（季刊），安東教育月刊，安東警察公報，和 1930 年的工商月報；報紙有創刊日期不詳的安東商報，和昭和 4 年 8 月的安東市報+）					
日人刊物 1	安東經濟時報		安東商業會議所編	大正 13 年 3 月	
2	滿鮮縱橫評論		仝社編	大正 11 年～12 年	

報紙 1	安東新報		全社編	大正 12 年 11 月 3 日	+
2	國境每日新聞			昭和 2 年 11 月 25 日	+
3	商業通信			大正 12 年 12 月 12 日	

錦州（華人報刊有，東北交通大學校刊，由東北大學出版，民國 18 年已經停刊；日人報紙有昭和 9 年 6 月 24 日錦州新報，+）

開原					
日人報紙 1	開原新報		全社編	大正 8 年 2 月 21 日	+
2	開原實業時報			大正 11 年	+
3	商業通信			大正 13 年 10 月 21 日	

遼陽					
日人報刊 1	遼鞍每日新聞		全社編	明治 41 年 3 月	+

鞍山					
日人雜誌 1	鐵魂半月刊			大正 9 年 9 月	+
2	鞍山鋼鐵會雜誌（季刊）		全社編	大正 10 年 4 月創刊	

鐵嶺					
日人雜誌	鐵嶺商工會議所月報		全社編	大正 14 年 4 月	+原名鐵嶺商業會議所日報（大正 14 年～昭和 2 年），又名鐵嶺商業會議所報（昭和 2 年），鐵嶺經濟時報（昭和 3 年）
日人報紙 1	鐵嶺時報		全社	明治 44 年 8 月	+
2	鐵嶺每日新聞		全社編	大正 12 年～昭和 7 年	

四平街					
日人報紙 1	四洮新聞			大正 9 年 9 月 18 日	+

本溪湖					
日人報紙 1	安奉每日新聞			大正 15 年 8 月 25 日	+

撫順					
日人報紙 1	撫順新報		仝社編	大正 10 年 4 月 3 日	+
公主嶺					
日人報紙 1	公主嶺商業月報			大正 9 年 3 月 9 日	+
輯安					
華人雜誌 1	輯安教育月刊	遼寧輯安縣教育局		民國 13 年	停
旅順					
日人刊物 1	關東都督府報	關東都督府		明治 39 年～大正 6 年	關東廳機關報
2	關東廳廳報			大正 9 年	+關東廳機關報
3	關東廳統計要覽（年刊）	關東廳文書課			關東廳機關報
4	南滿統計概覽	關東廳文書課年刊		大正 10 年	+關東廳機關報
5	關東州貿易月表	關東廳庶務課		大正 10 年	+
6	關東州貿易統計	關東廳庶務課年刊		昭和 4 年	+
7	旅順農學會月刊			大正 12 年 10 月	+以下普通
8	南滿教育月刊			明治 42 年 10 月	+
9	靈南教育月刊			大正 15 年 9 月	+
10	祖國の光月刊			大正 7 年 2 月	+
11	靈陽（半年刊）			明治 44 年 8 月	+
12	滿鮮旅行案內月刊			明治 42 年 2 月 9 日	+
大連					
日人雜誌 1	新天地（月刊）		仝社編	大正 10 年 1 月	+以下是關於滿蒙的
2	大陸		仝社編	大正 6 年	+
3	亞東月刊			大正 13 年 9 月	+
	滿鮮經濟月刊			昭和 3 年 6 月	+
4	滿鮮月刊			昭和 2 年 10 月	+
5	大陸生活		仝社編	昭和 2 年～3 年	
6	滿蒙之文化	滿蒙文化協會		大正 9 年～12 年	改名滿蒙

7	滿蒙年鑑	中日文化協會		大正 11 年～13 年，大正 15 年～昭和 7 年改名爲滿洲年鑑	
8	滿蒙月刊	滿蒙文化協會編		大正 12 年	+原名滿蒙之文化
9	滿蒙研究叢報	滿蒙研究會編（1～50號）		大正 4 年～8 年	
10	滿蒙研究會會報		全社編（1～3 號）	昭和 2～3 年	
11	滿蒙の知識	滿蒙の知識普及會編		昭和 2 年	
12	滿蒙評論（月刊）		全社編	大正 4 年 7 月	+
13	滿洲公論（月刊）		全社編	大正 11 年 7 月	+
14	「南滿洲鐵道株式會社」調查時報	滿鐵調查課編		大正 9 年～6 年改名滿蒙事情	
15	滿洲タィムマ（周刊）			大正 10 年 8 月 3 日	+
16	滿洲調查機關聯會會報		全社編	大正 11 年	
17	統計月報(半月刊)	滿鐵資料課編		大正 15 年 3 月 3 日	+以下爲社會經濟類（含）
18	滿洲經濟統計月報	滿鐵經濟調查會編		大正 13 年 5 月	+
19	滿洲經濟時報		全社編	大正 9 年 4 月～昭和 6 年	
20	滿洲之社會	滿洲社會事業研究會編		大正 11 年～14 年（改名社會研究）	
21	社會研究		全社編	大正 14 年～昭和 4 年	原名爲滿洲之社會
22	地方經濟		滿鐵地方部庶務課編	大正 13 年～15 年	
23	法政經濟研究		滿洲法政經濟研究會編	大正 15 年	+
24	法律時報(半月刊)		全社編	大正 13 年 5 月 14 日	+
25	組合報月刊			昭和 2 年 1 月	

26	愛兒と家庭（月刊）	大連民政署		大正 15 年 5 月	+
27	保護者會報（半年刊）			大正 13 年 3 月	+
28	中華藥報月刊			大正 12 年 7 月	+
29	日滿藥報			大正 12 年 7 月	+
30	滿洲醫學雜誌（月刊）		東洋醫學社編	大正 12 年 1 月	+
31	南滿獸醫畜產學會報		仝社編	大正 15 年	
32	滿洲果子食料新報月刊			大正 15 年 6 月	+
33	滿洲女性界		滿洲社編	大正 10 年	+
34	滿洲婦人新聞（旬刊）			大正 12 年 12 月 26 日	+
35	女性と滿洲月刊			昭和 2 年 10 月	+
36	柔克		滿鐵婦人會編	大正 14 年～昭和 2 年	
37	南滿教育	南滿洲教育會編		大正 11 年	+
38	大廣場教育（年三刊）			大正 13 年 3 月 31 日	+
39	滿洲重要物產商況日報			大正 2 年 7 月 28 日	+
40	山田實株周報			大正 14 年 4 月 2 日	+
41	山田見株日報月刊			大正 14 年 4 月 2 日	+
42	大連市公報旬刊		大連市役所	大正 15 年 3 月 3 日	+
43	大連商工月報			大正 4 年～5 年，名爲〈大連商業會議所月報〉，大正 5 年，改名爲〈滿蒙實業會報〉，大正 14 年～昭和 4 年又名大連商業會議所月報，昭和 5 年後改現名。	
44	泰東興信公所日報			大正 11 年 3 月 28 日	+
45	泰記相場日報日刊			大正 14 年 4 月 22 日	+
46	泰信日報			大正 14 年 4 月 27 日	+

47	日清興信所內報日刊			大正9年11月6日	+
48	錢鈔日報（日出兩回）			大正14年4月2日	+
49	大連實業雜誌			明治42年～大正4年	原名大連實業會會報（明治40～41年）
50	滿洲重要物產月報		滿洲重要物產組編	昭和2年3月	+
51	關東水產會報（月刊）			昭和2年5月	+
52	滿洲之水產（旬報）			昭和2年4月19日	+
53	滿洲大連沙河口實業時報（半月刊）			大正14年7月	
54	支那礦業時報（季刊）		滿鐵地質調查所	大正14年10月	+
55	大連園藝會報月刊			大正14年1月	+
56	中日實業興信日報		全社編	大正11年11月7日	+
57	南滿工專時報月刊			大正2年6月	+
58	大陸工報		興亞技術同志會編	大正6年～9年敘	
59	滿洲技術協會志兩月刊		全社編	大正13年5月	+
60	電華月刊			大正14年11月	+
61	滿洲建築協會雜誌（月刊）		全社編	大正10年3月	+
62	滿洲土木建築業組合報（雙月刊）		全社合編	明治41年8月～昭和3年	
63	書香		滿鐵大連圖書館	（前期）大正14～15年（後期）昭和4年4月	+以下為學術類
64	南滿州書司會雜誌		全會編	（1～4號）大正5～6年	
65	神の道月刊	神の道會編		大正13年11月	宗教類
66	聖化		同社	昭和2年	+
67	全滿運輸交通報			昭和2年1月13日	交通

68	鐵道之研究月刊		滿鐵鐵道部	大正 13 年	原名聯運之研究（大正 10 年～12 年）
69	滿鐵入箚通信日刊			大正 13 年 3 月 31 日	+
70	滿鐵通信協會雜誌（雙月刊）		同社編	大正 12 年——	
71	海友	海務協會編		明治 43 年 4 月	+
72	埠頭事務所報	滿鐵埠頭事務所編		明治 43 年	+
73	遼東詩壇（月刊，華文）		同文社編	大正 13 年～昭和 5 年	以下文學
74	若頁		同社編	昭和 2 年	+
75	協和（半月刊）		滿鐵社會會編	原名〈自修會雜誌〉（明治 42～大正 3 年），大正 3 年至昭和 2 年改名爲讀書會雜誌，昭和 2 年起改現名
75	青泥月刊			昭和 2 年 8 月	+
76	春日の學園（年 3 刊）			大正 15 年 5 月	
77	瑩雪（月刊）		大連語學校瑩雪會編	大正 10 年 5 月	+
78	帝國在鄉軍人（雙月刊）		大連第二分會會報	昭和 2 年 6 月	+以下軍事
79	周刊極東周刊			大正 13 年 6 月 25 日創刊	以下蘇俄
80	興亞月刊	興亞技術同志會		昭和 2 年 10 月	+以下普通
81	聖德（年三回）			昭和 2 年 8 月	+
82	白道（月刊）			大正 10 年 11 月	+
83	周報大日活			大正 14 年 1 月 29 日	+
84	大正半年刊			大正 14 年 10 月	+
85	大連青年月刊			大正 13 年 12 月	+
86	南山麓（年三刊）			大正 14 年 11 月 6 日	+
87	南滿洲青年月刊			大正 12 年 3 月 12 日	+
88	ヒビキ		滿洲雜誌社編	大正 4 年～6 年	

89	聲（月刊）		滿鐵社員消費組合編	昭和 2 年 6 月	+
90	檢友半月刊			大正 15 年 11 月	+
91	是城月刊			大正 14 年 10 月	+
92	亞細亞大觀月刊			大正 13 年 7 月	+
93	學校と家庭（年 5 回）			大正 14 年 10 月 26 日	+
94	Weekly Takara 周刊			大正 14 年 3 月 31 日	+
95	亞東印畫輯（月刊）		亞東印畫協會編	大正 13 年 7 月	
96	新文化（華文）		全社編	民國 12 年～13 年	改名青年翼
97	東北文化月報（華文）		滿蒙文化協會編	民國 11 年～17 年	改名東北文化
98	東北文化（周刊，華文）		中日文化協會編	民國 18 年～20 年	原名（上），後改名大同文化
報紙 1	滿洲日日新聞		同社編	明治 41 年～昭和 2 年（改名滿洲日報）	
2	遼東新報		同社編	明治 38 年～昭和 2 年（改名滿洲日報）	
3	滿洲日報（日文）		同社編	昭和 2 年+	又以上 2 報合併而成
4	滿洲報（華文）		同社編	民國 11 年	+
5	泰東日報（華文）		同社編	民國 14 年	+
6	關東報（華）		同社	民國 17 年	+
7	大連新聞		同社	大正 9 年 3 月 15 日	+
8	盛京時報（華）		同社	民國 9 年	+
9	Manchuria Daily News（滿報）			明治 40 年 1 月 17 日	+
10	The Manchurian Mouth-Mouthly supplement of the Manchuria Daily News（上報的副刊）			大正 13 年 10 月	+

11	日刊帝國通信		信濃汀三一	大正13年3月6日	
12	大連タイムス		同社編	大正14年～昭和2年改名遼東タイムス	
13	遼東タイムス		同社編	昭和3年～7年，原名大連タイムス	
14	滿洲タイムス		同社編	昭和7年	+
15	帝國通信日刊			大正13年3月6日創刊	以下通信
16	電通日刊			大正9年8月24日	+
17	聯合通信日刊			大正12年10月15日	+
18	日滿通信日刊			大正10年4月25日	+
19	中日經濟通信日刊			大正14年11月4日	
吉林（吉林省公報）					
1	吉長吉敦鐵路月刊（原名吉長敦月報）		吉長吉敦鐵路編	民國10年	停
2	吉林教育公報(月)		吉林教育廳編	民國7年1月	停
3	吉林教育會月報		吉林省教育會	民國12年4月	停
4	吉林教育雜誌		同社編	民國5年	
5	吉林通俗教育半月刊（1～19期）		吉林省立民教育館	民國15年	停
吉林省各縣					
吉林，華人報刊	未標明出版時間的有：春蕾滿蒙專號（吉林大學憑欄社編，民國18年，停），吉林通俗報（每月出12次），吉林教育月刊等。吉林日報（民國20年12月10日）				
日人報紙1	東省日報（華文）			大正11年9月20日	+
2	松江新聞			大正12年9月	
長春華人報紙1	大同報（原明大東報）			民國12年	+

2	東省日報		同社編	民國 14 年	+與日人報紙同名，但並未見到與其他相關資料。有疑問
日人刊物1	長春經濟內報周刊			昭和 2 年 9 月 8 日	+
2	長春商業會議所報		同社編	大正 9 年～11 年	3
3	長春商業會議所調查叢報（月刊）			大正 12 年～昭和 3 年	
日本報紙1	新京日日新聞（原名長春實業新聞）			大正 9 年 12 月，昭和 7 年改爲現名	+
2	-北滿日報			明治43～昭和7年；昭和7～10年改名爲新京日報	昭和 10 年 2 月 1 日改爲《大新京日報》
間島					
日人報紙1	間島日報			大正 13 年 12 月 20 日	+
東省特別行政區					
東省特別行政區公報1	東省特別區市政月刊		哈爾濱特別市市政局編	民國 17 年～20 年	
2	東省特別區路警周刊（1～14 期）		東省特別區路警處編	民國 15 年 11 月～17 年 11 月	
3	東省特別區警察周刊			民國 15 年 1 月～17 年 11 月	
4	教育月刊		東省特別區教育會編	民國 16 年 6 月～9 月	
哈爾濱華人報紙1	消閒報			民國 13 年	+
2	商報晚刊			民國 13 年～20 年	
3	濱江時報			民國 9 年 4 月	+
4	濱江午報（日刊）			民國 10 年 6 月 1 日	
5	東三省商報			民國 12 年	+

6	東陲商報		東陲商報社編	民國 11 年～13 年	
7	國際協報（日報）			民國 7 年	+
8	國際商報			大正 8 年 7 月 1 日	+
9	哈爾濱商報			民國 10 年 12 月 1 日	+
10	哈爾濱公報			民國 16 年 12 月 0 日	+
日人期刊 1	哈爾濱商品陳列館館報		同社編	大正 8 年～9 年改名露亞時報	
2	「南滿洲鐵道株式會社哈爾濱事務所」調查時報		滿鐵哈爾濱事務所調查課編	大正 12 年～13 年改名哈爾濱事務所調查叢報（大正 14～15 年）	
日人報紙 1	哈爾濱新聞		同社	大正 11 年 10 月 1 日	
2	哈爾濱日日新聞		同社編	大正 11 年 1 月	+
3	北滿洲		北滿洲新聞社	大正 10 年	
西人報紙 1	哈爾濱英文大光報 Harbin Observer			1924	+
2	Rupor（俄文）			1921	+
3	Zaria（daily）（俄文）			1920	+
黑龍江省					
公報 1	黑龍江政務報告書		黑龍江巡按使公署民國 4 年	民國 2 年 11 月～3 年 12 月	
2	黑龍江政務報告統計表		黑龍江巡按使公署民國 4 年	民國 2 年度～2 年度	
3	黑龍江教育公報		黑龍江省教育廳編	民國 12 年	停
4	黑龍江通俗教育周報		黑龍江通俗教育社編	民國 17 年 10 月～12 月	
5	黑龍江通俗教育日報		黑龍江通俗教育社編	民國 11 年～14 年	

各縣					
齊齊哈爾華人 1	黑龍江民報			民國 17 年 12 月 25 日	+
黑河華人報 1	黑河日報		黑河日報社編	民國 12 年	+
熱河省（無）					

4、《中國國民黨黨員在宣傳工作上對於階級鬥爭應取的態度》中國國民黨中央執行委員會上海執行部，中華民國 14 年 7 月 10 日

原文如下：

1、訓令：本月七日，臨時浙江省執行委員會全體會議決議：「訓令全省黨員指示宣傳工作上對於積極鬥爭應取的態度」。由臨時浙江省執行委員會，將全文報告本執行部，經本執行部詳細審查，認臨時浙江省執行委員會全體會議之決議，其解釋中央執行委員會第三次全體會議決議「關於確定最高原則之訓令」完全正確。不只是為浙江全省宣傳工作之標準，本黨同志在指導社會運動之工作上，皆應遵此原則。……

2、臨時浙江省執行委員會全體會議訓令全文：訓令全省黨員指示宣傳工作上對於階級鬥爭應取的態度：吾黨以國民革命，為努力奮鬥之目的。凡在國民、不問其積極屬性，必須喚起其民族的，政治的，經濟的覺悟。同立於三民主義旗幟之下，以與帝國主義者及軍閥作戰，年來吾同志對於國民革命之運動，已能引起全國國民，認識吾國國家及民族在國際上之政治的經濟的地位，而尋求解放之途徑。總理逝世以後，我全體同志，更遵奉總理遺教，集中其宣傳目標於廢除不平等條約運動。當全國以至誠追悼國父之日，即此口號普及於民眾之時。此次五卅事件發生，全國國民，所以能一致追求五卅事件之主因，而主張以廢除不平等條約，求根本解決者，實吾黨同志，能集中其宣傳目標，而一致努力之效果也。

此一年以來，吾黨之政治工作，在關於國際問題上面，其效力即如此之偉大，而關於國內之政治問題，及社會問題，宣傳之方針，往往不能一致，國民革命工作中，所應破壞與建設之分際，往往不能明瞭。其尤為重要者，則對於積極鬥爭之態度，頗有明顯之差異。因此之故，在黨員之中，常發生左傾、右傾之狀況，右傾之錯誤，即一觸積極鬥爭，而避之若兔（有兩點水旁），並積極二字不敢納諸見聞，甚至深惡痛絕。左傾之錯誤，即在專力於階級鬥爭，而忽略國民革命聯合戰線之工作。所以然者，皆由對於本黨根本之主義，未盡明瞭故也。共信不立，互信不生，種種糾紛，隨之而起。黨之組織及活動，因此而生障礙。熱心之黨員，能作單獨之奮鬥，而難為有系統號令之進行。中央執行委員會第三次全體會議，有鑒於此，因發為嚴重之訓令，

昭示我全黨同志，以恪守最高原則之要義。蓋吾黨之主義，產生於總理之學說，關於一切政治經濟問題，總理不特與吾人以解決之方法，且與吾人以決定方法之理論，三民主義。三民主義爲救國之主義，結合各階級之革命分子，即認識救國必要，及其正當途徑之覺悟的分子，爲本黨組織之基礎。民生爲歷史中心，仁愛爲民生大德，知仁之智、仁人之勇、爲實現仁愛之要道。而擇善固執之決心，則所以完成國民革命，貫徹始終之根本。此之理論，乃使人確知革命與反革命之分，不在於階級之屬性，而在於認識與覺悟。國民革命，由先知先覺者發明之，後知後覺者宣傳之，不知不覺者接受啓示，協力實行，而完成之。至對於由社會之病理狀態，而發生之階級鬥爭，吾黨惟盡最善之努力，喚起各階級成員之覺悟，以革命的方法，實現三民主義之國家組織，以防止鬥爭之害，消弭階級之別，而非欲獎勵階級鬥爭，實彰然至明之理論也。吾人恪遵此義，確認中央執行委員會第三次全體會議決議，對於全體黨員之訓令，實爲明白曉示此最高原則，爲解決階級鬥爭之方法。本全體會議完全接受此訓令，決議下列各條，爲同志宣傳之標準：

一、我同志當確認我中華民國，不但在理論上不能蹈帝國主義末運，而在事實上，亦復無構成帝國主義的國家之可能。故對於爲帝國主義基礎之個人主義的資本主義，須從政治上、經濟上、努力防止其勢力之膨脹，須知防止個人主義的資本主義之膨脹，即所以防止鬥爭之害，而爲消弭階級之最初的條件也。

二、吾黨爲促進帝國主義之崩壞，對於殖民地半殖民地之被壓迫民族，應聯合一致，以促進一切別壓迫民族國民革命之成功。須知以一民族壓迫他民族，以少數之民族，肆其強暴，壓迫大多數之柔弱民族，實構成全世界最大病態之根源。故對於國際的帝國主義，已完全發展之國家，吾人應促其國民之階級的覺悟，使之與被壓迫民族，聯合戰線，以助全世界民族解放之成功。

三、吾黨對於國民中最大多數之農人、工人、應努力促進其覺悟，完成其組織。惟大多數之農人工人、成爲有組織之國民，而後國家之獨立民族之自由可期，眞正之民權，乃能實現。在經濟上，亦惟農人、工人，結成有組織，有訓練之團體，而後能促進資本家與地主之國民的覺悟，以從事於完成三民主義之革命工作。至對於資本家與地主，吾黨應努力誘發其仁愛的性能，使其自身，知接受三民主義，爲自救救國之要道。阻礙農人、工人之組織與

訓練，爲害人自害之拙策。蓋能愛國者，乃爲眞能愛國之善良國民也。

　　四、在農業及工業上，如已發現階級鬥爭時，吾黨在一方面，應努力援助農人工人之要求，一方面努力糾正地主與資本家之錯誤。蓋惟地主與資本家，不對農人工人取鬥爭之態度與手段，具仁愛之精神，而後農人與工人，乃能避免鬥爭之不得已的行動耳。

　　以上四者，乃準據總理遺教，以解釋中央執行委員會全體會議訓令之要地點。望我全體同志，一直恪守，堅持不妥協之精神，以貫徹中央訓令之本意。尤有要者，色彩爲團體之標誌，亦即主義之象徵。吾黨之旗幟爲青天白日，斯吾黨之色彩爲青白之色彩。吾人所持以化國人者，實爲青白二色。必造成全國之青白化。而後吾黨之主義，乃能印入國民之心腦。以後凡以黨之名義，作公開之運動，或在標誌，或在印刷品，或在一切會場布置，必須以青白二色爲主色。三色同用，乃間入紅色，色彩既彰，趨向斯定，建國之義，此其要也。特此訓令，期共遵循。

　　　　　　　　　　—— 中國國民黨臨時浙江執行委員會全體會議

參考文獻

（按拼音順序）

1. 〔加〕保羅・埃文斯著，陳同、羅蘇文、袁燮銘、張培德譯，《費正清看中國》，上海人民出版，1995 年 5 月。

2. 〔美〕費約翰著，李恭忠、李里峰等譯，《喚醒中國：國民革命中的政治、文化與階級》，生活・讀書・新知三聯書店，2004 年。

3. 〔臺〕黃季陸主編，《中華民國史料叢書》之《陸海軍大元帥大本營公報》，中國國民黨中央委員會黨史委員會發行，1969 年 10 月。

4. 〔臺〕張煦本《記者生涯四十年》，自立晚報社，1982 年 10 月。

5. 〔臺〕周安儀著，《中國新聞從業人員群像》（上、下），黎明文化事業公司，1981 年 6 月。

6. 〔臺〕《萬年常青 董顯光博士日記》莘莘出版事業有限公司，1971 年 6 月。

7. 〔臺〕《中華民國國民政府公報》，成文出版社有限公司發行，第一冊，1972 年。

8. 〔臺〕《中華民國政府公報索引》，第一卷，國立中央圖書館編印，1972 年元月。

9. 〔臺〕陳紀瀅，《我的郵員與記者生活》，臺灣商務印書館，1988 年 8 月。

10. 〔臺〕李仁淵，《晚清的新式傳播媒體與知識分子》，稻鄉出版社，2005 年 12 月。

11. 〔臺〕聯副記者聯合採訪，《我參加了五四運動》，聯經出版事業公司，1979 年。

12. 〔臺〕林慰君，《林白水傳》，傳記文學出版社，1969 年 11 月。

13. 〔臺〕林治平著，《基督教與中國近代化論集》，臺灣商務印書館，1970

年 10 月。

14. 〔臺〕秦孝儀主編，《中華民國史料叢書》之《軍政府公報》，《中華民國軍政府公報》，中國國民黨中央委員會黨史委員會發行，1976 年 12 月。

15. 〔臺〕王瑋琦著《中華革命黨之研究》，1979 年 11 月，臺灣正中書局。

16. 〔臺〕徐詠平著，《革命報人別記》，正中書局印行，1973 年 3 月。

17. 〔臺〕曾虛白譯，《董顯光自傳（董顯光英文原著)》，臺灣新生報社，1973 年 8 月。

18. 〔臺〕張建，《半哭半笑樓主于右任傳》，近代中國出版社，1980 年 12 月。

19. 〔臺〕張群等，《松柏常青——董顯光博士紀念文集》，莘莘出版事業有限公司，民國 61 年 1 月。

20. 〔臺〕張雲家著，《于右任傳》，1958 年 5 月，中外通訊社。

21. 《〈益世報〉天津資料點校彙編》（一、二、三）天津市地方志編修委員會辦公室，天津圖書館編，天津社會科學院出版社，2001 年 12 月。

22. 《1833～1949 全國中文期刊聯合目錄》增訂本，全國第一中心圖書館委員會，全國圖書聯合目錄編輯組編輯，書目文獻出版社，1981 年。

23. 《報學月刊》，1929 年 1～4 期，上海光華書局。

24. 《報學雜誌》1948 年第一卷 1～9 期。

25. 《北京圖書館館藏報紙目錄》書目文獻出版社，1981 年。

26. 《曹聚仁全集》（上、下），中國廣播電視出版社，1995 年 2 月。

27. 《黨史資料叢刊》（1979 年～1981 年）。

28. 《法令全書》，第三期，中華民國 4 年印鑄局刊行。

29. 《法令全書》，中華民國 5 年政事堂印鑄局刊行。

30. 《法令全書》第一期，8 卷，中華民國元年印鑄局刊行。

31. 《和平老人邵力子》，文史資料出版社，中國人民政治協商會議全國委員會文史資料研究會辦公室編，1985 年 10 月。

32. 《洪憲公報》，文海出版社。

33. 《胡適全集》，第 20、24、44 卷，安徽教育出版社。

34. 《胡適日記》，安徽教育出版社，2001 年 1 月。

35. 《華字日報七十一週年紀念刊》，華字日報編輯部編輯，1934 年。

36. 《兩廣公報》沈雲龍主編，近代中國史料叢刊三編第 50 輯，文海出版社。

37. 《民初時期文獻》國史館印行，第一輯 1、2。

38. 《民國叢書》第 49、48 卷，上海書店，1990 年。

39. 《南京大學圖書館館藏中文報刊目錄》，南京大學圖書館編，1989 年。

40. 《七十年來中華民國新聞通訊事業》，中央通訊社編印，1981 年 12 月。

41. 《上海圖書館館藏中文報紙目錄（1862～1949）》，1982 年 12 月。

42. 《上海新聞事業史料輯要》，天一出版社，哈佛大學燕京圖書館複印資料

43. 《申報概況》，民國 24 年 5 月。

44. 《申報介紹》，上海書店《申報》影印組編印，1983 年 1 月，上海書店。

45. 《申報流通圖書館第二年工作報告》，1934 年。

46. 《申報年鑒》，上海申報館印，1935 年。

47. 《司法公報》。

48. 《現代化研究》第二輯，北京大學世界現代化進程研究中心主編，商務印書館 2003 年 9 月。

49. 《新聞報三十年紀念》新聞報館 1922 年。

50. 《新聞界人物》（叢刊），新華出版社，1983 年。

51. 《一大前後的廣東黨組織》（內部刊物），1981 年 5 月。

52. 《一九二〇年代的中國》，中華民國史料研究中心編印。

53. 《元老記者于右任先生》，燕京圖書館藏書，無版權頁。

54. 《張申府文集》（序），河北人民出版社，2005 年。

55. 《張元濟日記（上、下）》，商務印書館，1981 年。

56. 《政府公報》影印本，文海出版社。

57. 《政府公報》原件第 1 號到第 26 號，以及 1915 年本。

58. 《政府公報分類叢編附表》，上海掃葉山房編發。

59. 《中共廣東黨史大事記》，中共黨史出版社，1993 年 12 月。

60. 《中共江蘇黨史大事記》，中共黨史資料出版社，1990 年 6 月。

61. 《中國共產黨編年史》編委會，《中國共產黨編年史》（第一卷 1917～1926），山西人民出版社，中共黨史出版社。

62. 《中國共產黨湖北歷史大事記》，湖北人民出版社，1992 年 11 月。

63. 《中國共產黨組織史資料》（第一卷 1921，7～1927，7），中共黨史出版社 2000 年。

64. 《中國國民黨第一次全國代表大會史料專輯》，中華民國史料研究中心，1984 年 1 月 20 日。

65. 《中國國民黨第一二三次代表大會叢刊》，中國國民黨中央執行委員會宣傳部印，民國 20 年 10 月。

66. 《中國國民黨史大辭典》，安徽人民出版社，1993 年版。

67. 《中國國民黨中央執行委員會常務委員會會議記錄二》,廣西師範大學出版社,1999 年。

68. 《中國國民黨中央執行委員會宣傳部十七年度部務一覽》,中華民國 18 年 4 月編。

69. 《中華民國 10 年郵政事物總論》,中華民國交通部郵政總局。

70. 《中華民國 11 年郵政事物總論》,中華民國交通部郵政總局。

71. 《中華民國 12 年郵政事物總論》,中華民國交通部郵政總局。

72. 《中華民國 15 年郵政事物總論》,中華民國交通部郵政總局。

73. 《中華民國中文期刊聯合目錄第一版上冊》,國立中央圖書館編印,1980 年 12 月出版。

74. 《最近五十年》申報館 1923 年。

75. 北京市地方志編撰委員會,《北京志 新聞出版廣播電視卷 報業通訊設志》,北京出版社,2006 年。

76. 陳布雷,《陳布雷回憶錄》,廿世紀出版社,民國 38 年。

77. 陳希豪著,《過去三十五年中之中國國民黨》,商務印書館發行,民國 18 年。

78. 大連市史志辦公室編,《大連市志 報業志》,大連出版社,1998 年 10 月。

79. 第二歷史檔案館編,《中華民國史檔案資料彙編》,第五輯,第三編,文化,南京江蘇古籍出版社,1997 年。

80. 丁曉禾,《中國百年留學全記錄》,珠海出版社。

81. 杜永鎮編,《陸海軍大元帥大本營公報選編》(1923 年 2 月～1924 年 4 月),中國社科院近代史研究所近代史資料編輯組主編,中國社會科學出版社,1981 年 8 月。

82. 杜重遠,《獄中雜感》,民國 25 年 11 月。

83. 方漢奇,《中國新聞事業編年史》(三卷本),福建人民出版社,2000 年。

84. 方漢奇,《中國新聞事業通史》(三卷本),中國人民大學出版社,1996 年。

85. 費正清,《劍橋中國史》(民國 1912～1949),臺北南天書局發行,1982 年版。

86. 費正清,《劍橋中華民國史》,中國社會科學出版社,1994 年。

87. 費正清著,陸慧勤、陳祖懷、陳維益、宋瑜譯,《費正清對華回憶錄》,知識出版社,1991 年 5 月。

88. 傅國湧,《筆底波瀾》,網上圖書。

89. 高瑞泉,(日)山口久和主編,《城市知識分子的二重世界——中國現代

性的歷史視域》，上海古籍出版社，2005 年 9 月。

90. 戈公振，《中國報學史》，多種版本。

91. 耿雲志、歐陽哲生編，《胡適書信集》，北京大學出版社，1996 年。

92. 顧長聲著，《從馬禮遜到司徒雷登 —— 來華新教傳教士評傳》，上海人民出版社，1985 年 8 月。

93. 顧執中，《報人生涯》，江蘇古籍出版社。

94. 哈爾濱市地方志編撰委員會，《哈爾濱市志 廣播 報紙 電視》，1994 年 12 月。

95. 胡道靜著，《新聞史上的新時代》，世界書局出版，1946 年。

96. 吉爾伯特・羅茲曼主編，《中國的現代化》，國家社會科學基金「比較現代化」課題組譯，江蘇人民出版社，1988 年。

97. 簡又文編撰，《中國基督教的開山事業》，基督教輔僑出版社，1956 年 7 月。

98. 康詠秋，《黎烈文評傳》，湖南人民出版社，1985 年 9 月。

99. 賴光臨，《清末新式官報之創興研究》，複印資料，哈佛燕京圖書館藏 4663/5897

100. 李建新，《中國新聞教育史論》，新華出版社，2003 年 6 月，第 19 頁。

101. 李松林等編，《中國國民黨大事記》，解放軍出版社，1988 年。

102. 林德海編，《中國新聞學數目大全（1903～1987）》，新華出版社，1989 年。

103. 林升棟著，《中國近現代經典廣告創意評析 —— 申報七十七年》，東南大學出版社，2005 年。

104. 劉宏權，劉洪澤主編，《中國百年期刊發刊辭 600 篇》，解放軍出版社，1996 年。

105. 劉壽林編，《辛亥以後十七年職官年表》，中華書局，1966 年。

106. 羅小華編著，《中國近代書籍裝幀》，人民美術出版社，1990 年。

107. 馬光仁，《上海新聞史》，復旦大學出版社，1996 年。

108. 麥沾恩著，《梁發傳》，1955 年 5 月，基督教輔僑出版社。

109. 莫振良編，《民國名報擷珍 名人彩虹》，天津人民出版社，1998 年 2 月。

110. 歐陽哲生主編，《傅斯年全集》（第一卷），湖南教育出版社，2003 年 9 月。

111. 錢實甫，《北洋政府時期的政治制度》（上、下），中華書局，1984 年。

112. 任白濤，《應用新聞學》，亞東圖書館，1937 年。

113. 薩空了，《科學的新聞學概論》，文化供應社，1947 年。

114. 散木，《亂世飄萍》，南方日報出版社，2006 年 9 月。

115. 上海圖書館編撰，《中國近代期刊篇目叢錄》1，2，3，4，5，6 卷，上海人民出版社，1984 年 3 月。

116. 邵振青，《實際應用新聞學》，京報館，1923 年。

117. 瀋陽市人民政府地方志編撰辦公室，《瀋陽市志 十三》，瀋陽市出版社，1990 年。

118. 孫必有，蔡鴻源，《臨時公報》，1～4 輯，江蘇人民出版社出版，江蘇廣陵古籍刻印社影印，收集整理。

119. 孫石月，《中國近代女子留學史》，中國和平出版社，1995 年。

120. 天廬主人，《天廬談報》，上海光華書局印行，1930 年。

121. 王檜林，朱漢國主編，《中國報刊辭典》（1815～1949），書海出版社，1992 年版。

122. 王文彬編著，《中國現代報史資料彙輯》，重慶出版社，1996 年。

123. 吳承明著，《中國的現代化：市場與社會》，生活·讀書·新知三聯書店，2001 年。

124. 西安市地方志編撰委員會，《西安市志》第 6 卷，西安出版社 2002 年。

125. 夏衍，《懶尋舊夢錄》，讀書、生活、新知三聯書店，1985 年 7 月。

126. 徐寶璜，《新聞學綱要》，聯合書店，1930 年。

127. 徐鑄成，《徐鑄成回憶錄》，生活·讀書·新知三聯書店，1998 年。

128. 袁昶超，《中國報業小史》，香港新聞天地出版社，1957 年 7 月。

129. 袁繼成，《近代中國租界史稿》，中國財政經濟出版社，1988 年版。

130. 張寶明、王中江主編，《回眸《新青年》社會思想卷》，河南文藝出版社，1998 年。

131. 張靜廬，《中國的新聞記者和新聞紙》，現代書局，1932 年。

132. 張靜如，《中國共產黨的創立》，河北人民出版社，1981 年。

133. 張明明著，《回憶我的父親張恨水》，廣角鏡出版社，1979 年 4 月。

134. 張平子，《我所知道的湖南大公報》，《湖南文史資料》23 輯，湖南人民出版社，1986 年。

135. 張彥平編，《延安中央印刷廠編年記事》，陝西人民出版社，1988 年。

136. 章丹楓，《近百年來中國報紙之發展及其趨勢》，民國 31 年 2 月，開明書店。

137. 趙君豪，《中國近代之報業》，1938 年 9 月，《申報》館。

138. 趙玉明，《中國現代廣播簡史》，中國廣播電視出版社，1987 年 12 月。

139. 鄭保衛主編，《中國共產黨新聞思想史》，福建人民出版社，2004 年 12

月。

140. 中國社會科學院近代史研究所文化史研究室，丁守和主編，《辛亥革命時期期刊介紹》（1、2、3、4）人民出版社，1986 年。

141. Propaganda and Culture in Mao's China Deng tuo and the Intelligentsia By Timothy Cheek, Clarendon press Oxford, 1997.

142. Circulation of News in the Third World a Study of Asia by Wilbur Schramm and Erwin Atwood, The Chinese University Press Hong Kong, 1981.

143. Media, Market, and Democracy in China between the party line and the bottom line, Yuezhi Zhao, University if Illinois Press Urbana and Chicago, 1998.

144. The Religious Periodical Press in china, Rudolf Lowenthal With the assistance of Ch'en Hung-shun, Ku Ting-ch'ang, And William W.Y. Liang, Reprinted by CHINESE MATERIALS CENTER，INC.

145. Gutenberg in Shanghai Chinese Printing Capitalism 1876～1937, Christopher A . Reed, 2004.

146. 參考的中外文論文及部分書目詳見注釋
報刊：《申報》、《新聞報》、《大公報》、《益世報》、北京《晨報》、上海《民國日報》、《京報》、《群強報》、《東方雜誌》、《國聞周報》、《民國檔案》雜誌、《傳記文學》雜誌、《近代史研究》雜誌、《新聞研究資料》雜誌、臺灣《新聞學研究》雜誌等。

後　記

　　感謝臺灣花木蘭文化出版社，給我機會重新出版拙作。本版修改了原來
人民大學出版社出版中的個別錯別字，並在附錄裡增加了新的北洋政府時期
報刊出版的資訊。

　　我原來是一名電視記者，從新聞報導者到研究新聞史的高校教師，實際
上兩者間的差距還是很大的。工作的對象不一樣，思路不一樣，心態不一樣，
這種轉變並不容易。不論怎樣我很感謝以往的從業經歷，能讓我在新聞史的
研究中開始有自己的思考。

　　我真的很幸運。讀博期間，得到去哈佛大學做一年訪問學者的機會。導
師方漢奇先生笑著說，我是小螞蟻掉到「蜜缸」裏了。我這個新聞史學界的
小螞蟻，能不能對得起這缸「蜜」啊，真的很擔心。

　　燕京圖書館和哈佛眾多的圖書館實在是做學術的好地方。除了帶著任務
的閱讀外，還有一本書當時比較有印象，《費正清對華回憶錄》，記得讀它的
時候我總在思考，費的思維方式彷彿和很多美國學者不一樣，應該是受了中
國傳統文化的影響。他的學問應該是「史前論後」。當我讀到414頁這樣一段
自我剖析時，我的假設得到驗證：「他（魏特夫）把理論看作是終極的真理，
認為抽象觀念是基本的事實。……我似乎有一種與之完全相反的弱點。我不
能十分認真地接受某種理論公式，我傾向於一切證明都取決於先前的設想。
我根本不相信聖經的經文，或者任何被當作終極真理，不受因基本概念重下
定義而發生變化制約的主義或原理。這種態度無疑使我處世變得過於容忍和
過於採取相對主義。」當時很感心有戚戚焉。一方面這是我對目前泛濫的學
術理論和名詞的基本態度，也是我進行研究時所抱有的心態；另一方面這一

態度明顯影響到我的處世哲學——「過於容忍」。雖我從不輕信別人冠冕堂皇的解釋，也不明言，但在我心裏，總有一些看法更接近邏輯和人性。

以前我常想，我的論文應該用哪一種模式呢，引入哪一種概念，而讓它看起來更有深度，或者說更能「唬人」呢？在臺灣世新大學的學術會議上，我和方先生聊了起來，他的回答，讓我更加堅持自己的「不學術」態度。其實方法只有一種，任何方法都要在佔有資料的情況下，不然就會站不住腳。但我們如何對待史料呢？浩若煙海的史料中，哪些是珍珠，那些是水滴呢？線索在哪裏？我們在史料面前是主動的，還是被動的？我們的主動性表現在哪些方面呢？

所以我下決心做一次嘗試，用完全的史料作內容，以研究框架本身代替理論支持，來構建我的研究，如果行的通，就好，如果行不通，就當作一種失敗的經驗好了。雖然人文學科的失敗不像理工科那樣容易被人接受。

於是呈現給大家的這本書就是在這樣想法之下結果。

在本書即將出版之際，我要特別感謝方漢奇先生，先生在學術上的追求和勤勉，不僅是我的榜樣，也是我的動力；同時感謝先生身邊的師母，她對包括我在內的所有學生悉心鼓勵和照顧，溫馨而周到。

感謝哈佛大學的馮勝利和馮禹教授，他們給了我到世界最高學府學習的機會，對我在研究方法上進行指導，讓我受益匪淺，已經成為我學術道路上的寶貴財富，這美好的記憶永存心中！

感謝我的家人，尤其是我的母親，她的寬容、忍耐和良善，讓我深感「母愛如海」！感謝我親愛的丈夫和兒子，特別祝福兒子能做一個快樂自信的人！

更感謝生活中的不如意，工作中的不順利，正是這樣的磨煉，讓我知道自己的不足、軟弱和有限。這些都是上帝的美意，讓我能更和平、忍耐和節制，內心始終充滿喜樂！

路在腳下，還在繼續。